叙事研究丛书
丛书主编：谭君强

聚焦研究
多重叙事媒介中的聚焦呈现

陈 芳◎著

中国社会科学出版社

图书在版编目（CIP）数据

聚焦研究：多重叙事媒介中的聚焦呈现/陈芳著.—北京：中国社会科学出版社，2017.10

（叙事研究丛书）

ISBN 978-7-5203-1162-5

Ⅰ.①聚… Ⅱ.①陈… Ⅲ.①叙述学—研究 Ⅳ.①I045

中国版本图书馆 CIP 数据核字（2017）第 244784 号

出 版 人	赵剑英
选题策划	史慕鸿
责任编辑	熊　瑞
责任校对	王　龙
责任印制	戴　宽

出　　版	中国社会科学出版社
社　　址	北京鼓楼西大街甲 158 号
邮　　编	100720
网　　址	http://www.csspw.cn
发 行 部	010-84083685
门 市 部	010-84029450
经　　销	新华书店及其他书店
印　　刷	北京明恒达印务有限公司
装　　订	廊坊市广阳区广增装订厂
版　　次	2017 年 10 月第 1 版
印　　次	2017 年 10 月第 1 次印刷
开　　本	710×1000　1/16
印　　张	14.75
插　　页	2
字　　数	229 千字
定　　价	66.00 元

凡购买中国社会科学出版社图书，如有质量问题请与本社营销中心联系调换
电话：010-84083683
版权所有　侵权必究

总　序

　　叙事是一个古老的话题，也是现代关注的焦点，它在人类历史的长河中流淌，从未间断。作为人类的言语或其他形式的交往行为，作为传承人类文明的记载，叙事所累积的成果，以各种语言文字和其他媒介方式形成的叙事作品，犹如恒河沙数，难以计数。

　　人们何以要叙事，以何种方式叙事，叙事如何才能最好地达到其目的；叙事的产物，与之如影随形的叙事作品，它们有何独特之处，它们无限丰富的内蕴透过何种方式或隐或显地展现出来，什么样的叙事作品不至稍纵即逝，而或多或少有可能成为时代的经典，它们如何不断扩大自己的媒介行列，形成丰富多彩的叙事作品……都是人们广泛关注并引起持续兴趣的问题，在中外古老的典籍中我们不难发现对这些问题的追寻，而在现代和当代的研究中依然是受到持续关注的重要问题。

　　与有着悠久的叙事传统和丰富的叙事作品实践相比，当代意义上的叙事研究，或者更为狭义地说，叙事学研究，作为人文科学领域的一门学科，它的兴起尚不过半个多世纪。然而，时间虽短，它发展的脚步却十分有力。就一门学科而言，它在结合对叙事作品的分析与研究中，逐渐形成了自身独特的理论体系，构建起一系列越来越为人们广泛接受的核心概念，它既拥有无限丰富的研究对象，又有独树一帜的理论视野，因而，在众多理论和实践研究中，尤其是在文学艺术研究领域中显得不同凡响。

　　在诸多形形色色的理论中，不乏维持不了多久便成明日黄花之论，在理论的潮流中连一阵涟漪都无法激起。而叙事研究或叙事学研究，却远非如此这般面相。在数十年的时间里，它稳健的发展所表现出的状况值得引起我们注意，也值得引起我们深思。就它所受到的关注程度而言，可说是从涓涓细流的流淌，到日渐汇融，直到汇流成河。这一轨迹，可从最近对中国知网的检索中，看出其基本的状况。笔者分别输入"叙事"/"叙述"这两个检索词，得出的结果是，自1950年开始，以"叙事"/"叙述"作为标题的论文共计54957篇。其中，最早的一篇出自1950年，是这一年唯一的一篇。由此到1979年，每年的相关论文不足10篇；从1980年到1987年，每年不足100篇；从1988年到2001年，每年不足500篇；而从2002年到2004年，3年时间就达到一年1000篇以上；2006年超过每年2000篇；2008年超过每年3000篇；2011年超过每年4000篇；2014年超过每年5000篇；2015年5435篇；2016年5548篇。这样一个数据，再形象不过地展示出这一研究的发展趋势。如果做一个预测的话，有理由相信，它多半会继续延续这一发展势头。

从叙事研究的发展景象来看，人们不禁会问，它何以会出现这样一种良性的正向发展状况，何以会历经数十年而不衰。在这里，应该说，叙事理论本身所具有的科学性和适用性，及其研究对象的大量存在无疑是一个重要因素，它使乐于进入其中的研究者都可以寻找到自己的兴趣点，可以做出与以往研究不相雷同的新的探索。学术研究的生命力在于创新，在于具有学术和科学意义上的创新，在这方面，叙事研究、叙事学研究所具有的力量不可低估。除此之外，还可以举出许多理由，但在笔者看来，其中两个方面的原因尤其引人注目。

第一，叙事理论在发展的过程中，不墨守成规，不故步自封，而具有开放性、包容性的特点，能够不断对理论本身进行必要的修正与调整，使之在发展的过程中得以保持理论本身的敏锐性，具有丰富的阐释力。叙事学这样的发展路径，在它许多理论发展的关头展现出来。比如，从这一理论开创之初固守于文本之内，不逾越文本的界限，到后来突破这一人为的藩篱，获得新的生命力；从长时期将自身限制在叙事作品，尤其是叙事虚构作品的研究范围，到打开大门接纳其他不同的文类；从单一的叙事学理论视角，到在保持其基本理论导向的基础上，不吝吸取其他有价值的理论资源，形成理论的合力，等等，从中都可看出它对理论本身的不断革新、发展、完善，而这样的结果往往是令人意想不到的。举个例子，叙事学的跨文类研究现在已经成为研究的重要方向之一，并取得了丰硕的成果，然而，其中的一些文类界限曾经在长期的研究中都难于突破，比如，抒情诗的叙事学研究，就在很长时间内被排斥于叙事学研究之外，笔者在2008年出版的《叙事学导论：从经典叙事学到后经典叙事学》一书中，就曾明确地将抒情诗歌排除在叙事学研究的范围以外。在叙事学跨文类研究的背景下，21世纪以来，抒情诗的叙事学分析和研究悄然起步，进入研究者的视野，笔者被这一富于新意的研究方向所吸引，对这一新领域进行理论探讨与实践分析，仅仅在最近三四年时间就集中写出了十余篇诗歌叙事学的研究论文，发现它潜在的研究空间居然如此广阔。

第二，叙事理论从某种意义上说，具有十分抽象的理论维度，但与此同时，它又是十分形象、最富于实践性的理论之一，是最注重将理论与文本分析实践密切结合、融为一体的理论之一。它不以一幅令人生厌的僵硬的理论面孔示人，而往往伴以大量形象的文本例证，增强其理论的可信度与说服力，具有一种理论的亲和力。18—19世纪的德国，在哲学、美学中不乏众多高深理论之作，莱辛一部篇幅不长的著作《拉奥孔》却给人印象十分深刻，原因就在于它的理论源自文学艺术的实践，源自对形象的文本的分析与阐释中，字里行间往往跃出令人信服的理论描述，却又让人感到十分亲切。打开任何一部中外叙事学著作，都可以看到，在其中条分缕析的理论描述中，往往伴随丰富的文学艺术文本例证，读来让人兴趣盎然。

在叙事学研究的不断发展中，我们推出这套"叙事研究丛书"，就是希望总结近年来在这一研究领域所做的工作，并不断将这一研究向前推进，继续结出新的果实。自然，其中也包含借此获得学界同人批评指正的殷切期望，以使我们的研究做得更为扎实，更为合理。

这套丛书由云南大学叙事学研究中心主持。丛书的作者主要为中心的成员，同时也不限于此，欢迎叙事学研究的同行加入这一行列。云南大学叙事学研究中心成立于2014年，时间虽然不长，却已做了不少力所能及的工作。2015年承办了在云南大学举行的第五届叙事学国际会议暨第七届全国叙事学研讨会；同年主持了另一套丛书"当代叙事理论译丛",已由北京师范大学出版社陆续出版。前面谈到中国叙事学研究旺盛的发展势头,国外的叙事学研究,同样呈现出一派繁荣发展的局面。这套译丛选取的就是21世纪以来国外重要的叙事学著作,翻译出版以引入国外新的理论资源,更为及时地介绍来自国外的声音。两套丛书可以说互为补充,我们衷心希望通过这两套丛书,促进国内外叙事学界的交流,繁荣学术研究,为中国叙事学的发展尽绵薄之力。

谭君强
2017年7月于云南大学

目　录

绪论　聚焦研究 ……………………………………………………（1）
一　聚焦的客观存在 ………………………………………………（3）
　（一）层次区分 …………………………………………………（4）
　（二）关系区分 …………………………………………………（10）
　（三）研究方法 …………………………………………………（16）
二　叙事作品聚焦分析之再研究 …………………………………（17）
　（一）聚焦存在的隐匿性 ………………………………………（17）
　（二）感知主体的臆想性 ………………………………………（21）
　（三）聚焦分析与文本切分 ……………………………………（25）
三　聚焦与可能世界 ………………………………………………（31）
　（一）聚焦与虚拟 ………………………………………………（32）
　（二）聚焦与感知 ………………………………………………（43）

第一章　从"文字"追溯"话语"：口传文学时代的聚焦特征 …（50）
一　神圣叙事背后的集体感知 ……………………………………（51）
　（一）框架结构交流显性化与真实感 …………………………（51）
　（二）仪式叙述中的神圣性 ……………………………………（61）
　（三）特殊与普遍中的框架结构 ………………………………（72）
二　凝滞的时空：从仪式到场景 …………………………………（77）
　（一）场景与时空感知 …………………………………………（78）

（二）《圣经》中的"场景" ································ (87)
　三　拉祜族《牡帕密帕》的时空感知 ························ (99)
　　（一）"自足创造"与"创造"的主客关系 ···················· (100)
　　（二）创造与时空秩序的构建 ··························· (105)

第二章　从"文字"到"图像"：视觉时代的聚焦变形 ··········· (110)
　一　穿越不同叙述层次的聚焦 ···························· (113)
　　（一）叙述层次与聚焦 ······························· (116)
　　（二）关联不同层次的感知类型 ························· (119)
　　（三）化身记忆主体的聚焦主体 ························· (122)
　二　电影《重现的时光》聚焦类型与载体意义 ················· (127)
　　（一）镜头感与综合感知 ····························· (129)
　　（二）零聚焦与内聚焦 ······························· (137)
　　（三）观者如上帝 ·································· (145)
　三　真实电影的聚焦呈现及其价值指向 ····················· (149)
　　（一）"言行一致"的"自然呈现" ························ (150)
　　（二）多重交流行为的叙述延展 ························· (153)
　　（三）"双向认同"的学科追求 ·························· (155)

第三章　从"独白"到"喧哗"：多媒体时代的聚焦悖论 ········· (159)
　一　网络小说内聚焦的个人私语 ·························· (161)
　　（一）载体转换与文本价值判定 ························· (161)
　　（二）第四重主体身份遮掩下的个人私语 ··················· (166)
　　（三）《八月未央》内聚焦特征分析 ······················ (174)
　二　网络游戏"零聚焦"的集体强势 ······················· (185)
　　（一）个体感知掩盖下的行动感知 ······················· (186)
　　（二）异于摄影机聚焦的屏幕聚焦 ······················· (191)

结语　聚焦发展趋向 ··································· (197)

附录 质性研究与叙事学分析的有效对接
　　——以《维廉·麦斯特的学习时代》的分析为例 ················· (201)

参考文献 ·· (212)

后记 ·· (225)

绪　论

聚焦研究

聚焦（focalization）概念的产生与多个学科有关。经 JSTOR 数据库检索，最早可以追溯到 1856 年。在其诞生的 25 年间，与之相关的 4 篇研究论文，就已经涉及艺术[1]、哲学[2]、光学[3]和物理学[4]等多个学科。

一个半世纪之后，聚焦这一概念不仅继续与视觉感知紧密结合，成为叙事学的重要概念，同时，被广泛地运用于意识形态研究、女性主义研究、文化研究等多个研究领域，在后经典叙事学研究、质性研究等多学科、跨学科的发展中发挥着重要作用。聚焦概念在多个学科的扩展，体现了人类解读自身认知奥秘的渴望，也是学术研究中，叙事学从结构分析走向认知分析的延伸。

热奈特在 1972 年的《叙事话语》中阐释了聚焦，区分出"谁说"和"谁看"两个不同层面。[5] 之后，米克·巴尔等人分析"聚焦"，区分出视觉感知的主客体，也就是"看"与"被看"两个要素的关系，而且进一步用"谁感知"取代了"谁看"，明确指向了隐藏在叙述层面之

---

[1] Thomas, J. Watson Library, The Metropolitan Museum of Ait, "The Two Pre-Raphaelitisms. Third Article. The Modern Pre-Raphaelites," *Crayon*, Vol. 3, No. 11.

[2] James, W., "Brute And Human Intellect," *Journal of Speculative Philosophy*, Vol. 12, No. 3. pp. 236—276.

[3] Fell, G. E., "The Binocular Microscope and Stereoscopic Vision," *Proceedings of the American Society of Microscopists*, Vol. 3, pp. 69—83.

[4] Stevens, W. C., "Diagrammatic Representation of Stereoscopic Phenomnena," *Science*, Vol. 2, No. 78. pp. 609—612.

[5] Genette, G., *Narrative Discourse: An Essay in Method*, Cornell University Press, 1983, p. 189.

后的感知层面。聚焦研究至此基本摆脱了聚焦概念是否存在的讨论，专注于聚焦分类标准的研究，试图梳理聚焦对于叙述层面与聚焦层面关系的意义和价值。

首先，聚焦研究承认聚焦依附于叙事文本而存在。聚焦主体和聚焦客体与叙事文本其他层面的主客体之间既有联系，更有区别。所以，聚焦研究必须尊重其与叙事文本其他层面的关联。基于上述原因，热奈特将聚焦类型的区分标准部分设定为人物与叙述者之间的不同关系。而沃尔夫·施密德所归纳的视点的五种参量，皆是与行动层面的人物有关。[①]

而另一方面，聚焦不仅依附于客观存在的文本，而且超越其上，以感知行为作为其存在标志。因此，感知行为的发送和接受双方不能简单地对应于文本叙述行为的主客双方。与叙述行为的关键不同在于，感知行为的主体并非某种实体存在，而是一种抽象存在。按照伯克哈德·尼德霍夫（Burkhard Niederhoff）的说法，是与臆想实体（hypothetical entities）有关的概念。[②] 埃德蒙斯顿（W. F. Edmiston）也较为谨慎地使用了臆想旁观者、臆想目击者以及臆想理解等来指称聚焦者和聚焦的功能。[③] 而戴维·赫尔曼就直接认为聚焦（主体）是臆想实体。[④] 这些关于聚焦主体的讨论实际上都指向了聚焦行为超越文本存在的本质特征。更进一步，因为聚焦行为感知主体的抽象存在，所以其行为所指向的内容并不是现实生活中的感官所获得的具体感知，而是以文本为连接，复合了感官、感知、情感等在内的信息综合体。因此，聚焦研究需要尊重以下两点：

首先，叙事文本并不能带来直接感知，而是通过语言文字，体会各种感知及其综合，唤起复杂情感，完成对虚构世界的认识和理解。所以，基于文本信息承载方式的特殊性以及叙述方式的差异，聚焦的类型也就与叙述者的类型等问题交叉在一起，聚焦研究成为超越叙事文本多

---

① Schmid, W., *Narratology: an introduction*, Berlin, Walter de Gruyter, 2010.

② *Focalization*, http://hup.sub.uni-hamburg.de/lhn/index.php/Focalization#History_of_the_Concept_and_its_Study.

③ Edmiston, W. F., *Hindsight and Insight: Focalization in Four Eighteenth-Century French Novels*, University Park, Penn State Press, 1991.

④ Herman, D., "Hypothetical focalization," *Narrative*, Vol. 2, No. 3 (1994).

层面的混合研究。

其次，聚焦研究通过还原文本接受，关注信息承载的不同方式，着手于经过感知加工、视点接受与选择所呈现的想象空间。所以，包括叙事文本的聚焦呈现方式与时代因素、叙事模式、隐含作者乃至读者在内的诸多要素就成为聚焦研究的相关重点。这也是聚焦概念成为后经典叙事学中意识形态研究、女性主义研究的重点研究概念的根本原因。

基于聚焦的客观存在和聚焦与文本其他层面的复杂关系，本书的聚焦研究选择媒介载体差异作为切入点，比较在不同的媒介环境之下，聚焦呈现的差异，以叙事文本分析为基础，以还原抽象存在的虚构世界的构建规律为目标，寻求作品、叙事文本、虚构世界不同层次的关联，开展口头文本、书面文本、影视文本和不同媒介载体叙事文本的比较研究，探究多媒体时代的叙事聚焦发展趋向，回归聚焦的本质存在，同时通过逻辑推演，探求可能出现的聚焦呈现方式。

一 聚焦的客观存在

聚焦概念的出现是叙事学发展到一定阶段的产物，不论它以何种概念、何种角度的理解出现在我们的生活中，聚焦所对应的文本现象、所指向的客观存在都无法否认。叙事学中，与聚焦相关的概念包括观察点（point of view）、叙述透视（narrative perspective）、叙述焦点（focus of narration）、叙述情境（narration situation）、叙述视点（narrative point of）、叙述样式（narrative manner）以及叙述视角（narrative point of view）等诸多概念。[①] 聚焦、视角，抑或是观察点，众多概念纷纷登场。聚焦概念法虽然在能指层面面临术语名称不统一的问题，但也说明了聚焦概念存在的必要性，它必然指向客观存在的某些事实。

[①] 谭君强：《叙事学导论：从经典叙事学到后经典叙事学》，高等教育出版社 2008 年版，第 83 页。

（一）层次区分

聚焦区别于行动和叙述行为，是以感知行为为标志，并以不同的行为主体作为识别特征。聚焦概念首次被引入叙事学研究，就体现了研究者对行为及其主体差异的敏锐觉察。热奈特在1972年的《叙事话语》中阐释聚焦概念，已然区分出"谁说"与"谁看"[①] 两个不同的层面，至此"说"和"看"分别成为叙述与聚焦两种行为的指称。

聚焦概念的出现强调独立于叙述之外的感知行为，用热奈特的话来说就是"谁感知"与"谁说"的区别。使用同样的一个代词"谁"，对应的却是感知与叙述不同主体的区分。感知与叙述不同行为的主体区分还来自同一行为内主客体的进一步明确。米克·巴尔在1977年《叙事学——故事的进程：四部当代小说叙事意义散论》一书中对热奈特三种聚焦类型的批评，直指问题核心：外聚焦与其他二者的区别不是基于视角本身，而是基于功能的对立。在内聚焦中，人物既是聚焦的主体，又是观察的对象。在零聚焦中，感知人物是他或者他自身聚焦的对象。（在混乱的分类）之后，这个概念就失去了它原初的意义：热奈特命名的第二种聚焦即"内聚焦"，所说的"被聚焦"的人物"看"，而在第三种即"零聚焦"中，人物不能看、但是能被看。因此，这不是"看"实体存在之间的区别，而是视觉对象之间的区别。[②] 同一个个体的存在不能兼任同一个行为的主客双方，但是在具体的分析中我们往往会用聚焦人物的概念混淆感知主体和行动主体，用人物叙述者混淆行动主体和叙述主体，甚至用叙述者指称聚焦者。究其原因就在于聚焦、故事、叙述三个层面的重叠与关联。还是从聚焦感知的存在入手，感知的行为方式可能是具体的听觉、触觉或者味觉，也有可能仅仅是一种环境、氛围的整体性认知。但是如果当感知的方式是听觉，而叙述主体又是用说的方式进行叙述，感知主体和叙述主体之间的界限就会比较模糊。例如当语

[①] Genette, G., *Narrative Discourse: An Essay in Method*, Cornell University Press, 1983, p.189.

[②] Bal, M., *Narratologie. Les Instances du Récit: Essais sur la signification narrative dans quatre romans modernes*, Paris, Editions Klincksieck, 1977, p.199.

言作为媒介时，就存在两种易于混淆的理解。一种是从感知生成感知的叙述，可以归纳为"先听后说"。与之相反的是从叙述到受述的过程，也可以归纳为"先说再听"。而采用视觉呈现进行叙述时，也会产生类似的混淆，"见其所视"的叙述过程与"视其所现"的感知生成也会相互混淆。所以，当热奈特用"谁感知"与"谁说"来区别感知主体与叙述主体之时，在"感知"的新概念之下，还隐含了更为重要的区分：二者的区别不仅在于感知方式和叙述方式之间的重叠与差异，还在于主体"谁"存在本质差别。

因此从行为以及主客体之间的差别入手，可以得出同一个叙事文本对应的三个不同的层面。

聚焦、故事、叙述三层面主客体对照

层面	主体	客体
聚焦（感知）	聚焦者	聚焦对象
叙述（叙述）	叙述者	受述者
故事（行动）	行为者（人物）	目标

叙事文本中，故事是由多个行动复合、叠加而成，所以在叙事学研究中有故事线、核心故事、次要故事等多个与故事有关的概念。在叙事学的传统理解中，"故事"更多的是一个类似恒常存在的概念，它常被表述为从叙事文本或者话语的特定排列中抽取出来的、由事件的参与者所引起或经历的一系列合乎逻辑的、并按时间先后顺序重新构造的一系列被描述的事件。[①] 故事概念的提出以及之后"功能"、"行动元"等叙事学概念的提出正是为了解决抽象意义上对所叙述内容（或者说行动）的逻辑研究。

根据格雷马斯对故事结构模式的划分前提：行为者具有一种意图，他们渴望达到某一个目的。这种渴望或者是实现某些他们所追求或喜欢

[①] 谭君强：《叙事学导论：从经典叙事学到后经典叙事学》，高等教育出版社2008年版，第21页。

的东西，或者是逃避某些讨厌或不赞成的东西。[①] 在叙事学的研究中，主客体的关系仍然可以延续到叙事文本其他两个层面的研究中。故事的主体，或者说是行动的主体是行动者，而客体就是目标。叙述行为的发起者是叙述者，它是表达语言符号的行动者，这一表达构成了文本本身。而在其他媒介中也存在与之等同的行动者。[②] 而叙述行为的接受者就是受述者。因此，同一个叙事文本三个层面的主客双方都具有特定的关系。聚焦研究中，米克·巴尔也是从"关系"的角度认识聚焦并区分感知关系的主客体。她明确指出，聚焦是视觉与被"看见"、被感知的东西之间的关系（I shall refer to the relations between the elements presented and the vision through which they are presented with the term focalization. Focalization is, then, the relation between the vision and that which is seen: perceived[③]）。

　　同一个叙事文本三个不同的层面以主客体之间的关系及其对应的行为意图的实现为连接，形成了既有关联，又有区别的复杂关系。聚焦、故事、话语作为感知、行动、叙述的三种不同的行为，对应的行为主体分别是聚焦者、行动者和叙述者，对应的行为客体分别是聚焦对象、行动目标和受述者。他们之间存在着密切的关系。从三个行为层面之间的复杂关系看待聚焦，将有助于辨析传统的聚焦分类标准，把握聚焦与其他两个层面主客体之间的关系，更为清晰地理解传统的聚焦分类所掩盖的叙事文本的多层次关系。

　　从具体的研究方法看，在不同行为特征和主客体存在的三个层面上研究同一个叙事文本，延续的是20世纪以来结构研究的基础范式，通过具体的层次研究，承继结构主义、英美新批评以来的基础研究方法。20世纪以前的传统文学研究主要关注"作品"层面的研究。俄国形式主义者什克洛夫斯基使用法布拉（Фабула）与休热特（сюжет）这两个对立的概念，强调艺术创造性变形前后的事物的不同性质。英

---

　　① ［法］格雷马斯：《结构语义学》，吴泓缈译，生活·读书·新知三联书店1999年版，第252—256页。

　　② Bal, M., *Narratology: Introduction to the Theory of Narrative*, Toronto, University of Toronto Press, 1997, p.18.

　　③ Ibid., p.142.

美新批评广泛使用"文本",指称统一的文本客体,有能力又敏锐的读者皆可在书页上得到它"公开的"意思。① 之后,在英美新批评文本研究和俄国形式主义文论再发现的基础上,格雷马斯撰文指出叙述层次性的存在,即"必须区分两个不同的表达和分析层次:一个是叙述的表面层次,在这一层次,叙述过程通过语言实质表达并受特定的要求所约束;另一个是内在层次,它像一个共有的结构主干,在表达之前叙述性就在此存在并得到组织。这样,共同的符号层次就同语言层次区分开来;不管表达时选择什么语言,从逻辑上来说,符号层次总先于语言层次"②。罗兰·巴特也表达了类似的看法,他认为,叙事作品是一个等级层次,这是毋庸置疑的。理解一部叙事作品不仅是理解故事的原委,也是辨别故事的"层次",将叙述"线索"的横向连接投射到一根纵向的暗轴上。③

在已经确定了叙事文本的层次性之后,热奈特继续使用层次分析的方法研究聚焦的类型。当下叙事学界都极为熟知的热奈特聚焦分类实际上是从两个层面、两个标准区分聚焦类型。热奈特的"内聚焦"包括固定式、转换式和多重式三种不同的聚焦类型。④ 基于故事行为层面人物与人物经历故事的一对一、多对多和多对一关系一类型划分标准,是相对容易辨识的,具有较好的可操作性。但是热奈特解释"零聚焦"、"内聚焦"和"外聚焦"三个类型划分所采用的标准,使具体的分析操作和逻辑理解上都有一定的难度。热奈特的三个聚焦类型所指向的叙述者与人物之间所知内容的对应关系貌似合理,但实际上杂糅了聚焦、故事和话语三个层面的复杂关系。同样的问题也发生在其他理论家的研究中。正如尚必武所指出的,在"谁看"与"谁说"这一问题上,布、沃

---

① Abrams, M. H., *A Glossary of Literary Terms*, New York, Harcourt Brace, 1999, p. 316.

② [法]格雷马斯:《叙述语法的组成部分》,张寅德主编《叙述学研究》,中国社会科学出版社 1989 年版,第 96 页。

③ [法]罗兰·巴特:《叙事作品结构分析导论》,张寅德译,张寅德主编《叙述学研究》,中国社会科学出版社 1989 年版,第 9 页。

④ Genette, G., *Narrative Discourse: An Essay in Method*, Cornell University Press, 1983, p. 189.

二人对叙述视角的划分缺乏统一的标准。① 实际上，只能从"谁看"和"谁说"确实存在的关系上再次梳理杂糅的关系，聚焦本身的特质才能得以明确。

热奈特进行聚焦分类之后再次强调"聚焦方法不一定在整部叙事作品中保持不变"②，并认为"不折不扣的所谓内聚焦是十分罕见的"③。上述的态度与热奈特之后的观点有着潜在的联系。热奈特承认，"我们把握人物就像把握我们自己，不是从自身，而是通过我们对事物的直接意识，对周围事物的态度的直接意识来把握自己"。热奈特的表述可以进一步明确阐释为："我们作为读者去把握、认识故事中的人物类似于我们在日常生活中把握、认识我们自己的存在和行为。我们无法，也不能从我们作为世界中的单独个体的物质存在来把握、认识自身，而是需要运用我们的感知对世界中其他外在于自我的其他事物的直接感知，通过我们的感知对周围事物的态度的直接感知来把握、认识产生感知能力的我们个体生命的存在。"从这个层面上看，热奈特几乎已经触及了类似的感知串联三个文本层面的关键问题了。

但是热奈特问题的根源，正如米克·巴尔在 1977 年《叙事学——故事的进程：四部当代小说叙事意义散论》一书中所指出的那样，热奈特聚焦分类的弊端正在于热奈特没有定义聚焦，或者说只是给予了聚焦一个含混的定义。这也是导致聚焦研究混乱的根源。而米克·巴尔的聚焦关系论则较好地梳理了热奈特聚焦理论分类标准存在的缺陷。直接切中要害的是，米克·巴尔所指出的人物在内聚焦中"看"，而在零聚焦中"被看"。"看"与"被看"两种功能不能存在于同一个层面同一个主体，它不能既是感知行为的发送者，又是该行为的接受者。因此，从米克·巴尔聚焦主、客体关系论出发，聚焦与故事、话语其他两个层面之间的关系更为清晰。

之后的探索继续彰显聚焦层次独立的必要。沿着米克·巴尔聚焦主客体的区分，皮埃尔·维图（Pierre Vitoux）在 1982 年提出了主观

---

① 尚必武：《叙述聚焦研究的嬗变与态势》，《天津外国语大学学报》2007 年第 6 期。

② Genette, G., *Narrative Discourse: An Essay in Method*, Cornell University Press, 1983, p. 191.

③ Ibid., p. 192.

聚焦和客观聚焦两种分类。① 但是米克·巴尔之后的聚焦研究在之后并没有延续之前的思路，而是在聚焦主体臆想性质上左右摇摆。在《叙述学：叙事理论导论》中，米克·巴尔谨慎地使用聚焦概念。在米克·巴尔看来，聚焦主体不仅可以由某一行动人物所担任，而且可以由事件外的某一匿名代言人承担。② 实际上，米克·巴尔的聚焦主体分类与热奈特的聚焦三分法本质上都是基于同一个标准，即通过假想的方式在故事层面中寻找到具有感知到相应信息能力的某一个人物。聚焦主体与行动主体处于同一个层面的判断，将聚焦研究倒退回引发争议的开端。

从米克·巴尔提出的聚焦主体的两种情况看，按照"事件外"是"外于故事"的理解，也就是聚焦主体与故事行动主体——人物必须加以区分。聚焦主体可以由某一行动人物所担任的情况只是一种特殊情况，即故事行动层面的人物视角能够感知到的信息与聚焦层面主体感知的情况有重合的部分。至于匿名代言人，这样的称谓似乎与叙述代言人比较类似，但是，整个聚焦概念的提出是基于谁看与谁感知的区分。米克·巴尔提出"匿名"的表述，一方面强调聚焦主体的虚拟性和抽象性，另一方面，"事件外的代言人"也会容易让人们在理解聚焦主体时，将其误认为是更高一个故事层面的匿名人物，也就与叙述层面纠缠不清。

本质上，聚焦主体与叙述主体分别对应承担感知行为和叙述行为的主体功能。戴维·赫尔曼认为，不同聚焦类型的存在应该归结于不同的视角，正是通过视角可以获知信息——法布拉（fabula）——它是由所提供的叙事文本构成。③ 按其所述，通过分析叙事文本获知信息，信息的获得经过了视角的删选，比如人物视角等。标识性的人物视角与聚焦并不完全等同，原因就在于其感知的主体并非出没于叙事文本中故事层面的人物，而是一个臆想的主体。

所以，米克·巴尔提出的聚焦人物（focalized character）、隐含读

---

① Vitoux, P., "Le Jeu de la focalization," *Poetique*, Vol. 51 (1982), pp. 359–368.
② Bal, M., *Narratology: Introduction to the Theory of Narrative*, 1985, p. 104.
③ Herman, D., "Hypothetical Focalization," in *Narrative*, Columbus, 1994, p. 231.

者（implied spectator）等概念与她对聚焦性质的突破性研究背道而驰。在实际的文本分析中，聚焦人物也不能与聚焦对象和故事中有具体行动及心理活动的人物概念区别开来，而隐含读者提升对聚焦本质和叙事文本的理解和分析。所以在提出这两个概念之后，不仅其他的叙事学家都没有采用这两个概念，米克·巴尔本人也将这两个概念弃之不用。

随着对聚焦概念的深入挖掘，聚焦独立于叙述和故事层面，以感知的可能性作为最大的标识，以感知的互通关联起叙述和故事其他两个层面，从而揭示出叙事文本呈现的多层次性的存在特征。

（二）关系区分

继续拓展叙事文本中三个层面及其对应的主体，为虚拟性和抽象性的聚焦在具体的叙事文本分析中的运用提供了一个前提条件。从行为生成来看，先有叙述的行为才有叙事文本的产生。而我们所见的、已然成型的叙事文本则反证了叙述行为的存在。所以，即使是最小的叙事文本都包括故事层面和叙述层面两个不同层面的存在。同一个叙事文本对应不同的三个层面，因而各个层面之间的关系不仅是文本阅读中叙述交流得以实现的关键，也是叙事学研究中梳理众多叙事聚焦类型差异的关键所在。

明确了叙事文本三个层面之间的相互关联又各有区别之后，再来看之前叙事学家们所提出的不同的聚焦分类，就可以从中看出各个标准所挖掘的、聚焦的不同特征。

热奈特两层次三分法聚焦分类的第一层次分类的标准，甚至可以追溯到让·普荣（Jean Pouillon）在1946年《时间与文学》[①]中提出的视野（vision）分类，以及托多罗夫在《文学叙事的种类》[②]（*Les catégories du récit littéraire*）中提出的语体（aspect）三分法。

---

① Pouillon, J., *Temps et roman*, Paris, Gallimard, 1946.
② Todorov, T., "Les catégories du récit littéraire," *Communications*, Vol. 8（1966）, pp. 125–151.

热奈特、普荣、托多罗夫聚焦三分法对照①

让·普荣	托多罗夫	热奈特
后视野（from behind）	叙述者（所知）＞人物（所知）	零聚焦
同视野（with）	叙述者（所知）＝人物（所知）	内聚焦
外视野（from without）	叙述者（所知）＜人物（所知）	外聚焦

三位学者的三分法的判定都从叙述者所述内容与人物感知之间的关系出发：在主体存在方面，用叙述者偷换了聚焦者；在感知方面，用人物可能的所知替代了聚焦抽象的感知状况。所造成的后果就是，聚焦研究似乎等于叙述者的主体与人物的感知之间的多种对应关系分析。

热奈特所展示的聚焦三种类型无一例外都是以"知道的情况"为衡量标准，实际上就是根据文字载体为基础的信息获知，比较叙述者所说的内容与所推测的不同人物所能知道的情况之间的差别。

热奈特的聚焦类型三分法以其开创性和文本分析实践的有效性而成为叙事学界较为通用的聚焦分类标准。热奈特认为，"零聚焦"也称作"无聚焦"，指的是无固定视角的全知叙述，代表传统的叙事作品类型。它的特点是叙述者比人物知道的多，更确切地说，叙述者说出来的比任何一个人物知道得都多；"内聚焦"的特点是叙述者只说出某个人物知道的情况；"外聚焦"则是叙述者说的比人物所知道的要少。②

热奈特"零聚焦"、"内聚焦"和"外聚焦"的聚焦类型划分有三个重点：第一，所有的聚焦类型都关乎"感知"信息，即文中所说的"知道"；第二，不同聚焦的聚焦类型所"感知"到的信息，存在多寡的区别；第三，比较感知信息的多寡需要有参照的标准。热奈特所选择的参照标准是故事层面人物的感知。在标准选择方面，德国叙事学家沃尔夫·施密德与热奈特所见一致，甚至一度坚持使用视点（point of view），而非聚焦（focalization）。他所归纳的视点五种参量——空间、意识形态、时间、语言和感知，皆与行动层面的人物有关。

---

① Schmid, W., *Narratology: An Introduction*, Berlin, Walter de Gruyter, 2010, p. 92.

② Genette, G., *Narrative Discourse: An Essay in Method*, Cornell University Press, 1983, p. 189.

沃尔夫·施密德以车祸的法庭目击证词阐述为分析对象。其中，空间视角取决于法庭目击证人在车祸当时的空间位置。而对行车知识的了解和交通法规的熟悉使年轻男人与从未驾车的老年妇女在讲述交通事故时可能有截然不同的表述，而持不同价值体系立场（evaluative positions）的两个年轻人也会对事故产生不同的阐述。交警忙着帮助幸存者，而没有留意肇事车辆的车牌照。工程系学生从发动机的声响中识别出肇事车辆是四轮驱动，但是完全没有注意到颜色、形状等车辆外观。而工程系学生的朋友——一个诗人则敏锐地捕捉到事故发生时街道的"气氛"。时间视角表示最初的理解和之后的理解与表达行为之间存在不同，理解不仅意味着最初的印象，也包含之后的经过和表述。因此，一个完全不懂驾车的目击证人在了解了相应的驾车知识之后，对车祸经过的一些小细节会有新的表述和认识。从语言视点的角度来看，语言并不是被叙述者所附加的，叙述者只是传递感知。语言在它被传达之前就已经存在于理解行为本身。这也是语言视点与理解紧密相关的原因。知觉视角的问题可以归纳为"通过谁之眼，叙述者看待世界"，或者是"谁为选择这些事件成分而不是那些事件成分在故事中的运用负责"[1]。

沃尔夫·施密德对视点的解释基于人物视点展开。所列举的空间、意识形态、时间、语言和感知五个要素都是依据人物视点对同一起交通事故作出不同阐释的原因。事故发生期间目击证人的位置、知识背景、价值立场、职业背景的不同都会影响到证言之间不同的表达，甚至随着时间的推移，对事故本身的认识也会发生变化。沃尔夫·施密德的视点分析的参照体系是以故事层面人物视点为基准。这样的分析方法有利于聚焦研究者回归感知主体所呈现的人性特征，在文本分析层面上操作起来非常便利。

归纳沃尔夫·施密德对所谓知觉视角的论述，可以发现聚焦呈现的是感知关系的中介作用和选择指向。他所谓的"通过谁的眼，叙述者看待世界"，也就是说叙述者和聚焦主体并不一致，与热奈特区分"谁看"和"谁感知"相一致。而且感知主体对于叙述主体叙述内容的表现具有

---

[1] Schmid, W., *Narratology: An Introduction*, Berlin, Walter de Gruyter, 2010, pp. 99–105.

选择制约的作用。"谁为选择这些事件成分而不是那些事件成分在故事中的运用负责",故事层面事件的组合不仅受限于感知主体的感知,还包括对感知内容的选择问题。这也就是热奈特将聚焦视为视域的限制(restriction of field)的原因。[①]所以,实际上,热奈特零聚焦(无聚焦)、内聚焦和外聚焦三者之间的本质区别不在于零聚焦(无聚焦)、内聚焦和外聚焦不同聚焦类型对应的故事层面人物视角的受限情况如何,而是基于受限情况的相互参照。

但是从沃尔夫·施密德在最后一个要素知觉视角的论述中可以看到,他仍然不能回避热奈特聚焦分类标准所发掘出的问题,即除了故事层面的人物视角之外,感知层面与叙述层面仍然存在着关键联系。

热奈特的"内聚焦"类型下的三个子类型——固定式、转换式和多重式,实质上就是通过故事层面与叙述层面的对应、参照,从而得到的不同感知关系。其分类标准除了以故事层面的人物视角为基准之外,还设定了叙述层面叙述者所叙述之事是作为行动主体在故事层面的人物所经历之事。通过总结一对一、多对多和多对一等内聚焦的三种子类型可以看出,内聚焦中,不仅一个或者一个以上的叙述主体所叙述的内容相似又有差异,而且一位或者一位以上的故事人物所知道的情况,同样是既相似又有差异。假设故事不变,内聚焦的三个子类型对应的分别是一个固定的叙述者讲述相对应的故事层面的人物行为、事件状况,或者是多个叙述者轮流讲述相对应的故事层面的不同人物的行为、事件状况,或者是多个叙述者讲述相对应的故事层面的同一个人物的行为、事件状况。转换式内聚焦如果继续更细致地切分,还可以分离为固定式内聚焦的组合。

我们不仅能够推测出故事中的人物所知,还可以在人物所知之外,想象出超于人物所知的行动层面。在一对一的固定式聚焦类型中,我们能够知道人物所知,我们还可以理解并且想象出在人物所知层面之上我们"应该"知道的内容。本质上,不同的叙述者所叙述的内容,仍然是人物所居故事层面的"不完全"情况。逻辑上,故事层面与叙述层面的

---

① Genette, G., *Narrative Discourse: An Essay in Method*, Cornell University Press, 1983, p. 189.

对应，双方都应该包括无限小和无限大的内容对应。但是实际上，这样理想化的对应方式无法实现。理论上，无限小的对应应该指涉单一固定的叙述者所叙述的内容与故事层面单一人物的单一行为的一一对应。但是由于人物行为本身的复杂性，文本中的一一对应表现为，叙述的内容明确地局限于人物的言语内容和动作描摹。

在强调叙述行为的叙述者与故事中的人物区别时，实际上热奈特还隐藏了作为感知推测的主体。在实际阅读和分析中，这个感知主体可以作为研究者热奈特自己出现，也可以是阅读时读者自身，甚至是再次阅读审视作品的作者。热奈特隐藏自我感知，仅仅局限于与叙述者感知和人物感知相比较，错失了以感知为标志的聚焦对于叙事作品整体建构以及作品阅读体验完整性生成的价值和意义。

因此，三个层面间复杂关系的梳理，首先应该是同项对应，罗列三个层面的主体和行为特征。其次，同项对比，在对照中研究主体与主体之间可能存在的关系，以及三类行为如何发生交叉。

聚焦、故事、叙述三层面行为主体及行为特征

层面	主体	行为特征
聚焦	聚焦者	感知
叙述	叙述者	叙述
故事	行为者（人物）	行动

聚焦者感知行为者的行动，叙述者将聚焦者的感知以叙述的方式进行展示。因此，行为者的行动是聚焦者感知的直接对象。叙述者对于行为者行动的叙述呈现，经过了聚焦者的选择、限制。因此，叙事文本才能对应聚焦、叙述、故事三个层面。但是聚焦者"看"，叙述者"说"，行为者"动"，在文本中都有迹可循。值得注意的是，行为者的"行动"可以包括各类行为，自然也包括"看"和"说"。所以，聚焦者和叙述者有时才能被视为与故事中的人物相重叠。此时，聚焦者的聚焦行为又被称为人物视角。在书面叙事文本中，直接引语、间接引语成为叙述者的叙述行为与人物说话行为相重合的证据。人称代词作为叙述行为的判定词也会不停地提示叙述者与人物行动内容重合的可能性。在影视叙事

文本中，过肩镜头则是叙述者、人物和聚焦者对应关系的标志。相互重叠的聚焦者、行为者、叙述者在叙述惯例的遮掩下，混合于同一个叙事文本。让·普荣称为同视野，托多罗夫认为叙述者所知等于人物所知，热奈特将此命名为内聚焦。实际上，聚焦依托于叙事文本而存在，位于与行动、叙述并列的感知层面。

当聚焦者的感知行为不能与行为者某一故事人物的感知行为相对应时，情况就变得有些复杂，而两个层面之间的区别则更明显。逻辑上，人们总是不能说比他自己所知道的更多的事情。因此，假设当叙述者与聚焦者被视为同一个主体时，叙述者所说全部内容也只能是小于或者等于聚焦者所能感知的全部信息。当叙述者所叙述的信息有限地表达出聚焦者所感知的情况时，热奈特所谓的零聚焦也就成立了。热奈特将零聚焦定义为"叙述者所知超过了人物所知，更确切地说，超过了所有人物的所知"①。感知的超越实质是聚焦者感知对人物感知的超越。叙述者的叙述将此超越部分表达了出来。通过叙述者的叙述行为，可以确定的是聚焦者感知对人物感知的超越，也就是"无所不知的叙述者"。当话语可以毫无阻拦地叙述一切感知，视域限制没有起到任何作用，他所命名的零聚焦或者无聚焦，实至名归。

继续沿用叙事学理论的层次研究方法，在行为生成中，先有感知，才会产生叙述的行为，并由此产生叙事文本。而叙事文本的存在，不仅反证出叙述行为的存在，而且根据逻辑，我们不能"说"我们所不"知道"的"事情"，经由叙述行为推演出了感知的存在。而且，通过与叙述相对应的"阅读"，在某种意义上还原并更新了部分的叙述行为，所得到的感知与先前的感知相关，但又有差别，不过同时都依附于叙事文本的存在而存在。因此，聚焦的存在不仅局限于明显指向视觉来源的叙事文本，任何一个叙事文本都应该包括故事层面、叙述层面和聚焦对应的感知层面。所以，当下蔚然成风的认知叙事学涵盖的范围早已突破了视觉文本的研究，集中推进了叙事文本层次性研究，发掘叙事文本聚焦感知层面存在的共性价值。

---

① Genette, G., *Narrative Discourse: An Essay in Method*, Cornell University Press, 1983, p. 189.

(三) 研究方法

聚焦研究理论的突破应该服务于文本的分析，探究聚焦的本质特征。研究中，应注意文本层次性与线性叙述之间的依存关系。叙事文本是认识多层次性的叙事文本结构的对象基础，所以研究首先需要恢复叙事文本背后隐藏着的多层性的叙事文本结构。然后再用多层性的文本结构观照叙事文本本身，从而发现叙事文本的单向性和线性结构。

我们需要用业已成型的"叙事"方式去解读叙事文本，反过来叙事文本中的叙述方式也会塑造并且更新、改变解读叙事文本的方式。如果将叙事文本的解读视为叙事文本之上的超文本层，那么这个并不依附于物质载体而仅仅存在概念性叙事文本本身的元故事层，就为解读叙事文本提供了一个符合人类认知习惯的虚拟时空条件。此外，使用聚焦概念进行叙事学研究还存在三个需要克服的问题。首先，与虚拟的时空存在不同，叙事文本中以物质载体存在的叙事片段也是探究叙事文本内部的文本结构多层性的标识。多层次、立体型的世界杂糅在单向、线性叙事中，被分裂为一个又一个的叙事片段。而这些叙事片段，根据不同的叙述目的，它们之间的过渡就成为叙事学研究、观察叙事文本复杂性、叙述技巧多样性的重要切入点。整体性存在的叙事文本在基础研究层面回归到最小的文本单位，并且在叙事片段叙事性研究的基础上才能展开更具有概括性的研究。其次，米克·巴尔对热奈特聚焦概念的意见也提示了对聚焦进行分析需要注意的另外一个问题。米克·巴尔认为热奈特将聚焦概念含混地运用于不同的感官，主要是因为热奈特的聚焦概念包括越多的感知，虚拟性的聚焦和文本中人物的不同感知越有可能重合，加大了聚焦辨析的难度，导致叙事文本分析概念的混乱。而沃尔夫·施密德执着于人物视点概念，而舍弃聚焦概念也是基于同样的理由。所以研究需要以较为明确的主体划分为基础，以免重复、混杂文本所指向的不同层面。最后，需要确认的是聚焦虚拟性和抽象性的本质特征与叙事文本的分析实践的平衡。因此，具体的分析实践需要以感知作为联系文本三个层面的关键，以实际的阅读体验佐证并分析聚焦在具体的叙事文本中的不同呈现方式。因此，聚焦研究可以参照故事层面人物视角的特征展开分析、研究，但是不应受限于故事层面的人物视角的特征。聚焦作为感知关系，其主体存在臆想性。

聚焦的客观存在，决定了聚焦研究存在的必要性及其研究方法的特殊性。作为依托叙事文本而存在，与行动、叙述层面相互关联的感知关系，聚焦正是人们走进叙事，以叙述呈现和理解自身及其存在的关键所在。

二 叙事作品聚焦分析之再研究

在叙事学的学科发展中，部分经典文学作品因其独特的文本叙事特征为中外叙事学家所青睐，对这些作品的研究和分析成为推进叙事学理论的动力。例如，热奈特分析《追忆似水年华》写就的《叙事话语》、托多罗夫直接以分析对象和分析方法命名的《〈十日谈〉语法》都是叙事学理论的经典著作。随着中国叙事学的发展，经典叙事文本再次进入中国叙事学者的研究视域内，并且因为研究理论的不断拓展，成为中外叙事学对话和交流的桥梁。

本节以热奈特的聚焦分类和米克·巴尔的聚焦理论，以及米克·巴尔和谭君强对《包法利夫人》的叙事学分析为例，围绕聚焦是如何隐蔽在叙述与故事中、聚焦主体的臆想性特征，以及片段化的叙事文本背后感知的变化三个方面展开对聚焦的探讨。

（一）聚焦存在的隐匿性

叙事理论发展到一定阶段后，聚焦概念得以确认，它与叙述、行动等诸多概念交织在一起。热奈特、米克·巴尔等叙事学家对于聚焦类型的讨论正体现了聚焦隐匿在叙事文本叙述和行动不同层面之下的存在特征。

首先，聚焦依赖于叙述层面的叙述者和故事层面的人物，而聚焦感知与叙述内容和人物行为两个要素相关。谭君强就认为，"(叙述与聚焦主体对应情况的不同)，也就出现了不同的叙述与聚焦状况，产生不同的叙述聚焦类型,并对叙事作品产生可见的影响"①。因此,主体的差异是我们识别聚焦存在的关键,要识别出不同的主体就要经由主体所对应的行为内容来完成。所以,认识聚焦需要借助聚焦对应的感知内容与叙述对应的叙述内容之间的不对等情况,以此区分聚焦主体与叙述主体。

在热奈特所提出的聚焦类型中,外聚焦模式因为感知主体与人物、叙述者的关系相对松散,所以更容易凸显聚焦的存在。《白象似的群山》是热奈特认为的外聚焦的典型。《白象似的群山》开头是这样的:

> 埃布罗河河谷的那一边,白色的山岗起伏连绵。这一边,白地一片,没有树木,车站在阳光下两条铁路线中间。紧靠着车站的一边,是一幢笼罩在闷热的阴影中的房屋,一串串竹珠子编成的门帘挂在酒吧间敞开着的门口挡苍蝇。那个美国人和那个跟他一道的姑娘坐在那幢房屋外面阴凉处的一张桌子旁边。
> ……
> 那女人端来两大杯啤酒和两只毡杯垫。她把杯垫和啤酒杯一一放在桌子上,看看那男的,又看看那姑娘。②

这里指向的故事层面提及了埃布罗河河谷、白色的山岗、白地、车站、阳光、两条铁路线、房屋、门帘和酒吧间等一系列似乎不依赖于人而存在的所谓的客观事物。在真实的阅读体验中,读者反而会被作品中随处可见的白描式的叙述手法激发起一探究竟的好奇。采用叙事学的分析方法来看,产生上述叙事文本的叙述行为必然指向作为抽象主体的叙述者存在,即便他没有作为一个故事中存在的人物被读者的阅读体验所明确感知。更为确切地说,故事中任何一个人物都可以感知到叙述者陈述的所有内容。比较文本后面男女对话中的叙述者的存在状态,叙述者在上述叙事文本中的存在更为明显。实际上,对这片景致的描绘已经包

---

① 谭君强:《叙事学导论:从经典叙事学到后经典叙事学》,高等教育出版社2008年版,第86页。

② [美]海明威:《短篇小说全集》上册,陈良廷译,上海译文出版社2004年版,第306页。

含了相当数量的信息，可以帮助识别叙述者的存在。通过理解和感知处理的信息，包括方位的判断、山峦色泽、形状的视觉感知以及闷热的温度等的感知能力，可以判断出叙述者的存在是依托于这些感知信息的叙述行为，并且被这些感知信息的叙述行为所暴露出来。但是不论是文中所提及的姑娘、美国男人，还是女招待，甚至在一旁的旁观者都可以感知到上文所述的河谷风光和酒吧陈设。所以，根据叙事文本片段所包含的叙述并不具有排他性信息，不能帮助断定究竟是哪个故事人物的感知可以作为叙述内容的来源，甚至经过了读者的感知经验判断，故事中任何一个人物都能提供比叙述者叙述的内容更为丰富的感知信息。外聚焦叙述的张力在力图客观叙述的背后，总是隐藏着另外一个比原故事更为丰富的世界。就是这个以有限文字载体为基础，以感知为标识的世界，吸引着读者沉迷其中，试图依靠有限的线索，运用自我的能力去创作出另外一个有着更为明确价值指向的故事。

除了所谓的外聚焦类型，人物聚焦者也是叙事文本中常见的聚焦类型，属于分析实践中最易辨识的聚焦类型，但却是聚焦隐匿于文本之下，躲藏在叙述和故事层面最典型的类型。

热奈特以《包法利夫人》为例，简单归纳了内聚焦类型的不定式聚焦，但是从谭君强对《包法利夫人》开篇进行的细致解读中，也可以看出聚焦识别对于叙述层面和行动层面的依赖性。《包法利夫人》开篇如此介绍和描述了包法利入学的场景：

> 我们正上自习，校长进来了，后面跟着一个没有穿学生装的新学生……校长做了个手势，要我们坐下，然后转过身去，低声对班主任说：……
>
> 我们看他真用功，个个词都不厌其烦地查字典。当然，他就是靠了他表现的这股劲头，才没有降到低年级去；因为他即使勉强懂得文法规则，但是用词造句并不高明。他的拉丁文是本村神甫给他启的蒙，他的父母为了省钱，不是拖得实在不能再拖了，还不肯送他上学堂。
>
> 他的父亲夏尔·德尼·巴托洛美·包法利先生，原来是军医的助手，在一八一二年左右的征兵案件中受到连累，不得不在这时离

开部队，好在他那堂堂一表的人才，赢得了一家衣帽店老板女儿的欢心，使他顺便捞到了六万法郎的嫁妆。他的长相漂亮，喜欢吹牛……①

——《包法利夫人》

谭君强认为，"上述这一段叙述对于新来的学生作了介绍与描述，随之又对其家庭与父母开始了介绍。这些介绍与描述自然都是由作品中的叙述者所进行的。但是，这些介绍与描述出自谁的眼光呢"②。谭君强的分析遵循的首要原则就是从行为的内容推测行为的主体，以问题去发现答案。切入点是叙事文本所呈现出的叙述行为。谭君强的分析引入了聚焦者、人物、读者等多个主体，以叙述内容为关联，梳理不同主体之间的关系。遵循谭君强的研究思路，"从人物眼光出发所看到的（内容）"与"呈现……的描述（叙述内容）"③的对应关系，可以得到叙述内容与人物视点所感知的内容的对应性，这就是所谓的人物聚焦者的聚焦特征。

此外，谭君强的研究突出了聚焦超越对叙述和故事层面的依赖，成为隐匿在文本之下，关乎文本生成和阅读感知两个过程的核心作用。"第一个聚焦者显然与故事中的一个人物重合，这个人物也是此刻正坐在这个班级中的一个学生。呈现在人们面前的描述正是从这个人物的眼光出发所看到的。这个与某一人物相重合的聚焦者，将他或她所看到、听到、感受到的东西传达出来，使读者对这个新到来的学生有所了解。"④ 在分析的第一个阶段中，聚焦者、故事中的人物、描述，更准确地说是叙述三者同时出现。但是"描述"，也就是叙述所指向的"人们"和"这个人物"并非出于同一个层面。经典叙事学的研究对象是基于文本概念基础之上的叙事文本，所以关乎外部研究的作者和读者本应不属于叙事学的研究内容，也因此才出现了隐含作者代替作者，成为文

---

① ［法］福楼拜：《包法利夫人》，许渊冲译，译林出版社1992年版，第3—5页。
② 谭君强：《叙事学导论：从经典叙事学到后经典叙事学》，高等教育出版社2008年版，第85页。
③ 同上书，第85页。
④ 同上。

本生成源头及其意识形态倾向的概括。但是谭君强的分析将文本生成和阅读理解的现实过程纳入对具体文本的聚焦类型分析中，解释了文本的结构对阅读效果产生影响的过程。因此，在谭君强的分析中，"人们"实际上指向的就是下一个阶段——阅读感知阶段所说的"读者"。而人物是存在于故事层面的人物，与现实中的读者的交集不过是其"所看到、听到、感受到的东西"唤起了读者对"这个新到来的学生有所了解"。"唤起"表明的是引导行为，文学的想象性正是来源于人类共同情感与理解的召唤，想象力千变万化的魅力也同样来自发出"召唤"的符号与所"唤起"内容之间丰富的不对等。研究者作为现实世界中真实读者的一员，我们经由理解文本，所唤起的阅读感知从另外一个角度就成为所假定的文本生成原初感知的标准。所以在文本理解存在两个方向不同的阶段，从文本发生的过程来看，先有对故事行动的感知，才有对所感知内容的表达，也就是文本的呈现；但是从文本阅读的过程来看，先有读者（研究者）的阅读感知，据此推测不同的叙述者的感知，才能找到或找不到故事中所对应的人物感知。也就是说，隐藏在文本之下的聚焦存在经由阅读感知得以暴露。文本生成和阅读体验经由感知作为中介成为一个循环过程。每一次阅读体验的差异性激发起一个有所差异的独特文本。

因此，在实际的文本理解中，对聚焦的理解和认识需要通过转换叙述者和人物的感知，以感知内容的推导为识别的基础。这正说明了聚焦以感知关系作为本质存在，其本身就隐匿在故事中人物的感知与叙述者的感知关系之中。根据感知关系的对应与否和对应程度的深浅呈现出不同的聚焦类型。

（二）感知主体的臆想性

隐藏在文本之下的聚焦存在，借由读者的阅读感知得以暴露。但现实世界中读者视角、人物视角对应的不同感知，以及叙述者所叙述内容之间的对应关系却不能等同于聚焦感知的内容。对应于叙事的虚构本质，聚焦的本质强调感知与被感知关系的存在，其主体并非实体性存在，而是以故事中的人物和叙述层面的叙述者的存在为依托，体现了作为人类认知共性的基本特征。

热奈特选择聚焦这一概念进行表述，正是"由于视角、视野和视点是过于专门的视觉术语"，因而采用较为抽象的聚焦一词，它恰好与布鲁克斯和沃伦的"叙述焦点"相对应。① 热奈特所说的聚焦概念的抽象性，表面上为了与上述的视觉术语有所区别，深层原因是为了表达聚焦概念所指向的并非是具体化的人物感知。因此，在热奈特的三种聚焦分类中才会出现叙述者说的比人物知道的多或者少的两种情况。而这两种情况的存在也就表明了人物所知只是聚焦特征的某个参照体系，聚焦与人物感知有所关联，但是又不等同于人物感知。以热奈特的人物聚焦者为例，将故事层面的人物视点和文本的聚焦感知对等起来，某个具体人物对应于聚焦者，只是造成了某种错觉，即聚焦者与故事中的人物一样是某种实体性存在。如果认为人物聚焦者中的聚焦者是实体存在，那么我们就需要在热奈特外聚焦和零聚焦两个聚焦类型之中，寻找出相应的实体性存在的聚焦者。

谭君强在分析《包法利夫人》开篇的时候认为，"'说'与'看'、'叙述'与'聚焦'既可以出自于同一个主体，也可以出自于不同的主体"②。谭君强通过认可主体差异的存在，继而在实际分析中，肯定了热奈特关于聚焦与视角、视野和视点既有关联又有差异的观点。他认为，"上述叙述出自于两个不同的聚焦主体的眼光，也就是说，有两个不同的聚焦者对不同的但是互相关联的对象聚焦"③。谭君强的分析仍然从一开始就肯定了叙述与聚焦的关系。另外，谭君强从聚焦主体和聚焦对象两个角度进行的分析，也可以用来理解米克·巴尔所指出的，热奈特分析《包法利夫人》聚焦类型时混淆了聚焦主体和聚焦对象的原因。热奈特分析内聚焦类型的不定式聚焦，他以《包法利夫人》为例指

---

① [法]热奈特：《叙事话语　新叙事话语》，王文融译，中国社会科学出版社1990年版，第129页。

② 谭君强：《叙事学导论：从经典叙事学到后经典叙事学》，高等教育出版社2008年版，第85页。

③ 同上。

出，焦点人物首先是查理，然后是爱玛，接着又是查理。① 实际上，内聚焦是从聚焦主体的角度，对人物视点和聚焦感知之间的对应关系来进行判定。但是不定式聚焦是基于人物视点和聚焦感知之间的对应关系，从主体与客体的关系角度，分析人物视点的主体与客体感知的对应关系。

我们作为感知主体存在的时候，也存在经由感知行为将自己外化为感知对象的认知动力。这也就是人类自我认知的内在需求。所以，感知主体不能作为感知客体存在于同一个层面的逻辑，与我们日常生活经验中通过感知转换实现的自我觉察、自我认知并不矛盾。只是，自我觉察的对象是现实存在的个体，其主体只是一个臆想性的超越个体。所以超越现实存在的感知个体，聚焦的臆想性是由人类自我认知主体的非实体性所决定的。

回到《包法利夫人》的开篇，研究者从人称代词"我们"以及和"我们"的行为中推测到叙述者叙述的内容与包法利入学事件中同班同学的人物感知信息相重合。看似比较明显的所谓"内聚焦"在不知不觉中悄然转换成了"零聚焦"模式。同班同学的人物感知信息远远不能包括后段文字所介绍的有关包法利家庭的信息，但是在读者阅读叙事文本时，会天然地倾向认为叙述主体与感知主体是同一个主体。因为从逻辑上来说，没有感知就没有可以被叙述的、所感知的内容。但是在实际的文本分析中，可以看到二者并不一定完全同一。二者的区别就在于从被感知的内容到被叙述的内容，中间出现了主体的转换。可能存在叙述主体的叙述在故事层面指向故事中人物的行动。而感知主体却并非在故事中出现，即使故事中的某一人物和感知主体所感知内容相重叠，但是对感知主体的判断仍然基于一个推测，即感知主体本身就是一个"臆想主体"。臆想主体的存在是符合叙事文本本身虚构的叙事本质的。

为了验证这一点，可以从所谓的真实叙事中看到叙事文本本质的虚构性。根据希腊语"叙述"（διήγησις）的词源，叙述原指在法庭审判中，当事人或者目击证人陈述事件发生的经过。德国叙事学家沃尔夫·施密

---

① ［法］热奈特：《叙事话语　新叙事话语》，王文融译，中国社会科学出版社1990年版，第129页。

德解释视点诸要素所使用的法庭审判的例子非常适合说明所谓真实叙事的虚构性。[①] 法庭审判中,当事人或者目击证人就是叙述者,受述者是法庭上所有的人。法庭书记员记录或者摄影机记录下的就是该事件,即故事的叙事文本。对该故事所有感知的获得就是基于当事人或者目击证人对整个事件的感知。应该说,法庭审判的叙事文本是真实叙事的典型案例,但是以法律叙事为表现内容的文学作品和影视作品中,证据的挖掘、控辩双方的唇枪舌剑以及其他可控及不可控因素的参与,当事人或者目击证人的叙述本身往往首当其冲地面临着可靠叙事或不可靠叙事的判断,所以即使是在真实的法庭中,叙述者所叙述的内容也面临着被质疑的问题,虽然叙述者本身力图呈现对感知内容的真实叙述。结论是故事以真实发生的事件为基础,但是仅仅是提供素材,不能实现叙事文本的完全"真实"。在更多的情况下,判断作者有意虚构出来的故事可靠性时,由于缺乏真实的参照,涉及可靠性标准更多的是对知识、伦理的判断(可靠性与不可靠性的判断)。一旦承认了叙事文本本质的虚构性,所谓的真实叙事也只是在力图接近真相,而非达到完全真实,对叙事文本的分析就可以摆脱感知主体与叙述主体混为一谈的错觉。因为叙述主体依存于现实存在的字、词、句,但是感知主体需要通过另外一个感知模拟的过程,才可以想象性还原,并捕捉到感知主体能够感知到内容与虚构性的叙事文本呈现内容之间的差异。

从叙事文本中还原、推导出感知主体时,还会遇到另外一个情况,也就是表达者并非表达自身所见,而是代言他人之所感。正如米克·巴尔所说,不论虚构或者真实,表达他人的所见都是可能存在的那样(Nevertheless, it is possible, both in fiction and in reality, for one person to express the vision of another)。[②] 在这种情况下,对感知主体与叙述主体的分离与区别似乎更为明确,但即使是一个叙述主体自称所叙述的内容是从另一个主体获知的感知信息,实际上,这个信息的来源主体仍然不是感知主体,而是区别于现实文本中提到的任何一个故事人物和故事叙

[①] Schmid, W., *Narratology: An Introduction*, Berlin, Walter de Gruyter, 2010, p. 99.

[②] Bal, M., *Narratology: Introduction to the Theory of Narrative*, Toronto, University of Toronto Press, 1997, p. 143.

述者。感知主体的虚拟性和臆想性指向的是不同于故事层次、文本层次的另外一个层面。

（三）聚焦分析与文本切分

在叙事学诞生之初，热奈特就指出，聚焦方法并不总运用于整部作品，而是运用于一个可能非常短的特定的叙述段。① 热奈特所谓的特定的"叙述段"就是能够清楚地在一个叙事文本中提取出可供聚焦分析的叙事片段。但在实际而具体的叙事文本分析中，不是所有的叙事文本都能完美地划分为一个接一个、连续不断的叙事片段。

首先，聚焦层次的变化有可能是模糊不清的，有可能是在特殊部分，被米克·巴尔称为结合部（hinge）的地方，在两个层次之间带有双重聚焦或以任何方式含混聚焦的片段；也有可能是被区分为双重（double）聚焦，或者是含混（ambiguous）聚焦的部分。② 另外，正如热奈特所指出的那样，各个视点之间的区别不总是像仅仅考虑纯类型时那样清晰，对一个人物的外聚焦有时可能被确定为对另一个人物的内聚焦。热奈特用《驴皮记》解释了这一观点的具体内容。热奈特认为对菲莱阿斯·福格的外聚焦也是对新主人吓得发呆的帕斯帕尔图的内聚焦，之所以坚持认为它是外聚焦，唯一的原因在于菲莱阿斯的主人公身份迫使帕斯帕尔图扮演目击者的角色。当目击者没有个性化，只是个无人称的、时隐时现的旁观者时（如《驴皮记》的开头），这种双重性（或者可逆性）同样十分突出。③

热奈特所谓的没有个性化的目击者或者无人称、时隐时现的旁观者仅仅具备了聚焦的感知功能。而对于故事而言，并不具备推动故事情节发展的行为表征。所以在同一个叙事文本中，聚焦者必然存在于感知层

---

① ［法］热奈特：《叙事话语 新叙事话语》，王文融译，中国社会科学出版社1990年版，第131页。
② ［荷］米克·巴尔：《叙述学：叙事理论导论》（第三版），谭君强译，北京师范大学出版社2015年版，第154页。
③ ［法］热奈特：《叙事话语 新叙事话语》，王文融译，中国社会科学出版社1990年版，第131页。

面，而叙述层面我们可以找到一个作为人称代词面目出现的叙述者或者推测出某一可能的叙述者，但在故事层面就有可能面对叙述者并非故事中人物的情况。

因此，如果剥离聚焦者与人物的关联性，将聚焦概念回归到实质上的感知功能，就可以理解热奈特与米克·巴尔的理解的重合之处。

米克·巴尔认为，"第一人称叙述"与"第三人称叙述"之间没有根本区别。米克·巴尔在比较了第一人称叙述和第三人称叙述对同一事件的叙述之后得出这样的结论：当外在式聚焦者将聚焦"让与"内在式聚焦者时，实际发生的是，内在式聚焦者的视觉在外在式聚焦者无所不包的范围内被提供。事实上，外在式聚焦者总是保持着内在式聚焦者的聚焦可以作为对象插入其中的那种聚焦。

米克·巴尔较之热奈特的理解，突出了线性的文本叙述背后所隐藏的多层结构。这也就是米克·巴尔更加明确地使用"聚焦层次"来帮助说明同一句子为何可以用外聚焦与内聚焦两种不同的聚焦类型来加以理解的原因。"我看到了玛丽参加集会"这句话可以界定为两种不同的聚焦类型。①"我看到了玛丽参加集会"整个信息的感知者如果外在于此事件之外，他对"我存在"的感知就高于"我看到玛丽参加集会"这一信息存在层面之上。而如果情况的发生类似于回忆式的叙述，那么就是"我"事后讲述"我"所看到的"玛丽参加集会"，从而变成了聚焦者、叙述者和故事人物重合的内聚焦模式。所以对于后者而言，叙述者讲述他作为故事中的人物所感知到的内容，实际上看起来更符合我们所熟悉的日常思维。唯一需要注意的是，一旦对照着第一种外聚焦模式分析，就会发现叙述、行动和感知三个层面主体的同步性实际上是很难明确的。故事中的人物实际上并不具备在行动的时候对自我动机的省察和对所有信息的掌握以及有意识的筛选等一切感知能力。所以，真实事件里的行动早于感知，感知早于叙述。但文本形成的过程则是叙述描述感知，感知内容呈现行动相关信息。所以，叙述、行动和感知三个层面在故事层面的同步性只是存在于逻辑上，而并非实际情况的真实反映。

---

① ［荷］米克·巴尔：《叙述学：叙事理论导论》（第三版），谭君强译，北京师范大学出版社2015年版，第152页。

虽然叙述、行动和感知三个层面很难按照一个理想的情况帮助我们梳理出复杂的叙事文本的构建过程，但却是我们探究隐藏叙事技巧、明了阅读体验差异的关键。如果拘泥于每一个叙事文本都要努力地用庖丁解牛的方法切分出所有的叙事片段，这不仅是机械性的徒劳无功，而且也丧失了深入理解叙事文本的初衷。

于是，如何平衡整体性归纳和片段性切分成为聚焦分析的首要问题。但是，在具体的叙事文本分析中，连最著名的叙事学家在使用聚焦这一分析工具时也常常难以避免繁复和混杂的通病。热奈特的问题就在于混淆了故事人物在故事中的行动和叙述主体承担的叙述能力之间的联系与区别。

热奈特以《包法利夫人》为例分析不定式聚焦时指出，焦点人物首先是查理，然后是爱玛，接着又是查理。[1] 因此，热奈特所说的焦点人物应该是提供感知信息的聚焦主体与故事中所能感知到对应信息的人物的双重身份。但是热奈特具体的文本分析中，却使用焦点人物偷换了主要人物，或是主人公这一故事分析的惯常概念。主要人物或主人公是故事中推动事件进展的主要人物。《包法利夫人》故事的主人公自始至终都是查理。查理的故事从《包法利夫人》第一部前五章转换到从第一部第六章至第三部第九章的查理和爱玛的婚姻生活，直至爱玛死后，查理回归故事主人公的身份，这与热奈特采用焦点人物分析和中心人物分析上述故事内容并无明显区别。而且热奈特的分析并没有解释当聚焦者感知信息与故事其他非主要人物感知相对应时，叙述所要达到或者可能发挥的作用。因此，还原《包法利夫人》可能会产生的阅读体验，即那些紧盯着查理和爱玛一举一动的永镇芸芸众生，曾经有过自我表白的药剂师奥默，毫不遮掩其爱情诡计的莱昂和罗多夫是如何通过叙述者的叙述传递给阅读者信息？而借着信息的感知，阅读者又是如何从聚焦感知的众多可能性中选择了对爱玛的同情和遗憾？在这个过程中，叙事文本所提供的文字远远不能回答这个可能性的问题。所以只有将感知的可能性作为一个切入点才能继续走下去，否则就将陷入故事、人物和感知三个

---

[1] ［法］热奈特：《叙事话语　新叙事话语》，王文融译，中国社会科学出版社1990年版，第129页。

层面的相互替代和循环解释的陷阱中。

那么，聚焦分析整体性归纳的重点在什么地方呢？热奈特在分析《包法利夫人》时所使用的焦点人物的概念指向故事的主人公和聚焦感知的主体，涉及两个层面，也就是说，故事中某个人物及其行动在叙述层面成为叙述者表达的内容。叙述者围绕着这一核心展开的叙述就会成为故事线。故事线虽以故事冠名，但实际上属于叙述层面。只有存在叙述过程，故事的行动才能经由感知的筛选，作为单个事件进入到文本中，最终串联起一条叙述主线。《包法利夫人》爱玛的浪漫主义梦想和现实爱情的幻灭就是《包法利夫人》的叙述主线。修道院长大的爱玛一直试图印证虚幻浪漫的存在，现实中的莱昂在激情过后也不能给予她更多浪漫的幻想，她唯有以不间断的情书和奢侈的付出延续自己虚假的热情，直至生活惨淡最终无梦可灭。热奈特使用焦点人物的轮替来说明生活于幻想中的爱玛与代表现实的查理之间的对比和差距。查理的生性懦弱和对爱妻的宠溺自然使爱玛成为故事的核心，焦点人物的转换使故事的进展有了一个合理的解释和过渡。热奈特的焦点人物并不是基于某段单独的"内心独白"聚焦分析，更多的是强调变化，强调主要人物视角转换带来的聚焦感知范围的变化，是超越了单一聚焦片段分析之上的聚焦感知整体情况的分析。

由此来看，热奈特对《包法利夫人》的焦点人物分析实质上涵盖了故事、叙述和聚焦三个层面的主要关系，其目标正是整体性的聚焦特征分析。所以兼顾文本三个层面的立体转换和叙事片段过渡正是聚焦分析整体性归纳的要点。

聚焦整体性归纳的成功需要合适的叙事片段切分作为保证。热奈特在指出《包法利夫人》焦点人物转换后，比较了《包法利夫人》和《红与黑》的聚焦类型，认为《包法利夫人》第二部分开始时对永镇的描写并不比巴尔扎克的大部分描写更聚在一个焦点上。[①] 研究发现某些叙事文本在承继已有传统和开拓新的叙述方式时，需要以更为细小的叙事片段分析作为基础。例如，谭君强分析《包法利夫人》第一章开篇的聚焦

---

① ［法］热奈特：《叙事话语　新叙事话语》，王文融译，中国社会科学出版社1990年版，第130页。

情况时所采用的方法与米克·巴尔的聚焦分析有类似之处。米克·巴尔分析莱辛《傍晚前的夏天》的聚焦可以作为一个例证:"一个女人后仰着站在那里,交叉着双臂,等待着。想什么?她未曾说。她试图乘机抓住什么,或者使它毫无遮蔽,这样就可以看到,并且弄明确……"米克·巴尔指出,从第二个句子向前给出这个人物所经历的内容。于是发生了从外在式聚焦者向内在式聚焦者的转变。[①] 也就是说,米克·巴尔的分析已经不再像热奈特在《包法利夫人》的分析中所使用的方法,而是已经将叙事片段的切分单位具体至句子层面。

谭君强拓展了米克·巴尔的聚焦分析法,将聚焦转换从单个句子与句子关系扩展到句群与句群,从而兼顾整体性归纳和片段性切分的平衡。谭君强认为,在对新来的学生做的介绍和描述中,以及之后对其家庭和父母做的介绍是出自不同的但又相互关联的对象聚焦。第一个聚焦者与故事中的一个人物重合,这个人物也是此刻正坐在这个班级中的一个学生,呈现在人们面前的描述正是从这个人物的眼光出发所看到的。此后对查理之前学习状态的认识开始聚焦发生变化。聚焦者变成了一个对一切都了如指掌的、处于故事之外的聚焦者。[②]

就米克·巴尔和谭君强聚焦分析的方法来看,包括两个重点:首先,以句子为单位的叙事片段提供了聚焦分析的对象;其次,并非每个句子都有着聚焦分析的必要,而聚焦转换是其中的关键。一旦发生聚焦转换,之前以句子为单位的聚焦分析就可以通过合并视为同类型聚焦。

这样一来,聚焦转换的识别就成为重点。按照布兰(Blin)和热奈特的观点,聚焦的关键是限制。不论是聚焦感知还是人物感知都来源于对文本载体所提供信息的推测。根据文本提供的相应信息参照故事中人物可能具有的感知,就可以大概判断聚焦是否发生变化,以及发生了什么样的变化。为方便对比,仍然以分析《包法利夫人》的开篇为例。查理的入学发生在某日上午。根据后文所述,包法利的第一堂课结束在两点的钟声,可以将发生的时间精确到两点钟之前的自习课。故事显而易

[①] 谭君强:《叙事学导论:从经典叙事学到后经典叙事学》,高等教育出版社 2008 年版,第 85 页。

[②] 同上。

见发生在自习课的教室里，在被观察、被审视和被评判中，少年包法利完成了他的第一次亮相。这段文本所指向的故事层面某个具体的人物与臆想性的聚焦主体在视觉、听觉的外在感知上相重合。再加之，"他是一个乡下孩子"等这些信息需要具备一定的知识判断力，所以可以推断出，此段文字指向的聚焦者与在场的某一人物的视角感知内容相统一。

从文字信息所传达的内容来看，《包法利夫人》开篇涉及的人物众多，所有涉及人物的名词、代词包括：我们（我们所有人、每个人、所有学生），校长，负责学习的老师（罗杰先生），一个没穿制服的新生（新学生、查理、他、一个乡下孩子），一名工役，他的父亲（夏尔·顿尼·巴多诺梅·包法利先生、一位外科助理医官、他），一个帽铺老板的女儿（查理的母亲）。其中，同一个第三人称代词指代了不同的人物，分别是查理和查理的父亲。代词指称人物的变化只能说明叙述对象人物发生了转移，表面上以查理为中心人物的叙述内容暂时转为以查理父亲为中心人物的叙述内容，实质上是叙述者与所讲述的中心人物的关系发生了变化，从直接联系变为了可能存在的间接联系。这种可能性仍然是一种假想情况。讲述查理父亲的个人生平之时，叙述者没有明显的人称标识。为了验证叙述者是否存在变化，首先仍然假定所叙的查理父亲之事是由"我们"所说。但是"我们"作为查理的同学不可能在短短的几个小时内就与查理父亲发生直接的联系，了解种种事情。因此，在理解推演过程中，假定叙述者的表达内容明显地不能与关联的人物视角相重合。这种明显的分离表明，叙述只能由故事外的叙述者完成。据此可以判定出现了两个聚焦层次和对应的聚焦主体。之后，故事外叙述者还是容许承担人物视角的"我们"暂时再露一面，将没有结尾的叙述完成——完成一个聚焦层面的闭合。于是，在讲述完查理入学的经过后，作为查理同学的叙述者"我们"再次出现在文本中："时过境迁，我们现在谁也不记得他的事了，只知道他脾气好，玩的时候玩，读书的时候读书，在教室里听讲，在寝室里睡觉，在餐厅里就餐。"叙述者"我们"标志性的回归仅仅持续了一句话，之后再次将叙述的话语权交给了故事外的叙述者。从聚焦的整体性特征来看，存在不到一章的视点人物从叙事文本的一开始就为受述者提供了《包法利夫人》外在视角真实性的假象。

从阅读效果来看，读者在阅读感知的过程中，自觉地将个体感知等同于受述者，将受述者所获得的信息还原为各种感知，构建了查理入校这一虚拟场景。因此，在受述者接受的信息中首先出现了查理的某位同学，见证了查理入学的情景，之后又以一句"时过境迁，我们现在谁也不记得他的事情了"来为自己开脱，为大幅度的时间跨度作出解释。

不同人物视角的混同形成的聚焦转换保证了情境再现中人物故事发生场景和主要关系介绍的真实性。而在之后的叙述中，读者一方面容易接受故事外叙述者叙述内容的真实性，另一方面，在感情上又容易从中心人物视角出发，与所谓焦点人物的感知产生共鸣。

《包法利夫人》在开篇就与之前描写风流艳事的法国小说划清了界限。第一人称叙述者冷眼旁观，所呈现出来真实的蠢笨和庸俗为包法利医生以及《包法利夫人》奠定了反浪漫主义的基调。当然对于故意为之的叙述遮蔽，就需要在还原的过程中对聚焦的呈现保持某种警惕。热奈特就认为，采取这种叙述态度（外聚焦）自然还有其他动机，如《包法利夫人》中出租马车那一段，就是为了不失体统（或对于伤风败俗行为的恶作剧）而完全依照一个不知内情的目击者的观点来讲述的。[①]

所以，聚焦类型的区分与叙事文本故事层面上人物视角的转换也有了较为紧密的联系，就此隐匿的聚焦存在得以显现，而臆想性的感知主体也给予了读者感知以主体代入的可能性。不同的叙事文本具有不同的叙事特征，针对特定的叙事文本的片段切分可以加深对叙事文本特质的了解和认识。因此，不论是叙事片段混合处的存在增强了文本感知的多种可能性，增添了叙事的魅力，还是叙事片段清晰、有效的切分为探究叙事文本感知的奥秘提供了渠道，叙事文本的感知转换实际上都成了认识叙事文本的一条捷径。

三 聚焦与可能世界

一个叙事文本关联着叙述、故事和聚焦三个不同的层面，它们互相

[①] ［法］热奈特：《叙事话语　新叙事话语》，王文融译，中国社会科学出版社1990年版，第130页。

交织，创造着超越时空的认知奇迹。三个层面共有的认知特征在最后一个聚焦层面上集中体现了叙事文本虚构性的终极来源，即可能世界的存在与认知。

可能世界并不局限于采用语言或者其他不同的呈现方式，而是以人类的想象力和认知力为基础，并呈现出立体型、开放性的特征。可能世界的存在是毋庸置疑的，但是对可能世界的认识却是一个历史化的进程。由于人类历史时代、叙述表达、认知水平和认知方式的局限，我们对于可能世界的理解只能是一个渐进的过程。当叙事学学科发展到后经典叙事学阶段之后，集合跨学科研究之力，继续跨媒介探索思路，集中于聚焦概念，借助还原文本中聚焦呈现的方式、特点以及与叙事文本其他层面关联要素之间的关系，比较不同载体、不同时代的叙事文本聚焦呈现方式，也许将成为认识可能世界的又一重要途径。

（一）聚焦与虚拟

聚焦指的是聚焦主体对聚焦客体的感知行为，基于人对现实世界的感知，以叙事文本为载体，以感知对象的非实体性为特征。感知叙事文本不仅需要具备识字辨音的基础能力，更重要的是需要超越文字层面，以认知力为核心，展现特有的想象特质。叙事文本所指向的可能世界决定了这一过程所具有的虚拟特征。

聚焦的虚拟特性源于它所存在的可能世界的虚拟性。在聚焦行为建模过程中，研究者们以人类行为范例为标准，参照现实世界感知范式，将虚构世界的感知区分出感知行为发送和接受的主客双方，还原叙事文本聚焦呈现过程，以认识聚焦本身所具有的特性。特别是为了研究聚焦主体，研究者参考人的感知主动性，将其作为聚焦虚拟性研究的核心。诸如伯克哈德·尼德霍夫（Burkhard Niederhoff）等在内的叙事学研究者们，自然地将聚焦主体与臆想实体（hypothetical entities）联系在一起。出于同样的研究思路，埃德蒙斯顿的臆想旁观者和臆想目击者以及戴维·赫尔曼的臆想实体等概念也都表达了这一认知特征。

在聚焦研究尚未出现之前，文学研究也从其他不同角度关注叙事文本的虚拟特征以及其对艺术本质的决定性意义。文学研究者们往往一方面用实体性的作者研究指称对虚拟的认知主体的研究,另一方面却又发现现实世界的作者涉及的生平事迹、创作意图等的研究对于文本本身的理解有限。在发现意图谬误的同时,文学研究全面转入内部研究。实体性的作者研究被视为非主流的研究路径。美国新批评派解释文本作品的存在方式,论证外部研究的局限时,就指出将诗看作是读者经验或者作者经验的错谬之处。韦勒克和沃伦的理由包括如下三点:首先,读者经验具有局限性,还添加有不可避免的个人因素,恰当读者的标准实际上难以满足;其次,艺术家有意识的自我表达创作意图本身不足以代表实际的艺术成就;最后,艺术家个体无意识和时代经验的总和难以计数,也使得这一定义实际上流于空洞。但比较诗歌的历史定义可以看出,对于一些问题文学家们已经达成了共识,例如,一首诗是造成各种经验的一个潜在原因,而且每一个人的经验里只有一小部分触及了真正的诗的本质,因此,真正的诗必然是由一些标准组成的一种结构,它只能在其许多读者的实际经验中部分地获得实现。[①] 新批评就此一直以来将内部研究视作文学研究的中心。但当叙事学走出了长期以来局限于内部研究的境况,面临着研究对象和理论适用无限扩展的趋势,就此再来反思新批评的核心认识,可以让我们从另一个角度探讨其他可能的研究之途。在新批评者看来,通过不完全的读者经验和艺术家的自我表达,难以得出一个具有参照价值的经验和意识的总和。但是通过实际经验和意识所能得到的部分实现,在经过了新批评内部研究的长期积淀之后,是否又可以转回这一问题的另一层面,即已经成型的标准及其结构是如何在经验和意识中被建构和调整?以聚焦为核心的多层次和跨媒介研究可以为这一转向提供相应的支撑。

  因此,聚焦者认知主体的虚拟性的发现超越了叙述层面对文本的依赖,更多地关注聚焦所在可能世界的可能性及其呈现方式。以往叙事学研究肯定了叙述者概念存在的必要性,并在语言层面辨识的基础上,归纳出人称叙述者的分类标准,但是在实际的叙事文本分析中,却又将叙述者的使用与可能世界的虚拟认知联系在一起。即便是最具影响力的传

[①] [美] 勒内·韦勒克、奥斯汀·沃伦:《文学理论》,刘象愚译,江苏教育出版社 2005 年版,第 167 页。

统文学批评家艾布拉姆斯,在采用叙述者这一术语总结当代小说以及批评家是如何理解一部作品的主题或论点时,也有欠妥之处。他强调,叙述者自己对世界、人生或人类境况的认识作了重要的区分。叙述者的这些观点可以是明确表述的。这些叙述者观点都是通过叙述者对小说人物与情节本身的选择与安排而"意指"、"暗示"或"推测"出来的。事实上,人称叙述者无法承担整体性概括和虚拟性感知推测的重任。雅恩将之表述为,这个人物的感知只能转为聚焦者或反射者所具有的聚焦呈现,他的意识才能发挥"一种屏幕的功能,是向叙事世界打开的一个中介窗口"①。从理论逻辑的角度分析,正如米克·巴尔早已指出的,聚焦者本身不能成为聚焦内容本身。但从直观感受来看,叙述行为所带出的叙述者以及超越了叙述层次之上、奇妙的文本世界与读者,乃至作者作为读者,再次欣赏作品时所得到的创新性参与感知,都很难用艾布拉姆斯的解释轻易涵盖。叙述者在一部虚构性作品中所作出的概括,无论是明确表述的还是暗示出来的,通常都被认为是对这个世界作出的真实判断,因此它们起到了把虚构性叙事作品和现实经历与道德世界衔接起来的作用。艾布拉姆斯的总结揭示了可能世界、文本世界和现实世界之间通过人类认知实现的互通基础。虽然其中有一个较为明显的纰漏,即混淆了一个具有更大概括力和可能性能力的聚焦者和依托文本其中叙述行为才能存在的叙述者之间的区别与联系,但艾布拉姆斯的归纳和总结极具代表性。究其原因,一方面,聚焦者、叙述者、作者都是主动行为的主体,因此在行为分析中,三者与同一个叙事文本的成文都有联系,而且相互交叉形成互动;另一方面,对感知虚拟主体的认识本身也需要有实体性的感知经验参与,所以之前的混用有其合理的地方,能够从当时的特殊感知出发接近对聚焦感知的认识。

回归到聚焦主体虚拟性的本质特征来看,这个概念区别于作者、区别于叙述者,单独出现有其必要性。作为可能与现实之间的联系,聚焦的存在从人类认知共性的角度,为通过叙事文本实现的交流与沟通提供了最为重要的前提。

---

① Jahn, M., "Windows of Focalization: Deconstructing and Reconstructing a Narratological Concept," *Style*, Vol. 30, No. Summer (1996), p. 252.

在叙事学提出聚焦概念之前，文学研究就已经看到了虚拟对于文本叙事性的决定性作用。亚里士多德所认为的："史诗和悲剧、喜剧和酒神颂以及大部分双管箫乐和竖琴乐——这一切实际上都是摹仿，只是有三点差别，即摹仿所用的媒介不同，所取的对象不同，所采的方式不同。"① 亚里士多德已经看到了在文体、类型、媒介、对象和方式都有所差异的情况下，"摹仿的创作过程"正是其共通之处。亚里士多德将摹仿视为人与动物的区别，而且是人类知识的最初来源。② 而摹仿与认知的天然联系实际上说明了这样一个问题——虚拟一方面来自人们认识现实的认知能力，另一方面则是超越现实并与现实相区别的虚构能力。虽然亚里士多德对叙述的使用，局限在"同一种媒介的不同表现形式摹仿同一个对象"③的特定表现手法，但是这丝毫不影响通过叙述转换，理解通过不同的媒介表达的不同的对象。集中认识叙事性本质，将具有更多叙事性特征的虚构小说作为叙事学早期的主要研究对象，这样的研究实际上也是延续了亚里士多德在同一艺术门类，或者文学文体内探讨具体规律的研究思路。此种方法对于叙事学学科的确立和基本的研究理论规范的形成确实有基础性价值，比如《十日谈》之于托多罗夫，《追忆似水年华》之于热奈特。

界定虚构小说文类的其中一条标准就是，叙述呈现内容是否来源于"虚构的而非描述事实上发生过的事件的任何叙事文学作品"。但是在实际情况中，只要经由文字记载事件就不再是事件，而成为故事，带有特定的意识形态烙印。力图真实的"再现"也只能是一个假象目标，而非可以真正实现的目标。以"事实上发生过的事件"为叙述内容来源，在叙述之后，不能回避或隐或现的不同叙事聚焦。因此，尊崇惯例的文学评论家和研究者们采用了"传记小说、历史小说和非虚构小说"的指称来平衡虚构和真实在文体中的不同表现。

不同文体类型都指向了叙事文本共同的虚拟特性。具有了这一认识基础后，聚焦才能从现实世界和故事世界中脱离出来。后经典叙事学认

---

① ［古希腊］亚里斯多德：《诗学》，罗念生译，人民文学出版社1962年版，第27页。
② 同上书，第47页。
③ 同上书，第42页。

识到叙事文本具有的虚构本质，明确所模拟的对象并非是真实世界，而是比真实世界更能够体现出人类能力的认知真实。正如戴维·赫尔曼在解释虚拟存在的理由，套用亚里士多德关于文艺作品之目的性的说明，就是"（虚拟世界系统）所要讲述的不是已经发生的事情，而是可能发生的事情，即更具可然性和必然性可能发生的事情"①。所以聚焦的感知关系呈现的是可能世界的多种可能性，叙述讲述的是根据可能世界的构建法则所营造出的故事世界。根据这一逻辑，是否具有建构一个不可能存在之世界的可能性呢？从逻辑的层面上，我们不可能证明某个不存在事物的存在。而文学的虚拟性却可以打破这一逻辑悖论的基础。营造一个不可能存在的世界时，只要给予了一个"不可能存在"的建构前提，营造本身就可以成为现实。而"不可能存在"的建构前提可以是现实中的不可能存在，还可以是现有科幻本身不能达到的想象自由。因为这个前提，不可能存在的世界本身就具备了存在的理由。理查德1926年在《科学与诗》中明确提出，可以完全依靠其宣泄和组织我们的态度时所造成的效果来证实其真实性②，所以故事的真实并不等同于逻辑的真实，而是一种想象的真实。甚至在无限的可能世界，不仅给予了人们想象的自由，而且也在人们无限的想象中营造、打破、重构着可能世界自己的模式。就此，文学中才有了非自然叙事，也才有了当下众多的科幻文学。

　　从可能世界的角度来看叙事文本，弗鲁德尼克的定义有着不一样的启发意义。她说，叙事是通过语言和（或）视觉媒介对一个可能世界的再现，其核心是一个或几个具有人类本质的人物，这些人物处于一定的时空，实施带有一定目的的行动（行动或情节结构）。③ 在弗鲁德尼克的叙事定义中，可能世界是叙述的模拟对象，从叙述而来的叙事文本是对可能世界的物质再现。而唐伟胜在总结后经典叙事学视野中的叙事层次时，则认为"文本世界理论"区分的三个概念层次对应于修辞叙事理论中的读者与文本的交流层次，从而肯定读者对"文本世界"和"次文

---

　　① ［美］戴卫·赫尔曼：《新叙事学》，马海良译，北京大学出版社2002年版，第65页。
　　② ［美］艾布拉姆斯：《文学术语辞典》（第七版），吴松江等译，北京大学出版社2009年版，第191页。
　　③ 尚必武：《当代西方后经典叙事学研究》，人民文学出版社2013年版，第35页。

本世界"的认知过程的多样性。①

  模拟和再现的前提是我们的现实世界与可能世界存在着对应关系。弗鲁德尼克的叙事定义指出了其中的一种对应——表面上的内容对应，也就是"一个或几个具有人类本质的人物，这些人物处于一定的时空，实施带有一定目的的行动（行动或情节结构）"。归纳起来，弗鲁德尼克所认为的可能世界与现实世界的对应关系的核心就是人物、时空和行动。而人物、时空和行动本身也受限于人类的认知。叙事中的时间是人对时间的认识，人物是在叙事文本中被呈现、被理解的人物，而行动的起因、发展经过和结果都是基于人的认知基础之上的。所以，基于人之为人的认知能力，叙事能够再现可能世界。可能世界与现实世界的内在对应关系就是人对自身以及世界的理解认知能力。而这也是认可文学虚构，认识聚焦虚拟性的基础。所以人类认知的发展也就可以具体地呈现在人物、时空和行动认知的发展中。作为人类认知感知方式的叙事，戴维·赫尔曼将其归纳为"人类用以评价时间、过程和变化的基本策略"。弗鲁德尼克总结了认知集中在人物、时空和行动，而戴维·赫尔曼将其深入叙事认知的本质核心。

  用古德温（Goodwin）的话来说，就是所有的景象都是有观察角度的。所以现实是被叙事建构起来的现实，在现实被描述的过程中，现实同样是位于超文本层之下的被叙述的对象。现实与虚构在叙述中没有实质性的区别，都是被叙述行为描述的内容对象。因此，菲利普锡德尼在《诗辩》中认为，诗人"没有任何东西需要去证实，因此也就无从说谎"②。

  因此，被描述对象本质上的无差别性一体两面地决定了虚拟的必要性存在。从叙述对叙述内容的呈现上看，小说用语仅仅意谓（mean）现实世界中的某些事物，但并不确指（denote）③；从读者的角度看，一个叙事就像一个等待演出的乐谱。批评家们出于方便的原因谈论"文本

---

 ① 唐伟胜：《叙事层次：概念及其延伸》，《外国语文》2015年第1期。
 ② [美]艾布拉姆斯：《文学术语辞典》（第七版），吴松江等译，北京大学出版社2009年版，第191页。
 ③ [美]杰罗姆·布鲁纳：《故事的形成：法律、文学、生活》，孙玫璐译，教育科学出版社2006年版，第92页。

的"世界,但是只要这个世界是读者想象行为的产物,文本就潜在地包含着多个世界,特定信息通过不同方式转化为生动的心灵再现。[①] 这也是为什么虽然叙事学的学理基础既可以追溯到结构主义的影响,但是同时在具体的叙事分析中,我们又不能回避读者接受理论影响下个体认知对于探寻叙事奥秘所起到的关键作用。从理论的再分析回归到杰罗姆·布鲁纳的理解:"小说也许开始于一个熟悉的场景,但目标是超越它而进入一个可能的世界,一个关于现在、过去、将来的可能的世界。"[②]

可能世界的存在是基于人类感知的普遍性存在,对时间的感知、空间的感知、道德判断等。这些感知包括的要素也是人类理解现实世界的诸多角度。人类用同样的感知要素构建可能世界,认识现实世界的存在。二者的区别仅仅在于众多可能性是否转化为现实可标识、再次验证的物质存在。在某些方面,可能世界所提供的人借助感知实现的自我把握、自我实现、自我超越的能力甚至超越了现实世界提供给人类的物质存在的价值。虚拟或者虚构往往成为可能世界摆脱现实世界物质存在的束缚给予人想象自由的一个代名词。

文学中的虚构与可能世界的虚拟一词,从经院时代的拉丁语词源来看,虚拟(virtualis)包含着一种潜力,与力量(virtus)之中的"力"相关。按照这种哲学意味,虚拟之物不是剔除真实之后的剩余,而是可能发展为实际存在事物的潜力。作为潜力的虚拟的一个经典例子是橡树在橡籽里的存在。一粒橡籽在一定环境因素下可以衍生出许多橡树,一个虚拟物也可以通过多种方式转变为现实。[③] 区别并超越现实世界的可能世界潜力无限,想象无穷。对于摆脱现实世界的单一束缚,能够产生让人沉醉的带入感。戴维·赫尔曼借用博尔赫斯的小说篇名解释了虚拟性的可能世界为现实世界所接受,得以合理存在。他认为,拟真不是对事物特定状态的静态再现,而是"曲径交织的园林"(大意与博尔赫斯的小说的题目相近),潜在地包含着多条不同的叙事路线,把许多事态交织起来。拟真系统里的每个部分都通过用户的选择,把虚拟世界的历

---

① [美]戴卫·赫尔曼:《新叙事学》,马海良译,北京大学出版社2002年版,第65页。
② [美]杰罗姆·布鲁纳:《故事的形成:法律、文学、生活》,孙玫璐译,教育科学出版社2006年版,第10页。
③ [美]戴卫·赫尔曼:《新叙事学》,马海良译,北京大学出版社2002年版,第65页。

史送上不同的轨道。而且当虚拟现实系统的功能要知道用户如何处理现实世界的问题时（譬如驾驶飞机），对"这个"世界的内在潜力的探索就会成为拟真之假存在理由了。①

虚拟本身以人类感知的挖掘与呈现使其自身具备了作为可能世界出入的通道。超越内在表现对象虚拟性，聚焦从可能世界中承继而来的内容经由聚焦呈现在文本中以各样的叙述策略表述出来的过程本身也是一个再加工的虚构表述。正如艾布拉姆斯在总结当下理论家将虚构表述在一切文学类别中的普遍存在所用的归纳时所说的那样，虚构贯穿于所有的这些文学形式对"自然"话语的模仿或虚构性再现。例如，一部小说不仅由虚构性表述构成，而且它在"代表一个人（即叙述者）报道、描述和指称"时的言语行为本身就是一种虚构表述。②

虚拟的普遍性存在不仅针对文本，同样存在于文本结构背后隐藏的多个叙述层次中。次级叙述层和高一级的叙述层在叙述的虚拟性上并无区别，而叙事文本本身的封闭性特征，可能世界中的指称和文本世界、现实世界中的指称或多或少都存在本质上的差异。如果确认三个世界中某一层面为真，其他两者为假时，本身就确认了为假世界本身是真实存在的，它的特征就是虚假。此类真实与虚假的表述与1595年菲利普锡德尼在《诗辩》中所采用的富于逻辑性表述类似。他说："在我看来，说谎证实虚假的东西的真实性。"所以，策略性地将三个世界的对应差别视作是三个世界存在的理由，更容易在虚拟特征的基础上分析三个世界之间的区别与联系。

聚焦作为感知行为，其感知的对象是虚构世界，这与人物行动所构成的故事世界，以及叙述行为所构成的叙述世界具有某种同构特征。美国学者保罗·韦斯（Paul Werth）是文本世界理论最初的倡导者。他认为可以忽略虚构与非虚构的区别，将话语分为三个概念层面。第一层面是话语世界，它与真实世界相对应，包括语言事件的参与者、直接彰显参与者的客体和要素，进入话语世界的个体知识和经验。所有这些要素

---

① ［美］戴卫·赫尔曼：《新叙事学》，马海良译，北京大学出版社2002年版，第65页。
② ［美］艾布拉姆斯：《文学术语辞典》（第七版），吴松江等译，北京大学出版社2009年版，第191页。

都潜在地影响着话语产生和理解的方式。文本自身决定哪些元素可以帮助语言事件的参与者适时理解话语，这就是"文本驱动原则"。当参与者在话语世界中交流，他们在头脑中建构文本世界。文本世界由构建要素和功能推进，通过构建要素确定该世界的时空界限，在叙事文本中功能推进就体现为故事向前发展的导火索。文本世界基础要素的各种变化都将导致一个新的世界的建构。而这就是保罗·韦斯的潜世界。大量原因都将促成潜世界的诞生，而且潜世界通过从话语参与者层面迁移某一层面，能够以某种认知的方式被感知。[①] 在保罗·韦斯看来，虚构与真实并不是区别不同话语的标准。话语可以进行多层次的结构解读。由此，他划分出了话语世界、文本世界和潜世界不同层面的三种世界。话语世界不仅是真实世界的语言表达，而且还包括了可以加入个体经验和理解的某些机制。在话语世界的交流与理解之上，抽象出文本世界。文本世界的发展变化，指向的是丰富而具有无限可能性的潜世界。

  三个世界的共性在于都是通过聚焦连接了对虚拟的选择和处理机制。在对叙事性的理解中，一个普遍的认知学观点是，一种更适合各种媒介的方法是把叙事性看作读者用以处理文本、作者用以处理材料、心灵用以处理经验数据的认知框架。[②] 因此，叙事学要真正地实现跨媒介研究的突破，认知叙事学已经作出了理论开拓，聚焦分析又为此提供了路径支持。以拟真为特点的聚焦本身可以通过三个层面的不同呼应，通过具体的叙事文本载体呈现出来，而且联通了叙述过程的逻辑过程和文本分析的反向追溯，因此在叙事学跨媒介分析中有特定优势，具备可行性要素。

  所以，很多时候，叙述学家分析叙事文本层次性的时候，需要一方面考虑纵向的空间层次性，另一方面也需要考虑到横向的时间过程究竟位于哪一个层面。在戴维·赫尔曼的研究中，他用故事世界来指代可能世界，以表明借助叙事文本，故事层面如何与可能世界层面发生交叉，虽然他清楚地明白这两者的不同。在赫尔曼看来，叙事的语义世界分解

[①] Werth, P., *Text Worlds: Representing Conceptual Space in Discourse*, Longman, 1999, p. 596.

[②] ［美］戴卫·赫尔曼：《新叙事学》，马海良译，北京大学出版社 2002 年版，第 65 页。

为事实的王国（也称为文本的实际世界）和人物的精神活动所创造的可然世界，即知识、愿望、义务、预想、目标和计划等构成的具有实际化潜力的世界以及假设、梦想、幻觉和嵌入的虚构情景等构成的别一个世界。[①]他说，故事世界是"由叙事或明或暗地激起的世界"，是"被重新讲述的事件和情景的心理模型，即什么人以什么方式在什么时间、地点，出于什么原因，同什么人或对什么人做了什么事情"[②]。因此，从时间过程上来看，戴维·赫尔曼所谓的故事世界出现在"被重新讲述"之后，也就是叙述的行为之后。从发生的机制上来说，是被叙述的行为所激发的，因此这个层面没有涉及叙述载体的问题，也就是说，不论叙述的行为是口头讲述，或者文字表达，抑或是影视作品的多媒体呈现，叙述的行为都会带来一个故事世界的建构。戴维·赫尔曼使用的心理模型一词则指向了这个故事世界的建构由人的认知能力所完成。人们对于这种能力常常并不是有意为之，而往往是无意之间，即使是有意建构故事世界的人们，也会在建构的过程中没有完全地挖掘出自我的建构能力，并完全明了建构中所使用的认知能力。所以针对这样的情况，戴维·赫尔曼巧妙地使用了"或明或暗"一词。行过之路必有足迹留下。而未曾走过之时，不存在没有被个体意识感知到的可能世界。

保罗·韦斯的文本世界理论话语指称的是叙事文本，而文本世界所指代的是抽离自叙事文本中的故事，包括时空限制的、推动事件向前发展的一系列主要故事和起着填补空隙作用的次要故事。虽然保罗·韦斯对潜世界语焉不详，但是潜世界的臆想、虚构、感知以及与文本层面的紧密联系都是虚构世界的基本特征。

聚焦所指向的虚构世界并非空中楼阁，它与故事和叙述层面的联系同样统一在阅读的过程中。读者阅读一部作品，与受述者角色重合，接收叙述者的叙述内容，感知聚焦的变化，构建自己的虚构世界。雅恩就将读者的感知与叙述者的"想象感知"联系在一起，解释读者如何能够从虚构视角，完成文本浸入。电影叙事学的先驱法国学者克里斯蒂安·麦茨在《电影表意散论》中提到电影具有"内在叙事性"，认为叙事是

---

① ［美］戴卫·赫尔曼：《新叙事学》，马海良译，北京大学出版社2002年版，第66页。
② 尚必武：《当代西方后经典叙事学研究》，人民文学出版社2013年版，第36页。

"一个完成的话语，来自于将一个时间性的事件段落非现实化"[①]。主编《影片的世界》的艾蒂安·苏里约也认为，（虚构世界）在可理解性上，属于被讲述故事的、属于影片所假设和提出至世界的一切。包括研究者在内的读者们的阅读惯例一般是作为读者与受述者身份重合，又作为聚焦者看待发生的一切。相同的个体感知就可以通过聚焦还原和感受在叙事文本中出入，这也是叙述交流可以在聚焦、故事和叙述三个叙事文本层面上穿梭的根本原因。

叙事文本的最终目标实质上指向的是读者对叙事文本中聚焦行为的还原和再创造。因此，安德烈·戈德罗才说，观众远不是将可见的东西、将影片当作对世界的一种简单的模仿或复制，而是不断地将它们与他已知的叙事进行对比，将可见的东西、将影片联系到他自己为它们设想的"意向性"的来源，这样，可见的东西才能成为叙事，影片才能成为一部作品。[②]

对虚拟文本的认知本身既有共性基础又有个性差异，而且处于参量众多，不断发展变化的过程，因此需要在历时化的过程中截取相应的片段，具有参照价值。因此回到叙事学研究的认知框架之内，叙事文本的内在可述性就是平衡认知共性与个体变量之后的一个处理。正如赫尔曼所认为的那样，一个故事的内在可述性（tellability）是一种让情节不断产生新版本的品质，它在很大程度上是能够广泛利用虚拟性的一种功能。从个体的阅读实践上看，想象力借助虚拟的力量，构想出一个想象的世界，创造出对非存在人物命运的情感投入。[③]情感投入经由针对文本的感知而来，因虚拟的认知需求而生。这也正是叙事学提出聚焦概念将其作为与叙述相区别的感知关系，用以描述此一激发过程和文本痕迹的原因。

当下的推测性结论，关联起了理论预设与阅读体验之间的对应，也反证出"可能世界"作为世界可能存在的方式集合，几乎能够完全满足

[①] ［加］安德烈·戈德罗、［法］弗朗索瓦·若斯特：《什么是电影叙事学》，刘云舟译，商务印书馆2005年版，第5页。

[②] 同上。

[③] ［美］戴卫·赫尔曼：《新叙事学》，马海良译，北京大学出版社2002年版，第65页。

当前的研究目标。[①] 聚焦作为叙事学发展到一定阶段出现的关键概念，它联系起了现实存在的文本载体以及虚拟的认知之间的关系，直接指向了高于故事层面和文本层面的可能世界的存在，成为认识叙事文本的新视角。

（二）聚焦与感知

聚焦指向的是可能世界的存在。从叙事学的角度来看，研究可能世界的目的是了解其运作的模式，成型的因素，以及如何在文本中被激发出来，探索人们认知的成型、建构和调整，加强叙事文本作为人类认知渠道的认识。集中于叙事文本三个层面的关系以及叙事文本构建逻辑和认知还原的聚焦研究则最终可能增强对叙事文本的主动操作意识，从而扩大人们的思维空间。在这里"操作"不是实物运作，而是思想活动，即可能世界在人脑中再现或重新构建的过程，亦可是以已有的可能世界的信息为素材的加工过程。[②] 因此，叙事文本的成形过程和读者阅读体验的还原就在一定程度上成为"操作"最为合适的研究范例。

因此，对于聚焦的研究，至少需要关注两个方面的内容：首先是已有的可能世界的信息。至少是以在文本世界中明显的信息传递为基础；其次是叙事文本所呈现出来的叙述模式对可能世界再现或者重建过程的影响。采用"再现"描述叙事文本叙述模式对可能世界呈现，会产生预料中的误解。戴维·赫尔曼在叙事四个要件中也使用了"再现"这个词来描述叙事所呈现的内容。该误解在于可能世界在叙述之先已然存在，容易让人忽略叙述行为本身对于可能世界的价值和意义。按照戴维·赫尔曼的思路，叙述行为实际上是人类认知能力的行动展现，而可能世界是人类认知能力指向的对象。

叙事学使用"叙述"与"叙事"两个概念也经常面对类似的问题。叙述所强调的行为指向和叙事所担负的物质承载都是各有偏向的，但是叙述行为和叙事文本之间的关系，孰先孰后，却可以作一个辨析。按照

[①] ［美］库恩：《结构之后的路》，邱慧译，北京大学出版社2012年版，第55页。
[②] 弓肇祥：《可能世界理论》，北京大学出版社2003年版，第290页。

必须先有一个被叙述的内容才会有叙述的行为，应该是叙事文本在先，叙事行为在后，那样，对故事可能之逻辑的研究才有了相应的前提。但是这里所谓的叙事文本也只能是一个抽象的概念，应该是表述为叙事文本所展现的人类行为的抽象集合，所以普罗普才写出了故事形态学，格雷马斯才归纳出行动元。非抽象层面的叙事文本则需要建立在具体的叙述行为背后，因为有了叙述行为才会带出作为叙述行为后果的叙事文本。因此，叙事学的早期阶段才出现了话语分析和结构分析两个不同的研究思路。

返回叙述模式对可能世界的再现问题。再现的过程因为有多个个体的参与，就表现出比较复杂的过程。作为第一方面的研究重点，叙事可能之逻辑等叙事结构的探究已经较为成熟，特别是在叙述交流中，对于双向交流和多层面的信息流动和传递已经成为叙事学界的共识。而第二方面作为较为新兴的研究热点，叙事模式的典型性决定了这一研究思路可以对聚焦研究、叙事文本研究，乃至可能对世界研究的价值和意义。

不仅是叙事文本的阅读体验可以看作是对可能世界的感知还原，而且叙事文本聚焦的存在形式在不同的历史时期也呈现出不同的感知特征。借助聚焦这一概念，重现可能世界……不是精确地原封不动地再现原来的景象，而是大致的、具有一定模糊性的再现。它受到个人心理素质、个人经历、社会背景及再现者头脑中已有信息等所修正。所以再现过程含有重构因素。因为同一世界景观在不同再现者那里是略有不同的。但是由于人类认识的趋同性和客观性，所以再现者们彼此间的再现世界是基本相同的。因此，人与人之间才可能进行交流，才能形成公共的世界形象。[①] 柏拉图将人的心灵划分为情感、意志和理性三个部分。人类不仅具有对感知对象的认知能力，而且这种感知能力同时也是人类认知的重要组成。我们不仅在理解对象，而且也在理解对象的过程中，理解我们自身。所以，在情感、意志和理性的交杂中，人之为人的感知能力成为我们彼此建立沟通与交流的先决条件，但同时，这些因素也在本质上决定了我们沟通与交流的程度与效果。感知共识可以简单地称作是同情、同理之心，笔者将感知共识称为共鸣。在共鸣的背后，是我们

---

① 弓肇祥：《可能世界理论》，北京大学出版社 2003 年版，第 291 页。

个人想象世界与文本世界的交叠与重合而引发的个体生命体验和群体意识形态性的交织。

可能世界再现的共通基础表现在叙事文本，就会是可能世界与故事世界、文本世界三者之间呈现出较为统一的一致性和感知趋同性，也就是对于同一个叙事文本，我们的认知不会是无根之源，仍旧局限于叙事文本提供的信息基础之上。

但是对于可能世界个体感知的差异性而言，用重组一词描述通过聚焦所形成的可能世界再现的过程更为恰当。这种重组是指把已有的各种可能世界加以重新排列和组合，去掉某些因素，增加若干新材料，构建新的可能世界。[①] 这种重组可以在一个人的头脑中进行，也可以在同时代若干人的头脑中进行，还可以由不同时代的人逐渐完成。在叙事学的角度，专注于叙事文本呈现出来的可能世界的重组，则是对个人阅读体验的尊重和一个认知个体化特征的考量。

借助可能世界的又一操作模式——模拟这一概念，我们可以继续深入叙事文本背后可能世界认知的主动性。我们把某个已知的可能世界作为原型，模拟它，构造一个我们所需要的新的可能世界。[②] 可能世界重组的个体性差异基于有意识或者无意识的个体需求，而非单纯地从文本理解出发。因此对可能世界的需求指引最终导向了可能世界的重组。这种研究对于以个体感知为基础的单一叙事文本分析极为有效。但是个体感知的差异如何导向到群体性的感知成型又引发了另外一个问题。

感知敏锐度的提升和感知各种元素的发掘却是一个历时性的发展过程。在这个过程中，叙事文本以"聚焦"作为感知呈现的表达方式，自身也经历了一次又一次的发展。外在表现为媒介转换和叙事技巧提升的发展过程，实际上却是在强化"聚焦"对复杂感知的挖掘与呈现。叙事不仅仅是显现内在思维，而且叙述过程本身就包括思考的过程，其中也涵盖了信息的接受，感知的过程。但需要注意的是，感知对于信息的接收与处理的过程，却是以叙事文本"聚焦"间接性的方式呈现。

在文学史的研究中，我们常常看到某一个经典作品对于同一时代整

[①] 弓肇祥：《可能世界理论》，北京大学出版社 2003 年版，第 292 页。
[②] 同上。

个文学发展趋向的导向性影响。追溯某一文学表现手法的价值和意义，判定单一作品探索性和实验性文学技巧的价值和意义，往往会超越同一时代的文学评论家的眼光，有时还会得出某些与同时代价值评论完全相悖的结论。陶渊明百年后成名，卡夫卡孤独寂寞的过往都曾证明着文学艺术作为人类认知世界的集中体现，实际上它的发展历史和文学表现技法的更新本身就是人类认知发展的探索之路。因此，其中的价值和意义很难被既有的认知框架，即文学惯例所定义。但一旦新的认知框架从被刺激的排斥反应过渡到被广泛接受，并很有可能流于习以为常的范式之后，它就会在其他认知渠道中发挥影响。同样，相应的发展方向也可以反向作用。基于当代科技发展基础之上的畅销科幻作品本身就是人类对可能世界存在和探索的艺术表现。模拟和探索已经不足以涵盖科幻小说对可能世界的呈现探索的方式。外推是可能世界操作的另一个方法，是指把某一个领域具有一定特性和关系的某可能世界推广于其他领域，形成后一领域的新世界。① 可能世界外推的成型过程本身也成为当代科幻影视表现的重点内容。《迷离档案》系列剧从第一季开始就为可能世界的存在作出了大量的铺垫，每一集当下未解之谜就直接指向了未来世界和可能世界的某种走向，从而为最终第五季未来可能世界的真实改变作出了符合人类道德指向的铺垫。

在叙事文本三个层面内部，重组、模拟和外推三种可能世界的再现方式对于推进聚焦本身的认识又有什么样的作用呢？首先，重组、模拟和外推三种方式都是基于叙事文本本身，通过重组的删减、模拟的主动以及外推的开拓共同完成对可能世界的呈现。在此过程中，聚焦作为感知关系，它的限制范围以及对象选择，感知传达的侧重等都会以上述三种呈现方式的指向为具体的目标。其次，文本层面上，文学文本的标志词、影视文本中的镜头晃动等都可以作为感知的标识，提供聚焦判定的线索。叙述层面中，叙述内容与高于其上叙述层次的叙述者之间叙述与被叙述的关系在识别时也需要借助文本世界与可能世界的对照。研究者从叙事文本的层次性探讨叙述视角和人物视角的关系时，就从可能世界延伸到了文本的现实可达——这个等级制还决定了文本内视角的重合关

---

① 弓肇祥：《可能世界理论》，北京大学出版社2003年版，第292页。

系。叙述者的虚构叙述视角重合在所有叙事者（形式叙述者）和所有人物的视角上，反之则否；事后性声音主题的视角重合在人物视角上，反之则否。视角关系就是可能世界之间的可达关系，视角重合就是多重可达。当文本符号被不同视角主体的意向同时充满，文本的阅读意义在多重视角下获得不同意义，这时等级制将进一步渗透到各种可能的意义之间，高等级的视角主体不仅知道低等级主体视角中的对象世界的形态，还知道等级视角主体看待这个世界的方式即了解等级视角主体本身。[1]叙事文本的上下相邻的层次性成为可能世界呈现的路径。所谓的视角重合也就成为感知共通性的佐证。高等级视角主体对低等级视角主体本身的了解也可以从重组、模拟和外推等方式进一步考量和阐释。叙事文本本身至少包括一个叙述者及其下属的叙述层次的套嵌结构，就不仅仅是简单的"山上有座庙，庙里有个老和尚"的重复开篇，而是隐藏着重组、模拟和外推等多种人类认知再现可能世界的表达与探索。

可能世界的表达与探索是人类力求在充满着偶然性和突发性的生命历程中寻找意义和价值存在的必然需求，因此，围绕人类存在，直接指向着意义的生成与诠释。所以，当研究者试图将可能世界、文学文本以及意义所系的语境关联起来就必然得出这样的结论：对文学文本来说，由于每一个可能世界都对应于一个语境，可能世界的集合就是语境集合；符号在文本内外不同语境中的不同的意义解释，就对应于不同可能世界中符号的语义赋值，并且赋值过程对应不同语境中主体的符号意指行为。文本内外不同主体的认知状态在不同语境（包括真实与虚构、语言与非语言语境）中规定；反过来说，决定主体认知状态的立场教养趣味等，是其所属非语言语境，即所处的可能世界本身的一个性质，因此，阅读推理必然涉及语境转换，即可能世界之间的可达关系。[2] 个人的阅读将现实存在的文学文本运用重组、模拟、外推，转换为对可能世界的某种当下单一认知。芭芭拉·赫恩斯坦·史密斯（1980）就曾对"同一个故事"的观念提出有力的挑战。她指出，每一次重述，哪怕用

---

[1] 王阳：《虚拟世界的空间与意义》，宁夏人民出版社2007年版，第173页。
[2] 同上。

同样的媒介重述，都是一个不同的版本。① 如果从指向的不同层面上，当真实作者在现实中创作相应的作品时，他会先有一个涉及其头脑想象中的可能世界，然后在具体的创作、写作过程中，将这样的想象空间用文字或者其他的载体表达出来，但是表达出来的作品本身，作为一个独立自足的文本存在时，对文本的解读就不能由作者决定了，而是由参与文本解读的主动方——读者和互动对象文本指向的可能世界来决定了。即使是作者在作品完成后，以读者的身份再次阅读文学作品时，他对文学作品的感受，虽然感知中掺杂了当时创作过程中的某些印迹，但是仍然和当时写作时的感知有所区别。

　　文本语言符号的赋予义和解释义在逐一认知中得到了不可完全重复的确认。而所有赋予义和解释义的集合就是可能世界。赋予义和解释义的选择和可能世界的某种呈现，或者用其他研究者所使用的术语就是"可达"，实际上就是重组、模拟和外推的过程。信息输出的意指对应模拟的主动性。外推则是超越领域限制的不同可能世界之间的联系与相互影响，就此方式，非文本信息，包括对现实世界的理解、科学的逻辑认知等都会进入叙事文本所对应的可能世界的理解中。

　　因此，由叙事文本对应的三个层面及其主体以及不同主体之间的行动、叙述行为和感知关系形成了对可能世界的不同呈现渠道。语言符号的物质存在、叙述行为的有限推测，乃至聚焦的无限想象使得可能世界的呈现出现无穷接近的可能性。聚焦研究使得可能世界的可达具体化为感知关系的存在。而可能世界呈现的三种不同方式，重组、模拟和外推也必然吻合文本叙事学分析得出的聚焦感知不同要素的呈现特征。

　　现实存在的作品以其物质存在为基本特征。而聚焦所感知的虚构世界则以其聚焦行为的存在和感知为标志。德国叙事学家沃尔夫·施密德在聚焦要素分析中联系人物视角的五个要素，将其视为一个为内外要素所构成的综合体，并呈现出理解和表现发生事件的各种状况。② 沃尔夫·施密德认为人物视角限制了聚焦感知的可能。故事层面与聚

---

① [美] 戴卫·赫尔曼：《新叙事学》，马海良译，北京大学出版社 2002 年版，第 205 页。
② Schmid, W., *Narratology: An Introduction*, Berlin, Walter de Gruyter, 2010, p. 99.

焦层面的交集不仅仅是主体间的感知相通,人物视角确实是还原聚焦感知的重要来源,特别是在热奈特内聚焦的聚焦类型中。但聚焦感知并不是简单的等于人物感知之和。聚焦的构成要素分析首先需要明确聚焦范围。

在聚焦、故事和叙述三个层面上,还包括若干的小层面。任何一个叙事文本都可以被视作是由两个或者两个以上的叙述层面构成。以人物行动为核心的故事同样也是由多个行动元所构成。米克·巴尔同样认为,"设想在聚焦的第一个层面上,聚焦者是外在的。这一外在式聚焦者将聚焦委派给内在式聚焦者,一个在第二层次上的聚焦者。原则上还可以存在更多的层次"[①]。当多层次、多角度的聚焦、故事和叙述统一于一个叙事文本时,叙事文本就被切分为一个个叙事片段。因此,典型套嵌故事结构的《一千零一夜》同样需要区分出山鲁佐德与阿里巴巴和40个大盗不同的故事;区分山鲁佐德作为叙述者讲述阿拉丁故事的叙事文本以及山鲁佐德作为机智女性拯救国王及国家的叙事文本;理解阿拉丁不能体会山鲁佐德化解危险的冒险与聪明。只有将统一的叙事文本划分为一个个独立而又相互联系的叙事文本片段才能在叙述、故事和聚焦三个相互交织的层面上对聚焦感知作出清晰的判断。沃尔夫·施密德聚焦五类要素的分析以一个类似多重式聚焦叙事文本为例,不同人物所作出的法庭称述构成了一个不停追求真相的侦探小说。时间、空间、不同人物的意识形态、语言和感知的差别都是聚焦差别形成的根本原因之一。

一个叙事文本对应三个层面及其对应的行为主体。人类认知存在的共通性使得臆想性的感知主体与人物感知、叙述者感知纠缠难辨。因此,为了避免不同层面不同层次导致的聚焦感知还原的差别,重组、模拟、外推的可能世界分析需要遵循同一个感知主体、同一个行动主体和同一个叙述主体。这样才能避免人物交替、叙述层叠、复杂感知可能给聚焦还原带来的误导。

[①] [荷]米克·巴尔:《叙述学:叙事理论导论》(第二版),谭君强译,中国社会科学出版社2003年版,第130页。

第 一 章

从"文字"追溯"话语"：
口传文学时代的聚焦特征

可能世界层面的聚焦受限于叙事文本物质载体。从词源上看，"聚焦"一词来自光学，其比喻基础与"视点"并无二致，区别在于聚焦没有从某一特定位置观察的角度来界定"视点"，而是将其视为通过诸如望远镜、双目镜、显微镜或头脑/身体综合机能等聚焦装置获得的结果。[1] 较之叙述者对于文本物质载体的依赖而言，聚焦受文本载体限制的影响则更为隐蔽。但是因为文本载体的发展已经经历了漫长的历程，有着较为明显的阶段特征，加之叙事学研究跨媒介、跨学科的趋势已经日渐清晰，聚焦研究在叙事学层次研究和要素研究的基础上具备了回归本体研究的基础。

追溯文学的早期阶段，口传时代的文学与之后其他文学的区别不仅仅是表面上书面文本作为叙述文本媒介载体的存在缺乏，更为重要的是，这一时代文本的口传特征比书面文本更接近"叙述"——"说"的本质。即使采用口传文学的文字记录作为研究对象，仍然可以看到特定载体直接影响、塑造或者约束着对应时代叙事文本的叙述特征。

但与当下聚焦研究的主要范围不同的是，口传文学时代的聚焦在依托文本世界，连接现实世界和可能世界时，所具备感知要素较之书面文学时代更为丰富，超越了文字表达的限制，对于人类认知能力的挖掘在

---

[1] Miller, J. H., "Henry James and 'focalization,' or Why James Loves Gyp," *A Companion to Narrative Theory*, James Phelan and Peter J. Rabinowitz, eds., Oxford, Blackwell, 2005, pp. 124–135.

某种程度上更注重实时影响，甚至还超越叙述话语层面影响到叙述结构的框架定型等诸多方面。

一 神圣叙事背后的集体感知

叙述交流包含故事层面、叙述层面和聚焦层面对应主客体之间的交流，也有跨层面不同主体之间的交流。叙事学研究模拟叙述交流的过程，设定叙述者有一个对应的受述者作为叙述交流的客体接受叙述者讲述的内容，而受述者本身也会对叙述者所叙述内容产生影响。回溯口传时代的叙述交流，可以发现叙事学研究所设定的叙述者与受述者交流的模式正反映了当时以"现场对话"为特征的叙述交流的真实情况。虽然叙述交流模式并没有实质上的变化，但因为不同时代叙述载体的变化，叙述交流的不同特点直接影响了聚焦在不同时代的感知呈现方式。

叙述者承担叙述行为的发出，聚焦者则是感知关系的主体。叙述者与受述者交流的目标和指向都会影响到聚焦者的感知情况。口传时代的叙述者不仅承担叙述功能，在与神圣叙事相关的文本中，叙述者的身份本身就代表着叙述交流的价值。作为神圣叙事的代表，讲述伟大婆罗多族故事的《摩诃婆罗多》，通过祭祀仪式的叙述情境，同化叙述者与受述者的身份，达成叙述内容的高度认可，以期实现神圣叙事集体感知真实感与神圣性的双重认知效果。

（一）框架结构交流显性化与真实感

《摩诃婆罗多》的叙事结构以框架式叙事结构为特点，后世又以"插话"指称该类型叙述结构的特征。《摩诃婆罗多》充分展现了叙事文本层次性这一本质特征的存在。所有的叙事文本至少包括两个叙述层次，即叙述者所处的叙述层次和叙述者所讲述内容所居的次级叙述层。

随着叙事学学科发展和研究的推进，叙事文本的层次性特征最终指向了《摩诃婆罗多》的文本特征。叙事学诞生之初，框架式叙事结构与故事文本层次性之间的对应关系就已经成为关注的重点。作为框架式结构代表的《十日谈》和《一千零一夜》成为叙事分析的典型文本,比如托多罗夫的《〈十日谈〉语法》和米克·巴尔对山鲁佐德叙事力量的分析。而在当代,巴·略萨的《中国套盒》使框架式叙述结构以更为形象的名称为人熟知。根据比较文学的影响研究,研究者们发现,《一千零一夜》不仅影响了欧洲文学,拉丁语的《奇闻汇集》及其他同类的教士故事汇集,薄伽丘的《十日谈》,意大利施特拉巴罗拉、英国乔叟和法国拉封登的著作也都有插话的痕迹。而《一千零一夜》本身却存留了《五卷书》和《迦里拉格与但那格》的内容和结构特征。《五卷书》和《迦里拉格与但那格》所指向的区域宗教文学和民族文化的框架式结构最终带出了《摩诃婆罗多》这一源头。作为可追溯时间最为久远的框架式叙述结构故事,《摩诃婆罗多》揭示了框架式叙事结构对于神圣叙事的价值和意义。

《摩诃婆罗多》全书共 18 篇,但叙述层次和故事系列都有所不同。初篇叙述层次最多,共有 6 个层次。其次是第 13 篇《森林篇》。此外,《斡旋篇》、《和平篇》、《教诫篇》、《马祭篇》等也集中了较多的插话,具有一定代表性。从形成结构上看,插话相对于叙事文本的核心故事,并不能直接推进故事线的发展,而是作为旁支的次要故事出现。故事层面的分析更注重插话所具有的文学虚构特征和独立成文的潜质。但是从内容上看印度人民并不认为《摩诃婆罗多》是虚构性的文学,而坚持认为是"真实的"历史。所以《罗摩衍那》由《摩诃婆罗多》中的《罗摩传》脱胎而来的,才被称为印度的第一史诗。之前的研究多关注于《摩诃婆罗多》的各篇插话如何成为流传后世的故事以及之间的区别,比如《罗摩衍那》与《摩诃婆罗多》中《罗摩传》的比较。但三种研究都未能回答插话所具有的脱离元故事层面的能力是如何与文本层面叙述话语和叙述结构的特征相呼应的,更不能回答插话叙述如何从民族历史真实的感知发展成具备超文化性质的文学虚构特征。

不论民族和文化差异,所有的叙述都是以句子为基本单位,而最小的叙事文本片段都至少包含着某个动作或者某种状态的改变,并以此作为其叙事性的标志。《摩诃婆罗多》中的插话正是在叙事文本的本质共性基础上,从话语层面和结构层面上形成印度文化神圣叙事的真实感叙述模式。

首先,《摩诃婆罗多》神圣叙事叙述内容的真实感首先由叙述行为本身的神圣性所决定。语言叙述行为"说"在《摩诃婆罗多》的文化背景中具有非同一般的力量。《摩诃婆罗多》中,言说等同于事实,亲听如同亲见。真实的前提就是亲眼看见和亲耳听见。镇群王在下决心举行蛇祭之前,曾经提出一个关于"真实"的疑问:

> 我想再听一听。在荒野之上偏僻的森林中,蛇王多刹迦和迦叶波曾经有过一番谈话,传到你们耳中的那番谈话情景,是谁亲眼目睹又亲耳听见?待我听过这件事之后,我再做出灭蛇的决断。(1.46.27)

为了满足故事真实性的两个充要条件,在镇群王的蛇祭大会上,镇群王向毗耶娑询问:

> 关于俱卢族和般度族,你老人家是亲眼目击的见证人。我想请你讲一讲他们的事迹,再生者啊!……请你将那一切全都讲一讲吧,尊者!因为你是一清二楚的。(1.55.18—20)

黑仙人毗耶娑回应镇群王的请求,向坐在身旁的徒弟护民子吩咐:

> 俱卢族和般度族之间从前发生了破裂,你把事情向国王全都讲一讲吧,就照你听我所讲过的那样。(1.55.21—22)

亲眼看见、亲身经历是毗耶娑创作出《摩诃婆罗多》的先决条件。护民子在蛇祭大会上,坦陈故事:

> 向镇群王、向众位参祭者、向从四方前来的刹帝利……讲述了俱卢和般度两族的破裂,以及王国的毁灭。(1.55.24)

护民子承担叙述的职责,向镇群王讲述故事。但由于所述之事过于重大,为确保所述内容的真实性,毗耶娑在蛇祭大会上出场,授予护民子讲述的职责，并对护民子讲述的内容进行监督。通过毗耶娑与护民子两位神圣的叙述者，搭建神圣故事内容与"真实"叙述行为之间的互证关系。

但如果一个拥有神圣身份的叙述者没有坚持讲述"真实"，那会导致怎样的后果呢？从真实与神圣的关系来看，言说的真实是神圣的前提。一旦言说的真实受到怀疑，那么神圣也就不复存在。言说的不可怀疑性必须是确定无误的。在行落仙人诞生的故事中，恪守正法、向罗刹吐露真言的火神被婆利古诅咒，火神说：

  一个亲眼目睹又知证据的人，受到询问时却讲另一套，那么，他就会把自己家族之中前七辈后七代一起毁掉。(1.7.2)

真实语言的力量如此巨大，掌握着生与死，甚至是家族覆灭与兴衰。语言之真等同于正法。语言之力是神人之子也不能抵抗的。俱卢之战中，根据预言，俱卢族德罗纳不可战胜，除非自寻死路。而德罗纳最为关心的就是其子马嘶，为了迫使德罗纳当场自尽，就必须攻其软肋，让德罗纳确信马嘶已死。德罗纳本不相信其子之死，唯坚战得其信任。怖军和坚战均是神之子，为神的分身，行"正法"之事，本不应口出谎言，但又为了实现"正法"，战胜俱卢族，谎言又是不可避免的。如何在矛盾中坚守"正法"呢？这就决定了谎言必须得到遮掩，所说之谎言必须具有真实的外衣。怖军使计，向坚战建议，对德罗纳说谎。怖军杀死一匹名叫马嘶的大象，坚战据此向德罗纳说了谎话——"马嘶死了"。德罗纳在悲痛中被木柱王之子猛光所杀，般度族获得了胜利。即使如此，谎言毕竟还是说出口了，惩戒也是必不可少的，否则"正法"的权威性一样会因为妥协而受到怀疑。作为惩戒，坚战离地四指的战车因此轰然落地。

《摩诃婆罗多》中言说的真实是不能被怀疑的。怀疑语言的真实就是怀疑神圣正法的存在。神圣排斥谎言，崇信语言的真实性是包括宗教文学和当代活形态历史神话等在内的神圣叙事共有的叙述目标。根据活形态神话的界定，作为典型形态的神话，它堪称是与特定的社会组织、生产方式、宗教信仰、生活习俗等保持着紧密的有机联系，并被人们视为"圣经",因而是具有神圣性、权威性的神话。这种存在形态的神话,便是典型的或原始形态的神话。①而《摩诃婆罗多》作为印度人民所认可的历史,至今还在日常生活中发挥着众多的作用,甚至其文本还处于不断的扩张、变化的过程。但神圣叙事存在的基础仍然是力图通过讲述塑造人物,以零聚焦介入情节,以毋庸置疑的口吻谈论人物,给予神性的终极善恶价值判断,从而彰显"正法"。真实的叙述行为和不能被怀疑的叙述内容所构成的真实的神圣性感知就是《摩诃婆罗多》神圣叙事的叙述特征。

其次,在《摩诃婆罗多》叙事叙述行为的神圣性与叙述内容的真实感互为保证之后,《摩诃婆罗多》框架结构交流显性化维持了"正法"在多个叙述层次的统一性和关联性,进一步强化了叙述内容的真实感和神圣性。

《摩诃婆罗多》上下相邻两个叙述层次的相关因素一般涉及人物、事件、地点或是主题的相近或相似。关联因素如果是两级叙述层之间的因果逻辑,即时序上呈现一种追述或预述的形式。不同叙述层次的空间位置就会转化为时间层面的时序关联,即所谓的"纵向的层级聚合,呈现的是过去、现在和未来的时序"②交替。空间的上下交错和时间的先后相连,从不同的维度展现了同一的"正法"观念。古印度婆罗门教虽然多神纷立,但梵天作为世界之始,是《摩诃婆罗多》辨明"正法"与"非法"的唯一标准。至高之言具有同样的权威性。口不离"正法"是《摩诃婆罗多》中叙述者的共同言说特征。

坚战在得知母亲贡蒂隐瞒同母异父兄弟迦尔纳的身世之后,为迦尔纳的战死而感到痛苦。那罗陀为了开导坚战,向坚战讲述了迦尔纳因为遭受诅咒,难逃一死的前因。迦尔纳必死的次级叙述层次与上一级叙述层次插话文本之间的关联存在时间的先后顺序和逻辑上的因果联系,如果还原为叙述层次关系则呈现为上下两级的空间结构。通过看似简单的因果联系,保持两族战争的主线故事进程,同时也适时地补充了坚战对于迦尔纳之死应有的情感表达。结构上,迦尔纳必死的三级插话为二级

---

① 李子贤:《活形态神话刍议》,《西北师范大学学报》(社会科学版)1987年第4期。
② 谭君强:《叙事理论与审美文化》,中国社会科学出版社2002年版,第152页。

插话"坚战一个月的净化期生活"补充了线性时间空白。而二级插话为三级插话故事的展开提供了空间背景。

那罗陀对迦尔纳遭遇的解释隐藏了坚站对于迦尔纳遭遇的质询。这一故事显现了《摩诃婆罗多》框架结构的基本特征，即以问答的方式完成不同叙述层次之间的转换与衔接。受述者向叙述者提出问题，从而引出故事概况。问题本身以预述的方式出现，揭示故事的发展方向，指向一个明确无误的结局，同时排除故事结果的多种可能性。故事结果的事实存在作为叙述内容和叙述行为的毋庸置疑的再次确认，使得读者的关注力从故事的结果转向叙述行为展现的过程描述，探寻导致"幸运"或者"不幸"结果的"正法"行为和"非法"行为的实施过程。出生入死的人生并没有例外，已定的结局中作为生命的历程才是叙述的中心。

问与答、因与果，表面的组合是时间的先后和空间的交叉，因果联系的背后，深层次的常规限定隐约呈现出一种文化地与历史地的群体规则的性质。[①] 在印度，从婆罗门教开始，佛教、印度教区别正法与非法的关键就在于梵的唯一创世性，而因果循环报应是该区域宗教所具有的共同特征。迦尔纳的必死原因归结于他所受到的婆罗门的诅咒正是这种深层的、区域性的、历史性的民族文化心理的体现。意义来自结构。在层级的时序变化中，"正法"的隐匿表达是结构之下的可以探寻的暗流。以"正法"为纲，一切问题都应该而且必须具有可以解决的可能性。在先例的证明下，太阳下没有新鲜事。

《摩诃婆罗多》的叙述交流通过问与答得以显现，并通过叙述层次转换再次加以强调。这种方法有异于其他的神圣叙事预述方式。一般来说，史诗"丰富宽泛……就其本身来说是不够的，一定要与内容数量相当的控制"[②]。《旧约》先知的预言以过去完成时态代表了上帝的启示早于故事结果的显现，以此作为句子层面神圣叙事的标志。而高于句子层面，预言的实现则代表着每一个故事叙述的完成。比如亚伯兰被预言会成为万国之父，亚伯拉罕一生成就的过程就是预言实现的过程。在更大

[①] 谭君强：《叙事理论与审美文化》，中国社会科学出版社 2002 年版，第 20 页。
[②] [美] 里兰得·来肯：《认识〈圣经〉文学》，李一为译，江西人民出版社 2007 年版，第 87 页。

的层面上，《新约》弥撒亚的预言在耶稣的生平中得到了反复印证，就此完成新旧约之间的整体性链接。《摩诃婆罗多》的神圣叙事也包括了预言实现的过程，即"正法"的成就，但是它的框架叙述对于叙述真实感的传达比起其他神圣叙事所采用的方法更为明显。"因为长度和范围的缘故，史诗总有一个适度的史诗般情节（比方说，我们不能马上记住故事全部），但是很多细节都能被很好地控制在整体的设计中。"① 掌控叙述内容的框架结构，在《摩诃婆罗多》中已然超越了话语层面，通过多层叙述框架结构的完成，同时构建了神圣叙事的整体性和真实感。

与《摩诃婆罗多》不同，《圣经》神圣叙事真实感和神圣性的合二为一的特征，在叙述交流层面体现为上帝常常以人形出现，参与人间事务，与普通人交往、对话，对各种问题发表见解。即使众声喧哗，也无法湮没作为至高存在的真理之言判断的权威性和准确性。② 宗教的背景，对于人生价值的终极回答决定了《圣经》作为叙事文本其神圣叙事的特殊价值指向。在神圣叙事中，叙述所要达成的真实感由人的有限认知所呈现，但却以个体认识之上的超越性的神圣存在为认知目标。每一个具体的叙事文本由相应的叙述行为产生，同时具有不能完全重复的独特性。每一次阅读行为背后，有限的叙事文本也都对应着独一无二的聚焦感知，而所有聚焦感知集合成为可能世界的存在。神圣叙事的聚焦感知所指向的正是集合了所有的聚焦感知，超越个人化和人的有限存在之上的无限可能世界中的神圣存在。

神圣叙事对应的可能世界不需要从当代认知科学的角度确认它的存在，而是每一次叙述行为所带来的认知都可以看作是人超越个体有限和个人化特征，所获得的真实存在的神圣启示。因此，它不再是由个体有限性所决定的片面认知，而是经由神圣启示所决定的人所能接受的部分真实。因此，神圣叙事的叙述者并不具有作为现实中个体存在的身份特点。即使叙述者在叙述行为中呈现某种与现实中历史人物的个性特征相吻合的个人化叙述特点，这也仅仅是神圣叙事下对于人性、对于个人化

---

① ［美］里兰得·来肯：《认识〈圣经〉文学》，李一为译，江西人民出版社2007年版，第88页。

② 梁工：《圣经叙事研究》，商务印书馆2006年版，第117页。

叙述的某种迁就。例如，《圣经》中《路加福音》的作者相传为追随保罗传教的路加医生。叙述者对于耶稣生平，有着路加作为医者多方证言求真的特殊表达，并在文中多次使用了当时的医学专业术语，比如说耶稣治愈了彼得岳母的热病。人们在阅读对观福音其他两部著作时就会留意到《路加福音》与《马可福音》、《马太福音》的叙述差异，他对于主人公耶稣的人性特征有着最为丰富的刻画。换言之，《路加福音》的叙述内容特征指向的是耶稣作为人的言行举止。《路加福音》作为《圣经》神圣叙事的个人化风格的代表，其目标受述者被认为是基督教福音的宗教信徒，并以此呈现出感知方式的特殊性。在特定的叙事情境中，神圣叙事作为经由"圣灵"晓谕叙述代言人的叙事文本，它既体现了文本所对应的可能世界一切感知无限集合的神圣性，同时又响应了作为聚焦感知主体的、人类的有限认知模式。正如某些研究所认为的那样，神话、史诗、圣书，总是一些匿名的作品。它倾向于使用神启或神谕的方式，作者只是一个中介、一个代言人，而非一个个体或个性化的人。神谕方式的百科全书的叙述人恰当地说是笔录者或抄写者，是众多的身份不同的作者群体所组成的，有如《圣经》是上帝、神子、先知、门徒，是见证者、转述者和传道者众多的声音的集合。当然，也可以说这里往往只有一个声音，那就是神的声音，启示者的声音。在这些声音里，作者的声音，或是作者的形象没有什么特别的，作者只不过是一个中介，是一个记录者或抄写者，一个传播者。一个把已经形成的故事到处去讲述的人，而故事的创造者并不是故事的讲述者。[①] 因此，神圣叙事的神圣性并不由叙述者表面身份的神圣性决定，而是更多取决于叙述内容的神圣性。

　　神圣叙事统一性和整体性经由多种预叙完成了叙述内容的整一。在《摩诃婆罗多》中，没有问，就没有答；没有需求，就没有应和。问是答的前提，叙述的前提是疑问的存在。婆罗多族的故事关乎正法，而"正法"一切的秘密只有适当的人在适当的场合以适当的方式才能得以聆听。

---

　　① 耿占春：《叙事美学——探索一种百科全书式的小说》，郑州大学出版社2002年版，第68页。

坚战向摩根德耶询问行善作恶的业：看到大牟尼愿意说，便先引话题，好让他讲述故事。(3.181.1)

询问是言说的楔子。"请你回答我的问题"引发一切的解疑释惑：大到婆力古世系、婆罗多族世系的家谱，小到蛇祭中堕落火中的千万种蛇类名称，疑问无处不在，回答引导故事。

故事的悬疑在回答中成为思考的火种。遍地的火种将一切的言行引入"正法"。百科全书式的《摩诃婆罗多》中，问与答的对话实质是思与辩的结合。人类的童年充满了对万物诞生缘由的好奇探寻。《摩诃婆罗多》也可以找到关于宇宙诞生的奇思妙想。搅乳海有着人类童年改天换地的创世豪情。童年幻想之后是少年的沉思，人类沉思的少年情怀搭配童年的奇思妙想，获得一种奔放的表达方式。插话"搅乳海"创世的瑰丽最后幻化作阿周那天庭游历的美妙。神人同型同性的古希腊神话被喻为人类童年的记忆。在《摩诃婆罗多》的寓言中，自然之物行人之所行，道人之所言。自然之物的问与答蕴含深远的东方哲思。

《摩诃婆罗多》确定行为的准则，为行为寻求合理的出处，超越了对存在，包括宇宙存在本体的解释后，开始探寻自身社会性存在的合理状态。思，是一种独立的状态；对话，则强调话语的沟通和交流；辩，强调沟通的对立与说服。思是核心，对话是形式，辩是结果。不论是人物之间的对话还是自言自语式、自我辩驳型的独白都可以最终视作是独一无二的一个"正法"之思。所有问与答的对话都有一个交流的中心主题，《摩诃婆罗多》的"正法"之思处于无可置疑和无可取代的核心地位，将所有行动的解说（行动）和言语的阐释（对话）融合在"正法"的核心之中。因此，在《摩诃婆罗多》中，即使看似没有一问一答形式特征的部分插话，也采用了隐性思辨模式完成了显性问答承担的反思和确认功能。《薄伽梵歌》中所充斥的对话式思索，就可以被视为训导式插话。赫·戈温就将《薄伽梵歌》作为《〈摩诃婆罗多〉中的插话》的唯一研究对象。[①] 威廉·洪堡也曾写作论文《关于〈摩诃婆罗多〉的著

[①] 季羡林：《印度两大史诗评论汇编》，中国社会科学出版社1984年版，第454页。

名插话〈薄伽梵歌〉》①。

黑天在《薄伽梵歌》中说道:

> 我是居于一切众生心中的自我,阿周那啊!我是一切众生的开始、中间和结束。(6.32.20)

黑天与阿周那在故事中的关系暧昧不明。黑天和阿周那都是神,是那罗和那罗延的分身下凡。那罗和那罗延所司神职近似,往往同时出场。与之对应,凡间的黑天与阿周那似乎也是"两位一体"。黑天与阿周那的对话可以看作是自问自答式的,一个犹豫的我与一个教导的我之间的对白。

黑天化身吉祥薄伽梵劝导阿周那:

> 自我是自己的亲人,自我也是自己的敌人。如果自己把握自我,自我成为自己的亲人,如果不能把握自我,自我像敌人充满敌意。(6.28.6)

一对一的教导变成了自我确认式的思考。训诫式的插话拥有了更为普遍的价值意义。《摩诃婆罗多》的文化叙事力图确认具有整体性、民族性和普遍性的文化内容,但在文本中只能以个体确认的方式隐晦表明。神之分身的黑天和阿周那是古印度人的英雄,分身之神的那罗和那罗延是古印度人的神,他们对自身的确认最终导向古印度文化整体性的确认。

众多的那罗和那罗延、黑天和阿周那、豆扇陀和沙恭达罗存在于《摩诃婆罗多》的多个叙述层次中。而利用整个文本的多层面框架叙述,"正法"的寻求与存在反复性的自我强调,就代表了不同层面的古印度人借此完成的民族身份确认问题。

《摩诃婆罗多》利用框架式叙述模式展现了叙述者与受述者之间的微妙关系,巧妙地实现了自白式的探索,使得存在于插话中的自白无可

---

① 季羡林:《印度两大史诗评论汇编》,中国社会科学出版社1984年版,第365页。

非议。而《备战篇》有关傲生国王的插话则将具有训诫力量的思考置身于象征性的结果中——对于自身力量的认识必须排除骄傲与自满。《摩诃婆罗多》的神圣叙事超越了叙述内容呈现神圣化的基本指向,而将其多级叙述层次的显性化纳入了神圣叙事文本特征的主要范畴内。内容呼应着形式,更为直接地说,一种自我确认式的思考借此从自白走向了自明。范式之内,叙述的力量已经得到了不同民族、不同文化、不同时代的各种肯定,但《摩诃婆罗多》证明了在神圣哲思之下的故事无疑更具有终极价值层面的说服力。

(二)仪式叙述中的神圣性

真实性与神圣性一体相生的存在是《摩诃婆罗多》神圣叙事研究的前提。通过后世文字载体记录的《摩诃婆罗多》虽然流失了史诗传唱绝大部分的表演因素,但是较好地保留了叙述框架的完整性以及叙述者的身份特征,而这正是从叙述交流层面研究口传文学时代叙述特征的关键保证。

《摩诃婆罗多》叙事文本通过文字载体所保留的框架结构不仅是叙事文本层次性普遍存在的典型,而且展示了古印度民族强大叙述力量的特殊运用。《摩诃婆罗多》的框架结构,经由故事层面和叙述层面之间的相互交流,提升了多个层面主体身份的神圣性。如果将解释祭祀的存在的插话相应的叙事文本片段所指向的故事层面和叙述层面分别命名为次级叙述层次和次级叙述层,那么在文本时间中早于插话存在的祭祀所对应的故事层面和叙述层面就可以称为高级故事层次和高级叙述层。根据故事时间的先后顺序,故事层面的祭祀晚于插话的出现,而所对应的高级故事层次反而早于次级叙述层次。《摩诃婆罗多》回答先有"叙"还是先有"事"这一问题时,采取了回环往复的循环结构。对应叙事学的学科基础问题,可以将《摩诃婆罗多》的循环理解,解释为先有叙述的行为,才有叙述的行为所带出的叙事文本,同时叙事文本所指向的插话正是祭祀开始的缘由,以此完成叙述层面与故事层面的循环交流。

与之对应,《摩诃婆罗多》框架结构一问一答的叙述模式特征也就产生了由外而内的叙述层面和由内而外的故事层面的不同表述。《摩诃婆罗多》的元叙述层叙事情境可以视为一场祭祀仪式。故事层面的套嵌故事的人物行为者可是仪式参与者，叙述层面框架叙述者与受述者则是叙述行为的主客体。从由外而内的叙述层面角度看，某一叙述者层面的受述者提出某一个问题，叙述者在次级叙述层面上以叙述内容回答该问题，引入插话的叙述文本。例如，厉声在修道人的询问下，开始讲述婆罗多族的故事；应镇群王之邀，受毗耶娑之托，护民子讲述伟大的婆罗多族的故事；在持国王的询问下，大臣将俱卢族与般度族的血腥大战娓娓道来……由此形成了框架叙述层次结构。而从由内而外故事层面的角度来看，在祭祀仪典上，护民子第一次讲述了伟大的婆罗多族的故事。之后，毛历根据护民子仙人的叙述，向寿那迦转述了俱卢族与般度族大战的故事，由此形成了故事套故事的结构。

第一，《摩诃婆罗多》叙述交流的元叙述层保留了超文化祭祀的叙事情境。《摩诃婆罗多》的元叙述层超越了印度民族的文化界限，所展现的祭祀场景是世界其他民族共有、众多民族文化口传时代祭祀场景的代表。

普洛普在《神奇故事的历史根源》中也认为，讲述是程式、仪式的一部分，它依附于仪式。讲述是独特的语言护身符，是对周围世界有巫力作用的手段。神话及故事的情节结构与在行授礼仪式时占重要地位的事件的顺序相吻合，这一点令人想到，讲述的是青年人相关的事，但讲述的却不是他本身。这些事件的开始与其说是被讲述，不如说是被程式化戏剧化地描绘出来的。在此向被授礼者揭示了在他们身上完成的那些事件的内涵，叙述将他比作了人们所讲述的那样的人。叙述构成了祭祀的一部分并被归入禁忌之列，这些禁忌是作为有利于讲述某种与仪式直接相关事物状况的第二位要考虑的事。[①]

普洛普的观点包括三个相互关联的不同方面。首先，普洛普认为语言叙述与现实仪式存在一定的联系。叙述从属于仪式，属于语言巫术中的部分；其次，叙事文本的时序对应的是仪式中事件价值的重要性；最后，叙述者并非故事中的人物。因此，不论是仪式还是叙述，不同角度对应着同一个叙事文本《摩诃婆罗多》，并且显示出不同的叙述特征。

---

① ［俄］普罗普：《神奇故事的历史根源》，贾放译，中华书局2006年版，第468页。

在故事的反复重复和叙述层次的多次对应中,神圣叙事的感知特征得以强化。隐藏其后就是千百年来《摩诃婆罗多》在古印度人民文化中的口头传承过程。

对祭祀仪式的解释所形成的叙述行为针对的是每一个在场的仪式参与者和不在场的民族文化继承人。因此,叙述交流呈现以叙述行为的发出人叙述者为主体的单向流动。被动接受叙述信息传达的受述者接受信息,认同解释,与叙述者一道完成民族神圣叙事的传承过程。所以,《摩诃婆罗多》一开篇就打破了人与神的界限,将受述者的身份认同与叙述者所讲述内容的神圣性关联在一起。

> 顶礼那罗延、那罗、无上士,
> 及辩才天女,随应歌胜利。①

毛喜之子厉声颂扬之词的形式是散文而非韵文歌词,内容表达的是对尘世所居之英雄和超越其上神明的顶礼膜拜。诸如古希腊神人同型同性论不仅是人类运用自己的思维理解不可理解的神圣之神,更重要的是打破了人与神的绝对界限,反映了人类对不可完全理解的神圣之神的理解可能性。那罗延、那罗本是世间之人,但他们在胜利中赢得了与神明同居、配得赞美的地位。毛喜之子厉声颂扬之词的散文形式就类似于导语,为全文奠定了基调,同时也向受述者发出了邀请,以人之身份认同祭祀祖先与神同等的伟大经历。只有接受了邀请的受述者才可能在后文中,通过叙述者的韵文叙述,产生旋律与情感的共鸣,达到神圣叙事集体感知的交流效果。人间尘世与天宇穹苍,在祭祀中人神相通的可能,通过《摩诃婆罗多》的开篇叙述,叙述者与受述者神圣性聚集体感知的共识而得以实现。

叙述交流集体感知的共识所指向的感知内容则是对神圣叙事的再次强调。除了《摩诃婆罗多》精校本之外,还有一些抄本的开卷第一首献诗也都表明了主要献诗对象以及作为传诵内容的《胜利之歌》。

---

① [印] 毗耶娑:《摩诃婆罗多》(一),金克木、赵国华、席必庄译,中国社会科学出版社 2005 年版,第 3 页。

> 首先向人中至高的
> 那罗延和那罗致敬!
> 向婆罗私婆女神致敬!
> 然后开始吟诵《胜利之歌》。(1.1 献诗)[①]

献诗中所指明的受述者与之前分析所指向的受述者并不一致。上文分析的受述者指的是参与仪式的婆罗多族的后裔,是散文厉声颂扬之词的受述者。韵文献诗的受述者本身是神人的存在。受述者的不统一实际上正是集体感知的一个重要的特征。一般来说,不同的叙述者代表着不同的叙述层次或叙述片段。但是对于口传时代的集体感知,叙述者与受述者在之前的散文叙述中已经完成了感知重合,也就是叙述者默认他所传达的叙述信息已经被受述者完全地接受,并且受述者在接受叙述信息单向传递的过程中已经成为叙述者的一部分。因此,叙述者叙述行为指向的受述者可以转变为神圣之神,叙述传唱的是作为受述者身份存在的"神"的事迹。因此,叙述内容的神圣性受到受述者神圣之神的查验和保护,在配得赞美的人与神面前,叙述内容的真实性同样也是人神共察。正如文本中提及的受述者守戒梵仙、修道人所说的那样,依据往事书、依据正法所说的故事功用明确——"符合正法,能消除罪孽和恐惧"[②]。因此,现实中故事的听众们、读者们一同领受那伟大的婆罗多族的故事。叙述行为本身也就成了取悦神圣之神的祭祀仪式的一个重要组成部分。在场的祭祀参与人并非是当时祭祀仪式神圣叙事行为意向中的受述者,因此,对于神圣叙事集体感知的研究,一方面要以在场人员自觉的感知认同来认识口传时代神圣叙事的特点,另一方面又要将其与口传时代民间故事的传唱区别开来。因为以祭祀仪式为叙述情景的集体感知具有更为明显的神圣性指向。

第二,在《摩诃婆罗多》祭祀的神圣叙述情境之外,叙述内容与叙述者叙述行为的追溯也可以相互印证二者的神圣性。

[①] 黄宝生:《〈摩诃婆罗多〉前言》,《摩诃婆罗多》(一),中国社会科学出版社 2005 年版,第 11 页。

[②] [印]毗耶娑:《摩诃婆罗多》(一),金克木、赵国华、席必庄译,中国社会科学出版社 2005 年版,第 4 页。

高贵的仙人岛生所说的往世书，天神和仙人听了都尊敬；那是最好的故事，有绚丽的词句和章节，有微妙的意义和正理，装饰着吠陀的奥义；那是婆罗多族的历史，能赐福泽，蕴蓄着群书的内容，含有华饰，具备梵性，包括各种学问；那是在镇群王的祭祀大典上，护民子仙人奉岛生仙人之命，满意地、如实地讲出来的；那是同四部吠陀相等的，毗耶娑仙人所编订的神奇著作，符合正法，能消除罪孽和恐惧；我们想听一听。(1.1.15—19)

上述五颂涉及的是三个故事层，核心层是毗耶娑仙人编订的著作。中间层是护民子在祭祀大典上对镇群王讲述的内容。最外层是毛历对寿那迦讲述的内容。其中，"高贵的仙人岛生所说的往世书，天神和仙人听了都尊敬"[①]（1.1.15）作为第一颂，从叙述层次上涉及的是叙述层的核心位置、叙述者的身份、叙述内容定性以及价值判断等多个方面的问题。

第一，岛生仙人是高贵的，天神和仙人都尊敬他所讲述的内容。神圣之神对岛生仙人所讲述的内容的尊敬，保证了叙述内容神圣性。既然连神圣之神都尊敬岛生仙人的叙述，那么祭祀仪式在场的所有婆罗多族后裔有着更为充分的理由认同岛生仙人的叙述，并且用聆听的方式参与这样的讲述，向婆罗多族的祖先和神圣之神表示尊敬。这样的叙述交流看似是单向度的，但是集体感知的成型正是这种独特的叙述模式所能指向的聚焦特征。

第二，采用命名的方式来体现叙述内容的真实性特征。所讲述的内容又被称作往世书、过往世代之书、历史传说、古事记。许慎《说文解字》说"名，自命也"[②]。清代段玉裁《说文解字注》指命"亦令也。故曰命者，天之令也"[③]。因此，命名往往是对特征的总结，归纳了此物之所以为此物的天命本性。冠名为往世书、过往世代之书、历史传说、古事记的《摩诃婆罗多》，不论何名，强调的都是内容真实性与神

[①] [印]毗耶娑:《摩诃婆罗多》（一），金克木、赵国华、席必庄译，中国社会科学出版社 2005 年版，第 4 页。
[②] 许慎:《说文解字》，中华书局 1985 年版，第 41 页。
[③] 许慎撰，段玉裁注:《说文解字注》，上海古籍出版社 1981 年版，第 57 页。

圣性的合一。

　　第三，从这五颂之间的关系来看，第十六、十七颂主要言及叙述内容，第十八、十九颂则主要讲的是叙述者的身份问题以及不同叙述者之间传讲的联系。而第十五颂则包括了上述两部分的内容，同时涉及下一层次叙述者和叙述内容两个方面。但是第十九颂的最后一句"我们都想听一听"实际上就将从第十五颂到第十九颂的全部内容明确地纳入高一层叙述层的叙述内容之中。

　　叙述文本层级结构的普遍存在意味着，叙述文本本身就是高一级叙述层的叙述内容。如果叙述文本是作为作品的最高叙述层而存在，那高一级叙述层所指向的就是元叙述层。在一般情况下，元叙述层的叙述者和受述者本身的感知对文本外部研究所指向作品层面的作者和读者的感知重合程度高于其他叙述层面。但是《摩诃婆罗多》神圣叙事的元叙述层所对应的叙述者和受述者本身的感知就与作品层面作者和读者的感知的差异巨大。将《摩诃婆罗多》视为文学作品实际上就已经违背了古代印度文化的背景，而将文本所表达的叙述内容视为虚构。只有认可口传时代《摩诃婆罗多》对宗教仪式的依附性才可以了解其神圣叙事所产生的集体感知特征。

　　学术考证也证明了故事的反复重复和叙述层次的多层次性对应的就是《摩诃婆罗多》成书过程历时性的文本定型。《摩诃婆罗多》的第一阶段《胜利之歌》只有八千八百颂，第二阶段的《婆罗多》从核心故事《胜利之歌》扩展到了两万四千颂。最后一个阶段的《摩诃婆罗多》文字量更是高达十万颂。[①]《胜利之歌》就是整个《摩诃婆罗多》核心叙述层。但是神圣婆罗多族的故事直至最后一个阶段才冠以神圣之名。就此而论，《摩诃婆罗多》叙事神圣性的最终强化与整个文本叙事模式的定型互为因果。

　　《摩诃婆罗多》故事套故事对应的框架叙述结构包含多种叙述特征：同一故事在相邻叙述层面的叙述功能转换，由此带来感知重合以及故事层面人物神圣性的提升。

　　[①] 黄宝生：《〈摩诃婆罗多〉前言》，《摩诃婆罗多》（一），中国社会科学出版社2005年版，第9页。

《摩诃婆罗多》框架结构文本最外层的叙述层次，包含了故事行为层面、叙述层面以及聚焦层面的主体的感知重合。除去超文本层，叙事文本最初的叙述层次是毛喜之子厉声接受飘忽林中守戒梵仙询问，此叙述层面还尚未涉及"蛇祭缘起"的内容，而是概括介绍整个婆罗多族故事的"序目"，类似整本《摩诃婆罗多》的引言或者是序言部分。在所熟知的叙述惯例影响之下，一般的读者在阅读体验中往往更多地关注核心故事的展开，而当代的文学研究又会刻意地忽略以主人公或者作者之名而写的引言或者是序言部分，将其与外部研究区分开来。而《摩诃婆罗多》框架结构最外叙述层实际上已经隐藏了神圣叙事所要达到的效果以及实现的手段。

《摩诃婆罗多》框架结构的第一叙述层对应的叙事文本片段包括"初篇"中的《序目篇》和《篇章总目篇》。守戒梵仙提问鞠躬致敬的毛喜之子，厉声借此回答涉及多个故事，并以此叙述行为引出多层次的叙述层面。引入下一叙述层次的提问并非整个文本的重点，读者的感知重心也常常会落到问题回答的内容上。但是此层面一问一答，因果逻辑的先后却带出了与提问方向相反的叙述身份转换，并借由叙述神圣内容，提升相应故事层面行为角色的神圣性。同样还是《摩诃婆罗多》框架结构的第一叙述层，厉声是毛喜之子，在印度社会等级中属于苏多，是刹帝利男子和婆罗门妇女结婚所生的儿子。按照印度传统，只有苏多才能讲述《摩诃婆罗多》。作为帝王的御者和歌手的苏多，经常编制英雄颂歌称扬古今帝王的业绩。称为"歌者之子"的苏多在神圣叙述中拥有独特身份。而第一叙述层的提问者的守戒梵仙在印度社会等级中属于最高阶层的婆罗门，而且是婆罗门祭司出生的道行最为高深的仙人。承担最外叙述层提问责任的守戒梵仙在神圣叙事故事角色的定位高于回答问题的苏多，如此"下问"的姿态不仅是一个文化传统、叙述惯例的表现。

叙事学研究发现当故事层面以"说"或者是其他的"叙述"表达作为行为表现时，受制于聚焦的受限的判断标准，就会出现故事中人物与叙述者主体身份混同的感知特征，从而形成特殊的人物视点聚焦类型。《摩诃婆罗多》框架叙述层次在具备了人物视角的聚焦特征之外，高级叙述层次叙述者的主动提问转移到了次级叙述层插话的被动受述，以完全赞同和完全接纳的叙述交流态度完成了对插话叙述者感知的认同。

归纳祭祀传唱和其他场合的流传所得出的《摩诃婆罗多》叙述模型也可以进一步验证此观点。

《摩诃婆罗多》典型叙述模型

叙述层次	（主要）叙述场景/与上级叙述层的关联因素	提问（受述者）	回答（叙述者）
第一叙述层	寿那迦大师的十二年祭祀大会	守戒梵仙	毛喜之子厉声
第二叙述层	神圣的祭祀仪式	举行祭祀的国王	苏多
第三叙述层	与上级叙述层叙述内容神性人物	神性人物	次神性人物
第四叙述层	与上级叙述层叙述事件相关的时间	同上	同上
第五叙述层	与上级叙述层叙述事件相关的地点	同上	同上

理论上可以无限衍生的《摩诃婆罗多》正是基于这样的叙述模型，在文本的线性叙述中，扩展出丰富的叙述层次，营造出庞大的叙述空间。《摩诃婆罗多》的神圣叙事尤以祭祀为典型的场景、神性人物存在和神圣时空建构为标志，以高一级神性人物或者是文化身份较高者向次神性人物或者是文化身份较低者提问，而次神性人物或者是文化身份较低者在回答提问时引入插话的叙述，同时在相邻的叙述层面承担了叙述功能的主客体转换，并完成了故事人物、叙述者视角的感知认同。

从语言交流的句子层面来研究插话，就会发现，通常认为的叙述者苏多，次神性人物或者是文化身份较低者在各个叙述层面的引入过程中表现出某种自身的独特之处。叙事学的研究很大程度上受到语言学学科理论的影响。例如判定文本叙事性的标准借助了句子层面的动词标识。而框架叙述结构插话的存在，或者是次级叙述层次改变的标识可以归纳为叙述者的改变。参照萨克（Sack）语言交际中的轮番说话规则（turning-taking）定义插话，认为插画的标志是非相关过渡点（notransition-relevance place）的讲话者的改变。[①] 而《摩诃婆罗多》中的插话有着明

---

① 李艺：《插话的动因及其对交流影响的跨文化研究》，《天津外国语学院学报》2007年第2期。

显的相关过渡点。讲话者，也就是提问者，诸如守戒梵仙或是举行祭祀的过往，选择下一位讲话者，也就是苏多。或者是苏多在某个涉及相关人物、时间和地点时主动发言。《摩诃婆罗多》中的插话的引入符合语言交流层面的轮番说话规则，并非语言交流层面意义上的插话。一旦承认语言交流信息传递与叙述文本故事行为在各自领域的统一性，就可以发现语言交流过渡的相关性对应于叙事文本故事呈现的线性进展。

参考语言交流层面插话界定特征，与《摩诃婆罗多》核心故事组成的故事线偏离的其他故事所对应的叙述层面就是插话。但《摩诃婆罗多》无处不在的插话，已经不仅仅是对主线故事的有效补充。插话本身所具有的某种独立于主线故事，可单独成文的特质，已经在《摩诃婆罗多》的叙述模式中有所表示。作为插话叙述者的苏多，用故事来回答较高文化身份的婆罗门或者刹帝利国王的提问时，已经超越了提问行为层面的时空存在。也就是说，祭祀的间隙是故事开始的引子：

（歌人毛历说）在那场祭祀的间歇时间，有些再生者讲述了源于吠陀的故事。毗耶娑仙人则讲述了婆罗多族永恒又伟大的故事。(1.53.31)

寿那迦向歌人毛历询问来历，毛历向寿那迦讲述了他所得知的伟大婆罗多族的故事。第一次在祭祀中讲述的背景，也就是护民子向镇群王讲述故事的场景。正如普洛普在《神奇故事的历史根源》中所认为的，讲述是程式、仪式的一部分，它依附于仪式……这些事件的开始与其说是被讲述，不如说是被程式化戏剧化地描绘出来的。在此向被授礼者揭示了在他们身上完成的那些事件的内涵，叙述将他比作了人们所讲述的那样的人。叙述构成了祭祀的一部分并被归入禁忌之列，这些禁忌是作为有利于讲述某种与仪式直接相关事物状况的第二位要考虑的事。[①] 作为宗教仪式的一部分，史诗穿插在祭祀间隙，调节祭祀进程，解释祭祀仪式中的种种规范，最后独立出来发展成为民族文化的重要组成部分。

史诗的叙述就是祭祀仪式的惯例。惯例作为习俗，具有了"法"的

---

① ［俄］普洛普：《神奇故事的历史根源》，贾放译，中华书局2006年版，第468页。

功能，被用来规范行为，成为文化的核心。

寿那迦向歌者厉声恳求道：

  在那场极难完成的蛇祭上，在举行法事的间隙，伟大的诗人啊！按照规定、众位高贵的参祭者，他们要讲许多神奇的故事，你肯定都是一清二楚的呀！我们想从你这里照样听到，歌人之子啊！（1.53.29—30）

  （摩诃婆罗多）那是在镇群王的祭祀大典上，护民子仙人奉岛生仙人之命，满意地、如实地讲出来的。（1.1.18）

在镇群王蛇祭大会上，镇群王向护民子说：

  请你将那一切全都讲一讲吧，尊者！因为你是一清二楚的。（1.54.20）

在祭祀仪典上，歌人、祭祀者讲述故事，追溯过往。蛇祭上，火光盈盈，众蛇从四面落入火中，肉焦皮烂，挣扎扭曲，惨景不忍入目。日常生活的平和、安宁不见踪影，暴力、烈火取而代之，毁灭与再生相互碰撞。于是，需要一个理由来解释情感的爆发与情绪的不能自控。一般的因果不适用于解释祭祀的非常态。特殊的理由必须高于一般事物的发展原因。众蛇遭到毁灭，蛇族末日来临给世人带来的恐惧，让人对造物主主宰一切、创造一切、毁灭一切的能力产生臣服之心。因为笃信大梵天决定"正法"因果的正确性，所以追溯事件，蛇族灭亡的理由只能最终归结到造物主大梵天。解释赋予了蛇祭缘起神圣的理由，叙述强化了仪式受述者臣服的意向，也就是聚焦特征神圣性集体感知的最终成形。

《摩诃婆罗多》的传唱者作为叙述者采用传唱进行叙述交流，所要实现的是与神的交流，并在传唱的过程中，通过仪式的观看和参与，邀请所有在场的同族之人，即仪式参与者和在场的传唱聆听者成为整个叙述行为的参与者，实现文本受述者向仪式叙述者的转换。所以，当代叙事虚构作品中叙述者和受述者的交流往往不足以体现《摩诃婆罗多》叙述者和受述者身份同化所达到的神圣性集体感知的聚焦特征。《摩诃婆罗多》传唱者实质上所要实现的目标是与神的沟通与交流。神圣叙事的真实性不可能被质疑，也不需要被肯定。因为神圣叙事的真实性唯一判定在于神圣之神。何谓神圣之神？孟子说，"大而化之之谓圣，圣而不可知之之谓神"①。神的圣是不能由人的有限认知所完全了解的。并且如果质疑神圣叙事，或者篡改其中的字句，对应的惩罚也非由人而为，而是从神而降。所以《圣经》启示录才会说："我警告一切听见这书上语言的人：若有人在这语言上加添什么，神必将记在这书上的灾祸加在他身上。这书上的预言，若有人删去什么，神必从这书上所记的生命树和圣城删去他的份。"②

再次回到《摩诃婆罗多》讲述故事源流的前五颂，以回答提问的故事所指向的叙述时空肯定已经与祭祀相去甚远。不仅厉声对守戒梵仙所讲述的婆罗多族的故事与寿那迦十二年祭祀的场景无法对应，就是豆扇陀与沙恭达罗的故事也肯定不存在于提问者镇群王所居的时空内。因此，故事的讲述也就是叙述行为，可以超越人类个体时空存在的有限性，在叙述行为中完成某种非个体生命，是群体、民族乃至国家的价值传承。当叙述者以"我"或者"我们"的人称代词出现，并承担叙述行为时，在功能上，二者并没有本质差别。但是《摩诃婆罗多》神圣叙事所对应的特定时代，"我"与"我们"不同的人称代词却会带来不一样的感知。书面文学时代的第一人称单复数对应的个体感知和群体感知，因为自传文学的出现而逐渐消弭了二者间的区别。但是口传时代文学所承担、传承文化的神圣价值，使得群体性感知对于叙述内容的呈现具有了超出形式的特殊意义。口传文学时代聚焦的集体感知不仅简单地表现为叙事文本中的复数第一人称，更为重要的是，集体感知指向的是可能世界的神圣叙事表达。聚焦的集体感知虽然在口传时代文学之后，逐渐隐匿，但神圣叙事又以其他的聚焦呈现方式继续出现在文本中，指向人类认知构建的终极价值。

叙述可以超越个体有限，表达对无限存在的渴求。《一千零一夜》的山鲁佐德就依靠讲述故事，改变了国王旧有的观点，存留了自己的生

---

① 《孟子·尽心下》。
② 《圣经——和合本修订版》，中国基督教两会出版部2012年版，第394页。

命。聆听神圣的婆罗多族故事的国王可以在祭祀间隙通过想象再现故事中先祖们与神同行正法的伟大,并通过现实的祭祀表达敬仰,延续民族的价值。《摩诃婆罗多》插话的叙述者更是借由承担叙述行为,提升了自己的文化身份。苏多,或是其他比提问者身份稍低的次神性人物,在叙述行为发生之前,本身的社会身份是相对固定的。印度种姓制度阶级流动性较小,每个阶级所担任的社会职责不同,它不仅仅是社会等级制度,也是一种职业制度。但经由叙述神圣叙事,传讲故事的苏多,或是其他次神性人物,受到高级种姓的礼遇,成为现实中神圣祭祀不可或缺的重要角色。叙述不仅超越了有限的时空存在,而且完成了从个体到民族的价值提升。同时,相邻上下两级叙述层次转换对应的叙述者身份的区别特征,借由表述内容的神圣性得以提升。

(三) 特殊与普遍中的框架结构

《摩诃婆罗多》的插话体现了框架叙述的典型结构,具有特殊的文化意义,但同时也呈现出框架结构的某些普遍价值。《摩诃婆罗多》内容庞杂,具有百科全书式的文化叙事特征。插话在结构和内容两个方面都极其"宽容"——通过框架式叙述结构将不同的意见、不同的看法,插话并蓄其中,使得"相反的思想与习惯的奇妙交混可以察见"[①]。《摩诃婆罗多》是古印度社会依靠言说确定行为方式和社会结构的重要体现,随着古印度社会人员流动的日益频繁,不同民族文化的交融,《摩诃婆罗多》文化叙事文本作为社会立法者,更需具备宽容性。"因为根本的接近似乎不能有真理的独占权,那里有许多观察与使接近的方法。所以各种不同的甚至相反的信仰被容忍了。"[②]《摩诃婆罗多》史诗代表印度特有的方法,就是能迎合所有各种程度启发的教养了的人,从最高的知识分子到淳朴的未受教育不识字的村夫村妇,他们使我们有几分懂得古印度的秘密,就是能团结一个分成许多花样,立了阶级身份的五光十色的社会,能使社会的不调和融合,给他们一个英雄传统及伦理生活

[①] 糜文开:《印度两大史诗》,台湾商务印书馆 2004 年版,第 261 页。

[②] 同上。

的共同背景无处不在的统一性,多次被吟唱的"正法"、被修业瑜伽纠正的"非法"。有意地,他们想在人民中造成一个统一的观点,使一切的异见消灭无光。① 凡笛多(Sistern Vedlta)及诺勃尔女士(Margaret Noble)指出《摩诃婆罗多》引起外国读者注意的两个特征:第一,错综复杂中的统一性;第二,它企图使它的听众不断深化一个统一的印度之观念,用印度自己的英雄传统构成统一的动力。此外,《摩诃婆罗多》成文的历史化过程,从原始宗教思想到现代宗教的诸多异见内容也使得《摩诃婆罗多》的插话结构呈现出复杂的统一性。

插话形成的历时性进程已经难以考证,但从文本结构上看,《摩诃婆罗多》可以被视作一个插话集合。热奈特认为,叙事文本所讲述的任何事件都处于一个故事层,其下紧接着产生这一叙述的叙述行为所处的故事层。② 也就是说,任何一个叙事文本都包括一个故事行动层面和居于其上的叙述行为层面。因此,所有的叙事文本都具有至少是两级框架故事叙述结构,即叙述者所存在的叙述层和构成叙述行为两级故事层。《摩诃婆罗多》的框架式叙述将一种叙述所必需的逻辑扩展开来,成为整个文本结构的特征。从叙述逻辑到叙述特征,从必然到全然,《摩诃婆罗多》框架式叙述结构下的插话超越了人类思维,或者说是叙述思维的普遍性,成为具有民族文化特征、具有形式美感的结构特征。反推之,《摩诃婆罗多》的插话也必然体现了框架式叙述结构的普遍性特征及其价值。

第一,《摩诃婆罗多》的插话存在特征揭示了插入文本与主要文本之间的关系。《摩诃婆罗多》初篇共有 19 个下属篇(章),共有 6 个叙述层次,是整个文本中叙述层次最为复杂的篇章。一级叙述层在初篇第 5 篇之后就隐没在整个叙事文本中了。初篇中的各级叙事文本共有 83 个,其中非一级叙事文本有 40 个。包括蛇祭缘起、搅乳海、豆扇陀与沙恭达罗和花斑鸟的故事 4 个主要的非主线故事插话。

蛇祭缘起上接初篇第 4 篇婆利古世系中羚羊故事的结尾、蜥蜴与羚羊讲述刹帝利的职责,后接第 5 篇结尾厉声向寿那迦继续转述蛇祭期间

---

① 糜文开:《印度两大史诗》,台湾商务印书馆 2004 年版,第 259 页。
② 谭君强:《叙事理论与审美文化》,中国社会科学出版社 2002 年版,第 40 页。

护民子仙人讲述罗多族的故事。第5篇寿那迦询问歌人厉声关于蛇祭的相关信息。此时，叙述者的转换就显得较为生硬，而把同一故事的叙述权从第四层叙述者交回到了第一层叙述者手里，使得结果的联系重要于开篇的联系。

在蛇祭缘起中，"搅乳海"也属于歌者厉声向镇群王讲述的非主线故事插话，其相应的主线故事是阿斯谛迦的故事。"搅乳海"始于阿斯谛迦篇的第15章，完结于18章之初。首尾呼应，由迦德卢与毗娜达身侧飞驰而过的神马高耳引出，叙述层次转换的关键在于与上级叙述层叙述内容相关的人物。"搅乳海"并没有直接影响到阿斯谛迦故事的进展，只是为了说明一个关联事物的来历。因此，"搅乳海"故事的结尾并没有同迦德卢与毗娜达关于神马高耳的赌誓汇合，使得开篇的联系价值高于结果的回归。

初篇第三个重要的插话是大臣们向国王讲述听见蛇王多刹迦与迦叶波对话的猎人死而复生的故事。作为插叙，它最终使大臣们劝服镇群王举行蛇祭。依靠它，大臣们证明了多刹迦和迦叶波对话的真实性，使镇群王最终下定决心灭众蛇。前为继绝王（镇群王之父）之死，后为蛇祭的举行，左右相继，实际上是事件按照逻辑原则和事件原则搭建的同一个故事序列。

按照上述分析，通过结构和内容双方面可以判定不同的插话集合所体现的价值和功能。在《摩诃婆罗多》中，层次转换连贯舒缓，并且内容上依附于上一级故事就可判定插话与上一级对应的主线故事联系紧密，是主线故事的插叙。如果从形式上层次转换过于生硬，上下层次之间内容联系并不紧密，那么我们就可以将其判定为非主线故事插话。

在整部作品中，般度族和俱卢族的斗争位于二级叙述层次。对于整个叙事文本而言其是插入文本。但因为两族大战是主线故事，其他相邻的三级叙述层次的叙事文本就是插入文本，般度族和俱卢族的斗争又转而变成了主要文本。内容的相对性决定形式上的可变性，这也就是运用科学主义的方法研究文学时所必须灵活把握的尺度。沙恭达罗自述身世和3个借子故事对于上一层次的叙事文本而言是插叙，但对于《摩诃婆罗多》整个文本的主线故事般度族和俱卢族的斗争而言则是相隔两个的叙述层次的非主线故事插入文本，因此，自然也可独立成为一个非主线故事插话。插入素材与主要素材之间的附庸性不是非主体性或者是次要性的别称,更不应最终导致一种价值上的忽略。正如叙述层次的分级性不能取代对不同叙事文本重要性的判定,附庸性只是非主体性的一个体现。所以,不能根据非主线故事插话与主要故事的关系,判定非主线故事插话的价值。因此,《摩诃婆罗多》从文化整体上可以被视作是一个多层次、多延展的插话大集合。这也就是说,在叙事学研究中,插入文本与主要文本的对应关系具有相对性。形式分析需要与内容层面关联起来理解。正如略萨所言,套嵌结构中一个主要故事生发出另外一个或者几个派生出来的故事,为了这个方法得到运转,而不能是个机械的东西(虽然经常是机械性的)。当一个这样的结构在作品中把一个始终如一的意义——神秘、模糊、负责——引进到故事内容并且作为必要的部分出现,不是单纯的并置,而是共生或者具有迷人和互相影响效果的联合体的时候,这个手段就有了创造性的效果。①

第二,在具体的分析中,叙述者转换对于叙述层面转换的辨识性价值得到了认可。作为框架式叙述结构下的叙事文本的插话与语言交际中的插话有所重合。语言交际中的插话定义以 Sack 的观点为代表,他是在轮番说话规则(turning-taking)下定义插话,以非相关过渡点(no transition-relevance place)的讲话者的改变为判定的标志。② 该定义从具体的情景语言交流中总结得出,强调的是说话者的突然改变,同时忽略深层次、内在的叙述内容的改变和统一讲话者对叙述内容的突然改变。虽然对以内容为核心的文学叙事文本的分析有失重心,但叙述者的改变仍然是我们辨别《摩诃婆罗多》不同叙述层面的操作标准,同时也是我们分析其他叙事文本叙述层面转换最易操作的工具。

叙述主体的转换不仅是文本内叙述层面转换的识别标准,同时也是超越文本束缚,为超文本交流提供可能的前提。罗兰·巴特在《叙事作品结构分析导论》中直接指出:"如今,不论打开一本小说、一张报纸或者一台电视机这一事实有多么平常多么随便,但是,这一微小的行为

---

① [秘]巴·略萨:《中国套盒》,赵德明译,百花文艺出版社 2000 年版,第 86 页。
② 李艺:《插话的动因及其对交流影响的跨文化研究》,《天津外国语学院学报》2007 年第 2 期。

一下子就把我们需要的叙述代码整个地安置在我们身上。叙述层次因而具有模棱两可的作用：叙述层次因为与叙事作品的语境接壤（有时甚至把叙事作品语境包括在内），所以，向叙事作品展现（消费）的外界开放；但同时叙述层次又给先前的层次封顶，封闭了叙事作品，决定性地使叙事作品称为规定着和包含着自身元语言的某种语言的言语。"[1] 开放与封闭，过去与现在，当下与未来，《摩诃婆罗多》也正是以此成为印度文化的基础。以此来看，任何一个叙事文本都是一个从时间上插入到当下、空间上与现实有所疏离的插话。因此，叙述主体和叙述内容必然与当下现实发生脱离，而承认这种分离可以帮助我们反观其中，回到对现实的理解中。

  第三，以层次性来看待聚焦研究，就需要承认立体故事世界的线性表达。多层次性的叙事文本结构能够被认识还是基于叙事文本自身的特质。在对叙事文本进行研究的过程中，首先要恢复叙事文本背后隐藏着的多层性的叙事文本结构。然后再用多层性的结构观照叙事文本本身，从而发现了叙事文本本身容易在阅读过程中被忽略的特征——叙事文本的单向性和线性结构。而这个恢复和还原的过程，需要用业已成型的"叙述"方式去解读叙事文本，反过来叙事文本中的叙述方式也会塑造并且更新、改变解读叙事文本的方式。如果将叙事文本的解读也当作是较之叙事文本更高一个层次的故事层。那么这个并不以文字方式等其他物质载体存在于叙事文本本身的元故事层，就为解读叙事文本提供了一个符合人类认知习惯的虚拟时空条件。虽然这个元故事层因人而异，因时代而异，因诸多因素而异，但它的存在必然为叙事文本的多层次解读提供了前提条件。

  因此，使用聚焦概念进行叙事学研究还存在三个需要克服的问题。首先，与虚拟的时空存在不同，叙事文本中以物质载体存在的叙事片段也是探究叙事文本内部的文本结构多层性的标识。多层次、立体型的世界杂糅在单向线性叙事中，被分裂为一个又一个的叙事片段。而这些叙事片段，根据不同的叙述目的，他们之间的过渡就成为叙事学研究观察

---

[1] [法]罗兰·巴特：《叙事作品结构分析导论》，张寅德译，张寅德主编《叙述学研究》，社会科学出版社1989年版，第34页。

叙事文本复杂性、叙述技巧多样性的重要切入点。

其次，米克·巴尔对热奈特聚焦概念的意见也提示了对聚焦进行分析时需要注意的另外一个问题。米克·巴尔认为，热奈特将聚焦概念胡乱地运用于不同的感官，主要是因为热奈特的聚焦概念包括越多的感知，虚拟性的聚焦和文本中人物的不同感知越有可能重合，加大了聚焦辨析的难度，导致叙事文本分析概念的混乱。沃尔夫·施密德执着人物视点概念，而对聚焦概念的摒弃也是基于同样的理由。所以研究需要以较为明确的主体划分为基础，以免重复混杂文本所指向的不同层面。

最后，在聚焦本质的虚拟性和抽象性与叙事文本分析中实际的可操作性之间，如果不能解决二者的有效对接，聚焦概念本身的价值就会再次受到质疑。而用聚焦概念来加强对叙事文本的理解也会成为不切实际的幻想。具体的分析实践则需要以感知作为联系文本三个层面的关键，以实际的阅读体验佐证分析聚焦在具体的叙事文本中不同的呈现方式。

聚焦者的感知总是为叙述者的叙述留有阐发的空间，有限的叙事文本在展现无限虚构世界时正是叙述者呈现叙述才华的舞台。感知是人物与聚焦者的行为交点，叙述是人物与叙述者的行为交点。人物、聚焦者和叙述者同时隐身于叙事文本中。故事、聚焦和叙述多层面的交织构成了复杂的叙事文本。"你说我听"、喧哗众声的叙事文本层面之上却是一个有容乃大的虚构世界。与话语一起构成叙事文本层面的故事，加之聚焦感知，构成了超越文本层面的虚构世界。

二 凝滞的时空：从仪式到场景

口传时代叙事文学的最明显特征就是聚焦集体感知的真实性和神圣性。感知作为叙事文本三个层面的共通联系，在口传时代叙事文本中，通过元故事和元交流，超越了具体的内容表达，确定了神圣叙事聚焦层面集体感知的特征，并对后世文学产生深远影响。《摩诃婆罗多》宗教仪式的元叙述层叙述情境，奠定了整个叙事文本神圣性的基础。但是在口传时代之后，神圣人物逐渐从文学中隐退，人物表现文本神圣性的功能逐渐被弱化，而"场景"取代人物，逐渐成为神圣叙事的新叙述特征。

（一）场景与时空感知

《摩诃婆罗多》叙述特征的形成是基于其自身的史诗神圣叙事的要求。从文化传承的角度看，"史诗至高角色在于其对社会自我意识的关注能力"[①]。因此，包括《摩诃婆罗多》在内的史诗在叙事内容中都集中体现了民族、社会、时代对于价值的追寻与实践。其中的神圣性角色更是超越个体生命存在，将个人经历和情感表达与民族、社会、时代的价值探索结合在一起，表达民族、社会和时代对于自我意识、自我价值的群体性的认同与肯定。《摩诃婆罗多》神性人物作为史诗中的神圣性角色，以认同性的叙述行为超越个体层面，达成关于民族、社会价值确认的聚焦感知。

但是基于文字等新媒介载体的出现和人类认知的发展，神圣性聚焦感知需要在旧有的叙述模式基础上形成新的存在方式。

首先，神圣叙事的集体聚焦在《摩诃婆罗多》之类的神圣叙述，主要是通过同一主题不同层面的反复叙述达成叙述者与受述者的认知共识，从而获得集体聚焦感知效果。当代叙事学研究也存在一个近似的概念——"集体式聚焦"，雅恩称之为，聚焦或者通过复数的叙述者（"我们"），或者通过一组人物（"集体反映者"）来进行。对此，谭君强采用具体的文本分析，评述了雅恩的集体式聚焦代表的人物、叙述者和隐含作者之间的关系。他认为叙述者"我们"尽管与单数的叙述者"我"在很多情况下并不存在本质上的区别。[②] 谭君强所认为的"不存在本质上的区别"实际上是文本叙述层面，复数第一人称和单数第二人称的叙述者叙述功能的同质性。不论是雅恩还是谭君强的文本分析，实际上已经涉及了文本的故事层面和叙述层面之间体现出的感知差异。因此，聚焦强调的是感知可能性，所呈现的差异和千变万化受制于叙述层面的叙述

[①] ［美］里兰得·来肯：《认识〈圣经〉文学》，李一为译，江西人民出版社2007年版，第87页。

[②] 谭君强：《叙事学导论：从经典叙事学到后经典叙事学》，高等教育出版社2008年版，第87页。

方法。但是即使是同一种叙述方式，聚焦所对应的感知可能性也会存在一定的变化空间。一方面，感知会受到叙述内容，也就是故事层面包含信息的制约；另一方面，与超于文本之上的，聚焦层面对应的可能世界本身存在的个体性和时代性特征有关。因此，《摩诃婆罗多》的集体聚焦强调的是叙述文本指向的可能世界的神圣存在，而非指称故事层面和叙述层面复数第一人称人物——叙述者的叙述功能。因此，神圣叙事的集体聚焦可以采用复数第一人称人物——叙述者的叙述方式进行叙述，但是复数性人物——叙述者出现在叙事文本中不一定就能产生带来神圣叙事的集体聚焦。

《摩诃婆罗多》的人物叙述者的实际功能超越了当代叙事学研究"集体式聚焦"的指称限定，以叙事内容的神圣性为基础，通过多叙述层次的反复确认，具有了神性人物的神圣性特征。《摩诃婆罗多》元叙述层的叙述者是询问关乎民族神圣往事的提问者，是祭祀仪式上的守戒梵仙曾经的国王和现在的国王，受述者是接受询问的歌手苏多。但是此叙述层所涵盖的叙事内容正是歌手苏多讲述的神圣的婆罗多族的故事。在次级叙述层，叙述行为的发出和接受同时发生了行为走向的翻转。当代叙事学研究已肯定了叙述者和受述者的交流是一种双向交流，受述者会受到叙述者叙述行为和叙述信息的影响，同时，叙述者也会受到受述者的影响，猜想或者得到受述者对叙述信息的反馈，并以此改变或者调整叙述信息和叙述方式。叙述者与受述者的叙述交流的双向性本身就反映出对口传叙事文本时代叙述交流情况的模拟。回到口传时代，《摩诃婆罗多》叙述者与受述者在相邻两个叙述层面的身份转换正是叙述交流双向性在叙述之初的例证。

口传时代文本的流传、变化本身就是叙述者和受述者集体参与的结果。神圣叙事叙述内容能否被受述者认同、接受，关乎口传文学时代文学的集体性与神圣性。口传文学时代的叙事文本元叙述层"仪式"中对次级叙述层叙述者身份和叙述内容来源的真实性至关重要。元叙述层的叙述者本身并非个体存在，民族和文化共性的集体认知早已超越其上。即使能够在历史的洪流中找到某个似乎确认无疑的历史人物，但是个体存在早已消逝，所谓的荷马头像雕刻，仅仅拼接着盲人之眼的特征，就能在梵蒂冈为游客所识。子所言者，其人与骨皆已朽矣，独其言在耳。

集体认知之上的口传时代叙事文本实质上早已超越了个体存在，是时代、民族、社会价值的共识体现。但是书面文学时代，"仪式"作为叙述情景已经缺乏了相应现实生活的对应。代表集体感知的神圣人物逐渐消亡，个体逐渐凸显，叙述者与受述者的双向交流所能实现的集体感知的认同性需要有新的表现方式。叙述者身份的神圣性在口传文学时代之后受到的质疑也会逐渐增多。因此，元叙述情境中叙述目的的日益强化成为解决这一问题的关键。叙述者身份确认直接嫁接为"仪式"中歌者身份的介绍，着重于叙事文本叙述目的的自我阐明。

但口传时代文学之后，终极价值的追问仍然在延续，"圣而不可知之"，神圣求索由群体感知转向了个人感知。与之对应，神性人物不证自明的身份在口传文学时代之后成为需要证明的问题。强化元叙述情境所包含的叙述目的，并不是简单地强调叙述者的社会身份地位和与之相符的价值权威。恰恰相反，终极价值并不能局限在某个团体或者是社会阶层中。超越人类群体的真理追问反而更能证明终极价值存在的必然性和普遍性。方雨润解释《蒹葭》，虽若可望而不可即，实思之而即至者。《蒹葭》中溯洄从之和溯游从之的意义并不在于当下的结果本身，而是求而不懈的追寻过程，以证明终极价值的存在。至此，对单一价值的质疑和追问成为神圣叙事存在的另一种表达方式。

作为中世纪城市文学流浪汉小说的代表作，《小癞子》的前言有这样一段话，"有些非常的事，也许是一向没人知道的，我认为该广为宣扬，不让它埋没。有人读了这种记载也许会找到些心喜的东西，就算他不求甚解，也可以消闲解闷"①。口传时代文学之后，和神圣叙事相辅相生的"仪式"逐渐与叙事文本分离，甚至逐渐退出社会生活。缺乏了"仪式"集体文化价值认同负载的叙事作品，本身叙述价值就只能以文本自证。诸如"认为"、"也许"一类的词语所表明的、自述价值的某种不确定性，正是文本自证价值的真实境况。原有神圣价值的消解与自我价值的"调侃"共同指向了新价值系统的形成过程。因此，书面文学时代，序言、小序或者"要说的话"之类的元叙述层常常自述叙述目的、表明叙述者身份。

---

① 《小癞子》，杨绛译，人民文学出版社1986年版，第1页。

至此,《摩诃婆罗多》式的集体聚焦逐渐退出了神圣叙事的呈现方式,但是原来用于强调"仪式"功能的元叙述层,在口传文学时代之后,却转为强调叙述目的,继续发挥叙述交流双向认同作用。随着故事层面神性人物和叙述内容的神圣性之间关联的逐渐弱化,元叙述层对聚焦感知的价值指向性作用却被保留了下来,成为"仪式"在新时期的变形,就此与仪式相关的时空呈现方式也出现了新的变化。书面文学中的场景和场景的重复变得越来越被人所熟悉。频频出现的"场景",通过叙述层面时间和故事层面时间的共时对应,逐渐弱化对故事层面时间的存在感知,脱离故事层面的行动,而集中于叙述层面表达内容的感知呈现。仪式日益消亡在元叙述层和叙述情境设置中,而且与仪式相关对于行动的表演,也逐渐成为定格于纸面之上的描述,语言文字之外的其他载体要素也逐渐被弱化。不同的文本时代,元叙述层的转变如此鲜明,所以再次回到仪式本身,审视文字叙述场景表达的定型与口传叙述中表演的联系,就会发现二者的对应是如此意味深长。

《摩诃婆罗多》元叙述层"仪式"呈现是与其本身的口传史诗程式化表达特征互为依托。"程式是在相同的格律条件下为表达某一特定意义而经常使用的一组词。"[①] 程式化表达因为它的存在与活性态口头史诗的演唱紧密相关,关联于歌手对于史诗传统的继承和表现,体现出包括类似程式的习惯用语和灵活的程式系统。洛德明确指出,程式是一种口头诗歌的语言,强调形式的节奏和格律功能,实质是一种能动的、多样式的、可以替换的词语模式。与程式相关联的句法上的平行式和语音模式等要素都是以程式为基础的。据此来看,口头史诗中,程式几乎无处不在,包括程式的主题、程式的故事形式和故事线、程式的动作和场景、程式的诗法和句法等。俄罗斯学者格林斯特发现,《摩诃婆罗多》中的惯用语就包括战斗惯用语,叙述其他类别的故事的惯用语,如达到、离开、时间流逝、爱恋和季节变化的惯用语,甚至还有宗教诗中的惯用语。而《摩诃婆罗多》的程式表达超越惯用语、超越句法、超越语音模式,同时涉及框架叙述层面,并从深层次上体现了问答式思维特征。

[①] 尹虎彬:《口头文学研究中的程式概念》,《民间文化论坛》1996年第3期。

人类文明之初，人类对世界充满了好奇，满怀探索精神，好问为什么。所知为所有，只有知道的才是所拥有的，这样的思维逻辑使问答成为了确认自身存在，认可社会结构的方式、方法。《摩诃婆罗多》充满了古印度人追根溯源的好奇心与求知欲。如果说希腊神话保留了人类儿童时发育健全的心智模式，那么人类少年时的沉思与疑虑就可以在《摩诃婆罗多》中找到标本。做过的事是合乎正法的事，这是一种简单的经验逻辑，也是古代社会传承规范的、行之有效的说理方式。插话中，A问B答，B问C答……上下层次间故事的接力、传递，本质上不仅仅是问答而已，隐藏在问答之后的则是故事说理。已发生行为的故事是未发生行为的范例，并指向更高层面的思维范式。人类倾向于寻求前事经验作为自己当下的行为准则。《摩诃婆罗多》的故事进展中，正法与非法界限模糊之时，取经于前事就是自然而然的选择。比如，般度遭受诅咒无法生育，为了不断绝子嗣，般度与其妻贡蒂商议借子。二人各执一词，各说一例。最后，般度以芦茎国公主和斑足王之妻醉娘借子的两个故事，引用彗星仙人确定借种生子合法性的圣人之言说服了贡蒂。般度五子遵母命共娶一妻——黑公主。黑公主之父木柱王心有所虑。毗耶娑向木柱王讲述正法，借两个故事打消了木柱王嫁女五子与法不合的疑虑。毗耶娑讲述般度五子为五名因陀罗之转生，黑公主为吉祥天女之转生，五名因陀罗与吉祥天女的故事为前世之因，今世之果就是一妻五夫。据毗耶娑所言，苦行女受商迦罗大神赏赐获得五个丈夫也是般度五子与黑公主的姻缘前定。《摩诃婆罗多》诸多故事托名为前生之事，实解今生之缘。

　　早在《摩诃婆罗多》之前的吠陀文学中就已经存在以问答为基础的框架叙述模式，这一特征可以视作是口传文学时代最具代表性和典型性的模式之一。"吠陀文学中叙事部分，例如优哩婆湿的故事，苏咀始王和经罗多家族之间互相打仗的故事等，已经预示了未来史诗的叙事方式。这些有很多是对话体的形式，在一个酋长举行仪式或者布施财物的时候，祭司和歌人就会用颂唱来赞美他和他的氏族……神和英雄的故事。"[①] 特定仪式包含的神圣内容经由吠陀文学到史诗文学，叙述场景

---

① 季羡林：《印度两大史诗评论汇编》，中国社会科学出版社1984年版，第256页。

再现了民族的过往,经由"现实"的祭祀仪式的文化传承,神和英雄的故事继续对当下的文本传承发挥着不能取代的作用。但另一方面,内容的神圣性也需要特定的叙述模式来强化其内容的特殊性,因此从对话体而来的框架式叙述,呈现出明显的叙述者交接和变化的特点,确定了《摩诃婆罗多》对话式戏剧格式的基本叙述模式。《摩诃婆罗多》的框架式叙述不仅超越了元叙述层,在各个篇目开篇时标识某某人讲述,从而引出叙述内容。而且在文本叙述的进程中,诗中人物的"某某人说"往往打断文本的叙述,将上一级的叙述者以呼告的形式呼唤出来。这样的叙述方式有着承前启后的便利,而且易于容纳叙事、抒情、描写、说理等不同的内容,又带有戏剧性,可多人参加吟诵,既便于上口说唱,同时也有助于记忆和传播。[1] 元叙述层面中确认自我价值的祭祀仪式消逝在口传文学时代之后的作品中,但以问答的思维引导和对话的戏剧模式所达到的神圣性集体聚焦,"再现"于书面文本中的场景,继续着终极价值存在的追问。

叙事学研究将场景的特征归纳为所指向的故事时间和文本时间两者间的跨度大体相当。据此而认为,最纯粹的场景形式就是对话。包含对话在内的场景往往是叙事作品,尤其是小说常常采取的形式。《摩诃婆罗多》中的问与答不仅是句子与句子之间的故事行为内容的对应,而且还延伸到句子到句群。一问一答,最简单的问答形式包括四个颂。两颂为一问,两颂为一答,问答之上有章节,章节转换,自有其由来,再复问答;章之上,有篇,开篇问答,亦是惯例。以问开始的文本必然以答为结束。循环往复中,问答形成了结构封闭的叙述圈。但最初的问者与答者仍旧是叙述结构的最终归宿。框架式结构经由简单问答的复杂化和叠加式形成了《摩诃婆罗多》结构的整体性特征。

不仅是《摩诃婆罗多》,文学史上不同地区各个不同时期都不缺乏几乎全部由对话所构成的叙事作品。启蒙运动时期,就有法国作家狄德罗的《拉摩的侄儿》和《定命论者雅克和他的主人》。但不论是18世纪哲理小说采用对话的形式来传达某种思想观念,发挥启蒙作用,还是在《高老头》中体现时间发展的关头或者是出于激烈变化的情况,亦或是

---

[1] 《那罗和达摩衍蒂》,赵国华译,中国社会科学出版社1982年版,第9页。

作为环形中心点，叙述可以从这个中心点向任何方向继续，集中种种的场景和思考，呈现出纵向聚合的价值，例如《追忆似水年华》中的场景。[①] 上述所有叙事文本的场景，共同体现了基于叙述时间和故事时间跨度对应性之上聚焦感知的价值指向特质。叙述时间跨度和故事时间跨度的大致相当以强调叙述的过程中故事同步的进程。不论故事指涉的是事件的突变或者是思想的交锋，故事层面与叙述层面的同步经由时间跨度的对应性传达了类似口传文学时代集体聚焦的感知特征。虽然没有了口传叙事文本中的仪式，没有了神圣的叙述者，但是经由叙事文本对应的两个层面的时间同步性，聚焦感知被再次提高到了自我价值判断的思维层面。

叙事是一个双重的时间序列，即被讲述的事情的时间以及叙事的时间（所指的时间与能指的时间）。这种双重性不仅使在叙事文本中极为平常的所有的时间畸变成为可能，更为根本的是，它使我们将叙事的功能之一视为将一种时间构建为另一种时间。[②] 麦茨在《电影表意散论》中的分析将叙事文本对应的叙述层面和文本层面关联到了相应的时间序列。经由不同的时间序列来判断故事层面还是叙述层面，是高级叙述层次还是次级叙述层次已经是叙事学分析中熟练运用的方法。但是超越方法论的角度，麦茨所提出的一种时间构建为另一种时间，实际上已经是叙事文本之上的叙述层面与故事层面的关联与构建问题。同理，聚焦层面对应的感知存在同时关联着叙述层面和故事层面所对应层面的时间，并与自身对于时间，甚至对于空间的认知相关。因此，聚焦就是叙事文本对应的不同层面所能激发、达到的感知可能性的集合。其中，基础性的时空感知可以在很大程度上反映出关乎自我认知、思维判断的特征。

叙事文本的场景时间，呈现出故事时间与叙述时间的重合，但仍旧无法同步于聚焦感知的存在。所有的叙事文本都指向聚焦感知的存在，但聚焦感知却难以用故事层面和叙述层面相应的存在方式来衡量。

首先，故事层面和叙述层面的时间对应从技术层面上看，缺乏事实

---

① 谭君强：《叙事学导论：从经典叙事学到后经典叙事学》，高等教育出版社 2008 年版，第 139—141 页。

② 同上书，第 120 页。

上的中介标准。米克·巴尔分析"场景"时,认为素材的持续时间与故事的持续时间大体上相同。她强调指出这种相同只能用"大体上"这一副词去修饰是有益的。她认为,大多数场景充满着追述、预述,像一般见解那样的非叙述片段,或像描述那样的照时间顺序进行的部分。一旦我们意识到一个确实的共时场景(其中素材的持续时间与故事中所表现的持续时间完全一致)是难以辨读的,这一点不难理解。对话中的停滞时刻,无意义或无结果的评论,常常会被略去。① 因此,故事层面和叙述层面的时间对应也只能对应时间感知,难以用叙述载体作为对应的中介标准。

正如奥古斯丁所说,"用诗句去量诗的长短,用韵脚去量诗句的长短,用字音的多少去量韵脚的长短;用短的韵脚去量长的韵脚。我们的测量,不是在白纸上进行的;因为我们测量的,不是空间而是时间。假使字音由发出而过去,我们说:这首诗歌是长的,因为它包含若干诗句;这个诗句是长的,因为它包含若干字音;这个字音是长的,因为比那个字音要长两倍。就是这样,我们还不能着实测量时间:因为一句念得慢的短诗,比一句念得快的长诗,历时可以更加长。关于一首诗,一个韵脚,一个字音,我们可以提出同样的问题"② 当热奈特用页数来指称普鲁斯特《追忆似水年华》文本时间的长短时,这样的参照也只能是相对的时间,而没有一个绝对的时间可以用作对文本时间的测量。故事时间对应的行动所占据的时间,可以经由生活中的行动时间作为参照,但文本时间的测量也只能与同类型载体的单位数量为基准,比如一首诗有多少个字。但是涉及"念",也就是叙述行为的发生、叙事文本的诞生以及更深层次的文本的接受和理解,或者是更高层面的感受或阐释,测量的基准就必须发生变化。奥古斯丁将难以测定的问题理解为:时间是种延长。什么东西的延长,我不得而知。假使不是心灵的延长,我更要莫名其妙了。③ 所以,也只有心灵才能测量心灵感知的延长。而当代叙事学家沃尔夫·施密德在反思认知叙事学的学科发展时,直接指

---

① [荷]米克·巴尔:《叙述学:叙事理论导论》(第二版),谭君强译,中国社会科学出版社 2003 年版,第 124 页。
② [古罗马]圣·奥古斯丁:《忏悔录》,应枫译,时代文艺出版社 2000 年版,第 247 页。
③ 同上。

出，自 18 世纪末以来，文学中所刻画的事件无论是有意或无意的，在本质上都是精神活动，任何外部的或内部的行为都与某种特定的内部运动有关。① 关于时间本质的哲思以及文学的实践都凸显了意识等精神层面对时间体认的影响。

叙事文本对应故事层面和叙述层面的时间经由文字载体进行表述后，所展现的时间具有线性特征，但对于线性时间的感知打破了线性时间的先后秩序，呈现出复杂的感知状态。这也体现了奥古斯丁所质疑的关键问题："在你（我的心灵）那里，我测量时间，过去的东西在你那里，留下一种印象。我测量的，就是那个还存在的印象，而不是它的已经过去本身。那么，或者，时间就是那个，或者我测量的，竟不是时间。"② 所以，时间的测量并不是关键，时空背后的存在所指向的感知存在才是叙事文本中时空所指向的关键问题。

但叙事文本的分析或理解，很难意识到存在时间测量的相对性问题。一般来说，叙事文本所对应的故事层面的时间以线性延展为主要的标志。在叙述过程中，文本时间与故事时间的差异激发聚焦感知以恢复故事时间、符合生活日常认知的一般动力。但是叙事文本的"场景"消弭了故事时间和文本时间的不对应问题，聚焦感知就需要有更为明确的存在依托。例如，口传文学《摩诃婆罗多》带来的是神圣性的集体聚焦，但是书面文学时代，聚焦主体就以思考其自身的存在作为感知故事层面和叙述层面的确认，也就是说，叙事文本的场景中，若不是叙述内容本身给予聚焦主体感知的价值存在，聚焦主体本身就会在其中以自我确认作为感知的终极目的。这一努力超越了历史时间，不仅存在于口传文学时代，而且即使是在书面文学时代，18 世纪启蒙文学都在力图完成这一努力，到了 20 世纪，普鲁斯特《追忆似水年华》中的场景的努力，更是达到了一个极致，试图借此完成自我探索和自我确认的终极目的。

但当下叙事学研究对于"场景"的关注，远远还没有达到它所应得

---

① ［德］沃尔夫·施密德：《认知叙事学的前景与局限：以心灵呈现为例》，陈芳译，《曲靖师范学院学报》2017 年第 2 期。

② ［古罗马］圣·奥古斯丁：《忏悔录》，应枫译，时代文艺出版社 2000 年版，第 249 页。

的地位。叙事学坚持，先有"叙"才有"事"，叙述行为指向叙事文本的生成，已经得到共识，但是叙述形式本身对于叙述内容表达的限制还没有上升到思维层面，也就是在可能世界层面上，仍然左右摇摆于叙事文本对应的叙述层面和文本层面，因此，场景研究仍旧受限于叙事学的整体研究水平。即使米克·巴尔曾在现实主义小说和现代小说示例分析的基础上指出，尽管在传统上，概略与场景之间的平稳交替是要达到这样一种目的——既不使读者犹豫速度过快而过度疲劳，又不使他们由于速度过慢而厌烦，但在时间进程中，展开令人觉得是要摆脱那一定型的模式。[1] 虽然米克·巴尔的分析仍仅仅是简单地涉及叙述效果，但是她对读者的关注已经表现了叙事学研究在场景分析中注重感知的趋向。而"场景"的历时性研究确实可以从叙事文本发展历程中揭示人类认知，并采用叙述的方式表述认知的努力。

回顾《追忆似水年华》的场景，它常常存在于故事序列的开端，以其为核心展开附着于场景的叙述内容，从而使场景发挥预述的作用。米克·巴尔在分析类似情况的时候，指出如果作者希望扩充场景，他将会无意识地运用那些更令人激动的材料——那些也可用作连接前后章节的材料。这样场景常常是一个核心时刻，叙述可以通过它向任何方向继续。在这种情况下，场景实际上是反直线的。这样，素材时间与故事时间的一致只不过徒有其表而已。[2] 所以，之前的叙事学研究将场景的特点简单地归纳为故事层面和叙述层面时间的基本对应，实际上并不能揭示场景所具有的特殊作用。场景具有特殊的叙述延展功能，能够将叙述引向不同的方向，时间指向也暂时脱离了单向性的历史时间轨道，从而具备宇宙循环时间和心理时间的感知选择的可能。

（二）《圣经》中的"场景"

神圣叙事一旦摆脱对现实仪式的附庸，其叙事文本需要寻找其他方

---

[1] ［荷］米克·巴尔：《叙述学：叙事理论导论》（第二版），谭君强译，中国社会科学出版社2003年版，第123页。

[2] 同上书，第124页。

式呈现神圣叙事的聚焦感知。《圣经》中既有明显的仪式叙事，也有脱离了宗教仪式功能的叙述类型。根据叙事学对"场景"概念的界定，以"素材的持续时间和故事的持续时间大体相同"①为标准，将重新审视《圣经》中不同叙述类型对《圣经》神圣叙事聚焦感知的呈现方式。

《圣经·创世记》中约瑟的故事和"约伯记"中约伯的故事分别是戏剧叙事和诗体叙事的代表，但是其基于故事行动层面和叙述层面时间的一一对应都与"场景"的叙事特征相吻合。因此，在两种叙述类型故事层面和文本层面的叙述交流比较研究的基础之上，从场景的构建方式、神圣叙事的世俗化以及感知生成的多样性三个层面来推进神圣叙事的聚焦感知的研究。

1. 场景构建

"场景"以故事时间和叙述时间的时长对应为形式特征，以横向和纵向两种方式组合相连叙事片段，并在关联的更高叙述层次上完成感知生成。在凸显个体存在的"场景"中，故事中具体的人物并非高度抽象化的行动元，反而因为特殊生命个体对于场景的依附性而具有了更深层的意义。

《圣经》人物、事件众多，主题思想纷繁复杂，但是《圣经》启示文学的整体性质和框架叙述结构下以背景为线索的次级故事在感知层面却形成了统一的效果。有《圣经》研究者就指出，"希伯来叙事的模式不是围绕任何人物的'性格'来建构故事，而是'场景式的'（scenic）。情节是沿着一系列的场景展开的，这些场景构成了整个故事。这好比一部电影或电视剧通过一系列的场景来讲故事。每一个场景都有自身的完整性，但是整个故事却是由一个又一个场景来推进合成的"②。谭君强对"场景"作用有着类似的归纳："场景通常出现在富于戏剧性的内容、情节的高潮，以及对一个事件的详细描述等情况下，在事件发展的关头或处于几个相连接的场景。"③

《圣经》希伯来叙事的次级叙事层以场景为基础，场景与场景的连

---

① ［荷］米克·巴尔：《叙述学：叙事理论导论》（第二版），谭君强译，中国社会科学出版社 2003 年版，第 124 页。
② ［加拿大］戈登·菲、［美］道格拉斯：《圣经导读》（上）第三版，魏启源等译，北京大学出版社 2005 年版，第 71 页。
③ 谭君强：《叙事理论与审美文化》，中国社会科学出版社 2002 年版，第 177 页。

接构成了更高一级的故事层次。《圣经》的关注重点不在于人物而在于人物所处的场景。场景是人物一切行动展开的基础，人物是场景中的人物。场景中的人物具有某种特质，为连续性场景展现的多角度特征提供可见的统一性。但与后世以人物为中心的现实主义小说不同的是，《圣经》场景中的人物特质总是降服于更高一级的人神关系，这一核心关键可以让《圣经》诸多的人物既有鲜明的个性特征，又有终极价值指向的道德意义。不过在宗教逐渐式微之后，文学仍然需要继续承担社会道德价值规范的维护功用，甚至得到了进一步的强化。所以，《圣经》仍然在以文学的方式发挥其神圣叙事的价值功用。

圣经学者以约瑟的故事分析了《圣经》场景，关注了场景与场景之间所构建的完整性。

> 注意一下《创世记》37章开头的片段是怎样展开的。在开始的那一幕，约瑟将他哥哥们的恶行报给他的父亲（2节），之后我们知道他的哥哥们恨他的根本原因：父母的偏爱——又是偏爱！（3、4节）这个场景很快地就转到了下两个场景：约瑟叙述他的两个梦（5—11节），这两个梦又把你带到了下一个场景（12—17节）：约瑟寻找他的哥哥们，但没有找着。这个场景式故事中间的一个间歇，为了确保读者理解这个关键场景式"时间安排"——约瑟的到达，杀约瑟的阴谋，以及米甸人的到来——是神所定的。下三个场景（杀约瑟的阴谋和流便的说情，犹大出卖约瑟所起到的"营救"作用，流便和雅各布的悲痛）天衣无缝地交织在一起，但是要点却表达在最后一节经文中：约瑟被卖给了埃及的一个内臣做仆人（36节）。这些"场景"，有时独立、有时一起推动着情节的展开。叙事的场景性还有一个特点是，在多数的场景中，只有两三个人物（或组群）。再多就会搅乱故事的主要情节。①

首先，上述的分析抓住了场景功用的关键作用，也就是推动情节的

---

① ［加拿大］戈登·菲、［美］道格拉斯：《圣经导读》（上）第三版，魏启源等译，北京大学出版社2005年版，第71—72页。

展开。其次，注意到了场景次级叙述层次中人物（组群）的数量问题与高一级叙述层次的统一性的关系，即叙述场景对应的故事片段仍然遵守人物（或组群）数量不干扰故事情节的基础规则。第一阶段场景中的约瑟、父亲和哥哥们；第二阶段的约瑟和哥哥们；第三阶段的约瑟、哥哥和米甸人。单列出第三阶段约瑟被卖时，争论仍然在流便、犹大和约瑟的其他哥哥们三组人物中展开。

但是回到《圣经》原文来看这段分析，就会发现研究者并没有花费功夫解释场景所指的内涵，而是默认读者能够理解并认可其所指称的场景。研究者第一个场景指的是约瑟告知其父亲哥哥们的恶行。隐藏在场景背后的情感认知是人的爱恨交织，包括父亲对约瑟的爱，甚至是偏爱，以及与此形成鲜明对照的哥哥们对约瑟的恨——"哥哥们见父亲爱约瑟过于他们，就恨约瑟，不与他说友善的话"①，甚至可能还隐藏着约瑟哥哥们的父爱缺失以及约瑟对拉班、拉结等四个妻子的不同态度。而对于这些情感感知的方式并不是通过后世习以为常的内心独白来展现，而是需要读者自省发掘并构建人物的统一特质。因此，场景与场景之间的联系就显得尤为重要。约瑟的两个梦与第一个场景告知父亲哥哥们的恶行从故事行动层面上并没有直接的因果联系。仅仅只是一个时间的先后，或者是隐藏着的背景铺垫，约瑟在父亲偏爱的保护下并没有意识到哥哥们对他的愤怒，因此很坦然地说出了自己的梦境，从而引发哥哥们的报复之心。继续到第三个阶段的三个连续场景——约瑟的到达、杀约瑟的阴谋以及米甸人的到来，让我们看到了隐藏在时间延续背后的因果联系，因爱生恨，由恨而起的杀心是如何将约瑟一步步地带到埃及，推动着情节发展的。

但是在历史时间线性延续的基础上，约瑟采用场景中常见的人物话语表白方式引入了从未在他自己故事里面亲自出场的神圣存在的意志。兄弟相认时，约瑟说："现在，不要因为把我卖到这里而忧伤，对自己生气，因为神差我在你们以先来，为要保全性命。……为要给你们在世上存留余种，大施拯救，保全你们的性命。"② 约瑟不仅将自己被带到

---

① 《圣经——和合本修订版》，中国基督教两会出版部2012年版，第48页。
② 同上书，第60页。

埃及的一切"前因"归于神,而且还将"后果"也归于神:"他又使我同法老之父,作他全家之主,和埃及全地掌权的人。"① 如果以约瑟所言当下的存在时间为标准,那么来埃及的故事时间发生在所言之前,实际上仍然呈现出线性时间的历史延续特征。但是从叙述层面上说,约瑟已经成为"神圣存在"的代言人。他所转述的神的旨意超越了时空的现实对应,而是一种认识的存在。《摩诃婆罗多》等其他神圣叙事中也常常出现这样的表达方式。但此种"自我解释"不同于叙事学研究中叙述者干预的"解释"。叙述者干预往往超越于次级叙述层面,有明显的叙述者和叙述层次转换的标志。约瑟的"自我解释"并非"解释叙事成分的意义,进行价值判断,也不涉及超越人物活动范围的领域,以及评论他或她自身的叙述"②,而是超越自我行为,寻求人神关系下人行为的价值判断。犹太人埃及之行自约瑟而起,而在初始之时,约瑟就已经直接将神的旨意放在了他个人经历的前因后果的联系之中:"这样看来,差我到这里来的不是你们,而是神。"③ 到了这里可以明确地看出约瑟一切未经解释的言行背后有着更高一级全知全能神圣存在的价值呈现。

约瑟的故事借用场景与场景之间的历史时间线性延续,引发读者对未经阐释言行的价值意义的挖掘,从而自觉构建出人物的统一特质。单一研究之下并不能发现约瑟这一人物所居的场景特征对于《圣经》神圣叙事终极价值指向的感知发掘能力。因此,扩大文本研究范围,在"创世纪"整个一章中就可以发现,约瑟与自己的父亲雅各不同,他从来没有直接听到神对他亲自所说的话,也没有一个神在他人生的关口直接插入故事的进展,暂停他的行为,明确地用话语指导他的选择。约瑟不过就是自觉、自愿接受一切的环境,并在环境中坚持"我怎能行这么大的恶,得罪神呢"④,"不要怕,我岂能代替神呢"⑤。与自己的祖先亚伯拉罕、父亲雅各不一样,约瑟的个人经历更多地体现为以事实的言行对更

---

① 《圣经——和合本修订版》,中国基督教两会出版部2012年版,第60页。
② 谭君强:《叙事理论与审美文化》,中国社会科学出版社2002年版,第76页。
③ 《圣经——和合本修订版》,中国基督教两会出版部2012年版,第60页。
④ 同上书,第51页。
⑤ 同上书,第68页。

高一级的神圣存在的臣服，将环境视为神的刻意安排，并把自己的言行作为回应神美善旨意的具体呈现。

《圣经》"约瑟的故事"被认为是戏剧叙事的典范，也常被后世改编为单独的故事。改编后的故事大多强化了约瑟个人经历的传奇性和戏剧性。究其原因，约瑟的故事在故事层面上，人物单一、故事线索明确，处于《圣经》、《创世记》的最后一个部分，不仅与其父亲雅各的故事联系不大，也与之后《出埃及记》涉及的年代相距遥远，能够较为容易地从《圣经》框架式叙事结构中剥离出来。从叙述层面看，约瑟所经历的诸多场景既没有神圣存在的直接干预，约瑟本人也并非神圣代言人的身份。既无神圣场景，也非神圣代言人，约瑟的故事甚至可以直接从场景与场景之间的关联中展现一个完美的人性存在。但是约瑟作为故事人物，叙述手法中缺乏直接的神圣性存在和代言身份，并不具备排他性的特征，因而约瑟经历的诸多场景所代表的普遍性人生困境，包括父亲的偏爱、哥哥们的嫉妒、遭遇陷害等则有可能成为受述者和读者感知认同的来源。因此，超越个人经历的同情同理之心，约瑟作为个体生命的美好与善良，直接指向的是人的有限性存在对完满良善的渴慕、追寻和践行。其指向的更高层面可能世界的存在就可以超越单纯的宗教辖制，而回归到永恒追寻的价值层面。因此，这个没有太多宗教神性人物存在的约瑟的故事，反而比其父雅各的故事更多地展现了人性对于永恒美善价值的实践。

神圣叙事终极价值的追问并不仅仅以场景串联的方式展开，也不仅仅局限于群体性宗教仪式，或是神圣代言人的言说和解释。在个体生命漫长的人生旅途中，每个人生片段都有可能成为追寻终极价值的神圣场景。当下的人生就是存在的当下，追问的不仅是一个关乎历史事件的价值存在，更是个体生命当下存在的价值意义。如若没有超越当下、超越个体生命的存在时限，乃至人类群体存在的意义探求，神圣叙事的超越性就不能被完全地呈现。反过来，超越性的终极意义如果不能回到当下和历史事件中得到理解和践行，不能解释涵盖在永恒当中的当下存在的意义时，他本身就不具有永恒性。

2. 神圣已降

约瑟故事中强调场景与场景之间的相互关联，核心人物的言行对应于更高级价值的直接呈现,而约伯的故事则几乎是以完全的诗体对话支撑了全部内容。虽然二者各有侧重,但是都体现了场景中故事时间和叙述时间几乎对等的时间关联,并试图借此引入超越线性历史时间的同在感知。虽然是追求同样的叙事效果,但两个故事分别采用了不同的叙事方式,约瑟并没有直接面对神,而约伯直接得到了神的回应,神圣存在最终显现,成为约伯叙述交流的对象。

约瑟的故事中,神圣存在并未出现在故事层面。但是约伯直接与神对话,使得神圣存在显现在人的言行所存的故事层面上。截然相反的叙述方式,却获得统一的叙述感知效果,其关键就在于神圣存在并不仅仅与人处于同一个历史截面的时空中。《约伯记》的末尾,耶和华从旋风中回答约伯说:"谁用无知的言语使我的旨意暗昧不明?你要如勇士束腰;我问你,你可以让我知道。我立大地根基的时候,你在哪里?你若明白事理,只管说吧!你知道是谁立定地的尺度,是谁把准绳拉在其上吗……"[1]

耶和华提出的第一个问题就直接指出语言的有限性,即"无知的语言"。这个并不需要回答的问题,解释了约伯三个朋友的言行误区。福兮祸之所伏,祸兮福之所倚。人眼中的福祸仍然受当下视野所限。苦难的当下并非能以当下的有限认知来解释。苦难的前因后果也并非能以人的有限视角来得到完全的解读。神圣存在以此一言,收回苦难解释的权利。再通过一系列的追问,继而使约伯明白,不仅是苦难,其他一切的自然之物、生命的存留,约伯自己根本无力,也无法解释其中任何一个。

耶和华继续以自己为例,如神一般的人才可以自己救自己,但是在神圣叙事当中,人受造的有限性,决定了局限于特定时空、特定历史时代的人这一个体不能通过自我解释接受苦难以及其他一切的存在。再以河马为例,凶猛如斯,但是即便如此一般,亦无人敢惹。于人而言,岂敢面对造出如此凶恶之物的神圣存在。

耶和华与约伯的对话虽然可以简要地概括和归纳,但是"旋风"声响里细腻描绘的河马、一次次的反问、排比的强调句式,言语的冲击所

---

[1] 《圣经——和合本修订版》,中国基督教两会出版部 2012 年版,第 669 页。

带来的效果却无法用分析完全得知。只是当沉浸于耶和华对河马惊人力量描述的时候，约伯岂会再有辩驳的心？因此，约伯自己说："看哪，我是卑贱的！我用什么回答你呢？"

面对耶和华再一次的追问，约伯也只能说：

> 我知道，你万事都能做；你的计划不能拦阻。谁无知使你的旨意隐藏呢？因此我说的，我不明白；这些事太奇妙，是我不知道的。求你听我，我要说话，我问你，求你让我知道。我从前风闻有你，现在亲眼看见你。因此我撤回，在尘土和烟灰中懊悔。[①]

就这样，约伯他亲眼所见的是神圣存在所造一切的伟大。除了神圣存在本身，谁可以解释这一切存在的价值和意义呢？只有那从"旋风"而来的神圣宣告，那些久存于世的事物才会有终极的伦理阐释。从这个层面上看，神圣存在的确在场。但是当苦难变成问号，引发人们向习以为常的世界发出痛苦呐喊的时候，神圣存在成为被质疑对象。而自始至终，约伯也并没有看到神圣存在本身，而是看到神圣存在所造之物，借此得以认识神圣存在不可完全认知的属性，从而完成个体生命认知的超越。认知的改变是《约伯记》的中心。因此，《约伯记》末尾，并没有讲述约伯在苦难之后如何用自己的言行更加一步步地顺服神圣存在。而约瑟的故事也只是以言行来实践对神圣存在的顺服。

两个故事有着不一样的叙事表达方式，但都指向了同样的神圣性存在。在质疑中发掘终极价值，在不在场中找寻在场的证据，两个故事中看似悖论的追寻，就是神圣叙事的终极体现。如果真如孟子所言，神为"圣而不可知之"，那么人类永恒存在的西西弗斯的神话就一定是真实的，然而却是一个虚无的真实。如若人人皆可为圣，那么人类就不需要穷尽一生在有限中去寻找超越有限的价值意义了。然而神圣叙事的质疑本身就已经证明了质疑对象具有存在的价值和意义，正所谓"思之而即至者"。

约瑟的故事和《约伯记》分别从行与言两个层面用个体生命回应了

[①] 《圣经——和合本修订版》，中国基督教两会出版部 2012 年版，第 674 页。

神圣存在所带来的价值确认,专注于场景与场景的衔接与统一。单一场景反映出的人生片段,以当下寻求永恒,不论是约瑟简单的顺服行为,还是约伯和三个朋友的复杂对话,都是在有限的范围内通过自己的行为实践,或者是从内在的疑问出发试图与至高的存在有所交流,并以此来理解个体经验、面对现实生活。《约伯记》问与答指向的叙述价值与故事表达方式与《摩诃婆罗多》套嵌故事框架叙事的事例证明差异明显。但是以人的言行为中心的内核故事本身一方面与人类言行所遵循的单线性历史时间为标志,另一方面又以终极叙事价值的指向为目标,借以实现人类言行和思维理解的超越性。

3. 感知生成

《圣经》中约瑟的故事和约伯的故事虽然被传统圣经研究视为戏剧叙事和诗体叙事的代表。但是不论是约瑟的"行",还是约伯的"言",都展现了类似的叙述交流过程,即面对人生苦难的同一母题时,通过具体叙事文本,超越故事层面的感知还原,生成指向神圣叙事的内在感知。叙事文本包含的感知因素能够唤起人们的感知能力,而"场景"感知因素的独特性正在于它所呈现的时间观念在不同层面上引发的感知效果。

时间真正地量度是一种内在的量度。[①] 博格森在《论意识的直接材料》中比较公制时间和我们意念中的时间或"内在绵延"。我们在日常生活中,往往将以钟表时间的公制时间与意念和记忆的时间缠绕在了一起。在叙事学中我们用文本时间和故事时间来延续着对这一问题的处理方法。"场景"的文本时间和故事时间的时长大体相同,也就是说在叙述时间经由字与字、词与词的前后相序所延续的时间长度与该文本对应的故事行动所发生的时间长度基本对应,这种对应排除了字与字、词与词书写和阅读速度个体差异的特殊性,试图凸显叙述层面和故事层面的交流状况和与之对应感知生成的共性。

《约伯记》从语言形式上看,除了开场的序和终场的跋为散文体,中间都以诗歌形式呈现。因此,全篇对话不仅包括中间诗体部分约伯与三个朋友及以利户的对话和约伯自己的独白,而且还包括开篇耶和华与撒旦的对话和文末耶和华对以利法的言说在内,这些都完美体现了"场

---

① [英]利平科特等:《时间的故事》,刘研等译,中央编译出版社2012年版,第15页。

景"中故事时间和叙述时间一一对应的特征,达到了故事层面的言语行为和叙述层面的文字叙述的高度统一。

"场景"作为叙事片段存在于叙事文本中,并非对应整个叙事文本。因此,"场景"强调故事时间与叙述时间的时长对应性,并由此而来所具备可能的感知效果还与相邻的其他叙事片段相关。米克·巴尔就敏锐地意识到"叙述可以通过它(场景)向任何方向继续。在这种情况下,场景实际上是反直线的"①,约瑟的故事如做异梦、寻找哥哥、被卖埃及等场景的连续出现,也符合谭君强所归纳的场景作用:"常常会出现几个场景表现一个延伸的时间,因而它具有一种横向聚合的价值。"②此外,谭君强还认为,它(场景)仿佛是环形中的一个中心点,叙述可以从这个中心点向任何方向继续。这样就借这个场景,把种种事件和思考集中为一种综述,从而赋予这样的场景以纵向聚合的价值。③ 在这样的情况下,不仅仅是言语和叙述时长对应,对于行为或者是情感的描述性语言也可以达到这样的感知效果。"(圣经)书的确详尽描述了圣所(出埃及记 35—40)和神殿(列王纪 6—7)的建造过程。因为这样的话,情节时间的推移就不受干扰,故事也可以不间断地向前进展了。"④《约伯记》的诗体叙事中,"场景"与相邻叙事片段的连接方式呈现为反直线特征,打破既有感知中时间因素前后相接的既有方式。而这样的方式容易产生时间停滞或者是时空错乱的感知错觉。

《约伯记》约伯与三个朋友对话结构图

	第一回合	第二回合	第三回合
以利法	4—5 章	15 章	22 章
约 伯	6—7 章	16—17 章	23—24 章

---

① [荷]米克·巴尔:《叙述学:叙事理论导论》(第二版),谭君强译,中国社会科学出版社 2003 年版,第 124 页。
② 谭君强:《叙事理论与审美文化》,中国社会科学出版社 2002 年版,第 178 页。
③ 同上。
④ [以]西蒙·巴埃弗拉特:《圣经的叙事艺术》,李锋译,华东师范大学出版社 2011 年版,第 217 页。

续表

	第一回合	第二回合	第三回合
比勒达	8 章	18 章	25 章
约伯	9—10 章	19 章	26 章
琐法	11 章	20 章	
约伯	12—14 章	21 章	27 章

《约伯记》诗体叙事最主要的部分约伯与三个朋友的对话中，每一次对话人物的转换，你方唱罢，我登场。叙述者和受述者衔接紧密的转换都是该叙事片段在故事层面和叙述层面叙述交流的呈现。但是在诗歌诵读和文字阅读的过程中，现实中的读者往往会因为如此频繁地人物角色和叙述功能转换的叙事交流而迷失价值判断的方向。《约伯记》以情感为内容核心的诗体叙事，一方面故事时间和文本时间对应性越强，另一方面可能世界感知生成与人物感知的重合度就越高。但是《约伯记》中叙述信息的发送者和接受者一直都处于相互转换的状态中，由此带来的叙述交流的频率也就居高不下，使得综合性感知生成的难度就越高。因此，《约伯记》的读者们往往会沉浸于不同人物的情感状态，迷失在不同叙述者信息的传递中，甚至在具体的文本阅读中，"只见树木不见森林"，认可约伯的三个朋友的错误安慰。提幔人以利法所说，"无辜的人有谁灭亡？正直的人何处被剪除"[1]。如果仅仅阅读整个故事的某个片段，就会很容易认可对灾难的错误理解，认为祸患临到的原因是人得罪了上帝。

当故事层面和叙述层面的对应性达到一定程度时，所得到的文本感知效果就必然超越了故事层面和叙述层面所具备的感知因素。约伯记叙事文本所指向的故事层面存在于一个已然发生的时空维度，否则文本将无可述之事。而文本指向的叙述层面则通过叙述行为更强化置于当下的在场感。两个层面达成的统一，打破了过去与现在的时间维度，营造了曾经与当下的时间感知的时间重叠的错觉，反而凸显了个体感知生命存

---

[1] 《圣经——和合本修订版》，中国基督教两会出版部 2012 年版，第 634 页。

在的空间意识。

所以，仔细品味《约伯记》：

> 但现在祸患临到你，你就烦躁了；它挨近你，你就惊惶。①

或是与约伯一道说出：

> 我躺卧的时候就说：我何时可以起来呢？
> 漫漫长夜，我总是翻来覆去，直到天亮。②

抑或是发出哀叹：

> 我厌恶自己的性命，任由我述说自己的苦情；因心里苦难，我要说话。③

如此这样的愁苦烦闷又岂是约伯一人之所感？在过去故事与当下叙述的时间重叠中，人物与人物之间的对话、叙述者与受述者之间的信息传递，乃至作为故事中言语讲述的约伯，作为叙述行为发出者的约伯和现实中用唇舌吟唱诗歌的读者，三者的感知并存且同时得到了最有效的强化。

"场景"在叙事文本指向的内在感知建构中，以特殊的时空建构方式，呼应着个体生命对现实世界的理解，反映出个体生命与其所居时空存在之间的关系。文学叙事的语言文字叙述方式的优势在于表现单向线性时间。而"场景"却在字与字、词与词的组合前后延续的形式限制中，通过故事时间和叙述时间的对应营造出了"在场"的空间感知。过去是在我们前面，而即将到来的时辰是在我们后面。④ 当我们在说"从前"的时候，是"从"空间现在、时间当下为起点的"前面"。在空间

---

① 《圣经——和合本修订版》，中国基督教两会出版部 2012 年版，第 633 页。
② 同上书，第 637 页。
③ 同上书，第 640 页。
④ ［英］利平科特等：《时间的故事》，刘研等译，中央编译出版社 2012 年版，第 15 页。

与时间的转化中,我们不自觉地就置身在了时间过去之后,空间背后之前和时间未来之前、空间前面之后的那个交叉点。回望,看到的不仅仅是过去,也包含着空间存在。

叙事学的基础研究方法之一就是层次研究。在叙事文本故事层面进行层次研究,可以帮助研究者留意到人物与人物在不同的故事层面相应行动之间的关系;叙述层面结合间接引语与直接引语所显现出的人物关系,则可以分离出叙述行为与故事行动之间的关系;但是经由故事层面的行为、叙述层面的叙述找寻到在文本聚焦的信息交流过程则是需要借助感知还原和感知生成两个阶段的研究。

查特曼用隐含作者区别真实作者体现了叙事学的学科特征,表明了叙事学是以区分外部研究为出发点,从而进行文本研究。但是不论是查特曼借用布斯的隐含作者的解释,还是里蒙·凯南对此概念的修正,都将这个出自文本而高于文本的归纳性概念看作可以割裂的单向始发源头。但是叙事文本与叙述行为本身的相依共存也已经说明了在叙事文本的多层次交流分析中,信息传递与内容呈现是同时发生、相互依存的。因此,叙述交流研究的有效路径就是聚焦感知的生成。

借助《圣经》"约瑟的故事"和"约伯的故事"的文本分析,可以看到,在相对统一的神圣叙事感知生成中,研究以行为呈现为特征的戏剧叙事和以言语对话为特征的诗歌叙事,在故事、叙述和聚焦三个层面实现了多层次叙述交流——聚焦层面的感知生成在借助有限的叙述形式表达时的确有着特定的时空建构和人物关系下神圣叙事的价值指向。

三 拉祜族《牡帕密帕》的时空感知

叙述也被认为是时间的艺术,是关于叙事文本之上的叙述层面与故事层面的对应关系和时间感知建构的问题。故事层面的行动依托特定的时空存在;叙述也有叙述时间的问题;聚焦层面的感知更是以时空感知作为基础。借助文字载体,研究口头文学的代表作品《牡帕密帕》,一方面可以将时空作为感知的存在背景加以理解;另一方面也可以将时空作为感知的对象加以分析。

此外，参照《圣经》，比较分析《牡帕密帕》是基于事实上的文本影响。《牡帕密帕》是拉祜族民间流传最广的一部长篇诗体创世神话。作为跨境民族的拉祜族主要分布在中国云南省澜沧江、元江流域的普洱、临沧等地，以及缅甸、泰国、越南、老挝等国。在《牡帕密帕》广为流传的地区——澜沧县酒井哈尼族乡勐根村老达保寨，该寨的李扎戈是《牡帕密帕》国家级非物质遗产传承人，而其所居住的拉祜族地区却信仰基督教。因此，基于民族文学传承和基督教的宗教信仰，对《牡帕密帕》的解读便存在着文化的双重性。

（一）"自足创造"与"创造"的主客关系

厄萨与上帝分别是拉祜族《牡帕密帕》和《圣经》中的创造神。老达保寨的拉祜族基督教信徒认为厄萨就是《圣经》中的上帝，创造天地和人类的神。其他西南跨境民族的基督教信徒基于类似的认识，也将本民族文学中的创世神与基督教的上帝，将民族传说中的英雄人物与基督教的耶稣相互关联。这种人物的关联性与西方传教士在相应地区的传教活动有关。例如，美国传教士永伟里初到拉祜族地区传教时，便利用了当地白马的传说和铜金和尚的故事。[1] 此外，西方传教士利用部分少数民族地区对孔明的传统信仰，宣称"耶稣是孔明的转世，信耶稣就是信孔明"[2]。但是，受基督教影响的民族文学能够被当地跨境少数民族基督教徒所接受，其原因并非简单的角色互换。从文本层面的关系来看，核心的基础是文本层面行动元之间的对应关系，以及在这一关系之下所产生的叙事动力。

拉祜族《牡帕密帕》中的厄萨与基督教《圣经》中的上帝，作为创造世界、创造时空的神性存在，基于"创造"行为展开相应行动。根据格雷马斯的"行动元"理论，梳理两个文本的行动逻辑，可以发现两个

---

[1] Covell R. R., *The Liberating Gospel in China: The Christian Faith among China's Minority Peoples*, Baker Pub Group, 1995.

[2] 云南省编辑组：《云南民族情况汇集》（上），民族出版社 2009 年版，第 184 页。

文本共同的行为特征——"创造自足",并以此构建叙事动力。

格雷马斯的行动元包括六种要素,即主体与客体,发送者与帮助者,接受者与反对者,这六个行动元围绕着客体,即主体欲望的对象而组织起来。客体处于发送者和接受者的中间,主体的欲望则投射成帮助者和反对者。① 两个文本的"创造"行为对应六种行动元模式,可以由如下图示表明:

上帝、厄萨→天地人类、自然万物→天地人类、自然万物
↑
上帝、厄萨及其所造物→上帝、厄萨←厄萨

在拉祜族的《牡帕密帕》和基督教的《圣经》中,厄萨与上帝分别是创造行为的主体。《牡帕密帕》的第一章《造天造地》、第二章《造太阳和月亮》、第五章《造花草树木》、第六章《造札努札别》、第八章《扎迪娜迪的传说》以及第九章《人类出世》分别对应《圣经·创世记》的第一章和第二章创造天地人类、自然万物的内容。天地、人类、自然万物都是创造主体——创世神厄萨或者上帝的创造欲望的对象,主体创造行为的客体。

厄雅想做一些事,萨雅想干一点活……
厄雅想造一片天,萨雅想造一块地
——《牡帕密帕》第一章《造天造地》②

厄雅和萨雅是《牡帕密帕》口头叙事中对同一位神厄萨的不同表述。创造天地的行为本身就是出于创世神厄萨"想做(干)一些事情"的意愿,是主体行为的欲望的直接表达。《圣经·创世记》开篇直接用"起初,上帝创造天地。……上帝说:'要有光',就有了光"③,表明上

---

① [法]格雷马斯:《结构语义学》,吴泓缈译,生活·读书·新知三联书店1999年版,第256—257页。
② 李扎倮等:《牡帕密帕》(未刊稿),2009年,第4页。
③ 《圣经——和合本修订版》,中国基督教两会出版部2012年版,第1页。

帝创造天地的意愿及其相应的创造能力。

不同的是，在拉祜族的《牡帕密帕》中，厄萨创造天地时面临一个具体的困难：

> 厄雅只一个，萨雅只一人；造天势太单，造地力太薄。
> ——《牡帕密帕》第一章《造天造地》[1]

从反对者和帮助者的角度来看，厄萨的势单力薄是实现其创造天地欲望的主要障碍。所以，在创造天地之前，《牡帕密帕》重点描述了厄萨创造了一批人和动物来帮助其创造天地。这些被造的人和动物包括扎布娜布、扎倮娜倮、扎依娜依、扎努扎别以及蛟龙、巨蟒、青鱼、黑鱼等。[2] 因为这些帮助者本身也是由厄萨所创造的，厄萨有能力基于自身实现创造天地的目标，满足"想做（干）一些事情"的意愿。因此，厄萨创造天地的行为实际上与《创世记》的上帝创造天地一样，是出于其自身、完成于自身、得力于自身的"自足创造"。这一"自足创造"促成了整个文本的叙事动力。

在西南跨境少数民族创世神话和基督教《圣经》相遇的过程中，以对应基督教中的上帝而理解本民族创世神的文本改编，正是基于创造行为中"自足创造"的行动特征以及对以行动元主体创世神为中心的角色重塑。神话叙事以"神"为中心，但基于人的理解和认识，人神关系是继创造天地之后最为重要的关系。而行动核心也从创造行为的主体转向了主客体之间的关系。作为《牡帕密帕》与《圣经》创世神话中神与被造之人的关系，也同样呈现出类似的背离与分离的特质。

《创世记》蛇诱惑女人时就特别强调了与神命令相悖的想法："你们不一定死；因为神知道，你们吃的日子眼睛就开了，你们就像神一样知道善恶。"[3] 除去善恶的伦理探讨，仅从《创世记》人神关系的角度来看，女人与蛇的交流、对话，本身就隐藏着对神命令的怀疑，而怀疑所

---

[1] 李扎倮等：《牡帕密帕》（未刊稿），2009年，第4页。
[2] 同上书，第6—27页。
[3] 《圣经——和合本修订版》，中国基督教两会出版部2012年版，第5页。

滋生的悖逆指向的正是作为被造物的人类对造物主上帝的背离。对于神禁忌命令的违背，最终导致了事实上的人神分离。在《创世记》中就具体表现为亚当和夏娃因为偷吃了智慧树上的果子，被逐出了伊甸园。而同样的行动模式以不同的表现形式出现在拉祜族的《牡帕密帕》中。

《牡帕密帕》三次记录了神创造人类。在第一章《造天造地》中，厄萨创造了扎布娜布、扎倮娜倮、扎依娜依、扎努扎别等人类来帮忙建造天地。第六章又记录了厄萨创造扎努扎别。第八章厄萨则是创造了扎迪娜迪。在这里，三次人类被造，但是信仰基督教的老达保寨拉祜族村民则认为，只有扎迪娜迪才与《圣经》中的亚当和夏娃相当。究其原因，包括两种解释：第一，扎努扎别因为参与了创造天地的工作，并且与厄萨有过战争，能够与神相抗争，因此被视为神或者半神。第二，在第八章《扎迪娜迪的传说》中，涉及婚姻制度的确立和人类繁衍的谱系。但《牡帕密帕》第六章的扎迪娜迪已经不再像第六章中的扎努扎别那样与神有较为亲密的关系，已经开始了作为人的生活故事，表现出事实上的人神分离，脱离了与神的同在，以人的日常生活故事为主要内容。而在分离之前，人对神的背离是人神关系的核心，就《牡帕密帕》而言，对应的内容主要出现在第六章《造扎努扎别》中。扎努扎别被造本是基于人神关系的确立。

> 无人看护天和地，又有谁来供神明。
> ——《牡帕密帕》第六章《创造扎努扎别》①

> 没有人来烧香火，没有人来祭神台，没有人来供奉天，没有人来祭拜地。
> ——《牡帕密帕》第七章《播种葫芦》②

在《牡帕密帕》中，人的存在是以实践人神关系为目标，生活内容方面包括两个部分：第一是看护其他被造物；第二是敬仰、供奉、祭拜

---

① 李扎倮等：《牡帕密帕》（未刊稿），2009年，第80页。
② 同上书，第120页。

神和神所造的神圣之物。因此，天地具有被造的神圣之物的双重含义，所以天地成为管理和敬畏两种行为的客体对象。而作为实践主体的人类的基本职责，也可以在《圣经》和其他民族的创世神话中找到类似的界定。

> ……使他们管理海里的鱼、天空的鸟、地上牲畜和圈地，以及地上爬的一切爬行动物。
> ——《创世记》1：26①

> 那人就给一切牲畜、天空的飞鸟和野地各样的走兽都起了名。
> ——《创世记》2：20②

《创世记》第一章和第二章分别涉及创世神上帝对被造之人类管理职权的安排，以及接受管理责任之后，人类对被管理对象的命名。人被造以实现管理万物和供奉神灵的职责也并非基督教的独创，在其他民族的创世神话中也多有记载。巴比伦史诗与神话《吉尔伽美什》中也有类似的记录：要让（从来）诸神承担的（如今）成为他们（人）的工作。③

因此，《牡帕密帕》中人类对人神关系的背离，不仅悖逆了神的命令，而且将人的工作，具体的管理职责与供奉神灵割裂开来，所指的正是人类的生活与人神关系的分离状态。

> 扎努本是不孝子，喷香米饭他先尝；娜努并非省油灯，蔬菜瓜果她先吃。
> 虽说厄雅尽仁义，扎努娜努不开窍。
> （厄萨）好吃懒做不劳动，坐享其成没有门。
> ——《牡帕密帕》第六章《造扎努扎别》④

---

① 《圣经——和合本修订版》，中国基督教两会出版部2012年版，第4页。
② 同上书，第4页。
③ 《吉尔伽美什》，赵乐甡译，译林出版社1999年版，第97页。
④ 李扎倮等：《牡帕密帕》（未刊稿），2009年，第92、93、94页。

《牡帕密帕》中的扎努娜努不仅为厄萨所造，而且还从厄萨那里学会了如何种植庄稼等一切管理技能。但随着对神的背离，不仅在言语和行为上怠慢了厄萨，而且还弄得差点天崩地裂，使事态越发严重。扎努娜努甚至指责厄萨神好吃懒做、坐享其成，这样人与神之间的战争就此开始，故事的结局自然是扎努娜努面临死的结局，为神的毒药所伤，并因包药抹药更名为扎努扎别，死后离世化身万物。从扎努娜努到扎努扎别，所反映的内容正是在神话思维下，被造物对造物主创造行为的背离以至分离致死的结局。

神话思维以神为中心，创世神话以神对世界的创造为核心行动。在不同民族、不同历史时代中，神话所构建的人神关系，以及与自然他物的关系都是以神为中心，建构各自不同的社会组织原则。基督教以此确立了其宗教基础的原罪观，而《牡帕密帕》却以此来解释本民族宗教仪式和完成本民族生活故事的经验传承。

> 每逢大年初一时，粘粘糍粑供犁锄，这是扎努扎别理，目的就是警示人。
>
> 扎努扎别的故事，拉祜代代相传承，从古一直到如今，教育孩子要行善。
>
> ——《牡帕密帕》第六章《造扎努扎别》[①]

（二）创造与时空秩序的构建

不论《牡帕密帕》在多大程度上接受了《圣经·创世记》的影响，但是《牡帕密帕》能够为老达保寨拉祜族基督教教徒所接受，其本身就存在与基督教《圣经》，特别是《创世记》相互阐释的事实基础。但是《牡帕密帕》作为民族文学的典型代表，在时空建构方面却体现着与圣经不一样的民族特质。

神话不仅包括对天地的创造，还包含了一定历史时间内古代先民对世界和自然的理解和认知，以及由此而来的人类社会秩序的建立。

---

① 李扎倮等：《牡帕密帕》（未刊稿），2009年，第118、119页。

《牡帕密帕》与《圣经》中的秩序建立却存在较大的差异。自然世界中秩序的存在主要体现为时间与空间的秩序。而时间的秩序也存在不同的理解。就叙事学研究以及叙事作品的分析而言，我们更多涉及的是所谓线性时间……在这里，时间被看作是一种单向的、不可逆转的流程。[1] 就《牡帕密帕》与《圣经》等神话叙事来看，宇宙时间是文本表现的重点，其时间研究若以叙事学的时序、时长和频率等一般研究角度来开展，价值不高。神话时间的时序所对应的文本时间和故事时间的关系在不同的文本中也基本一致，并无特殊之处。就时长研究而言，神话思维之下故事时间的所指与我们当下所经验时间的认知存在一定差距，因此比较标准的模糊也是难以开展研究的原因。《创世记》第一章创世六日所指的"日"无法对应当下的时间经验。《牡帕密帕》中更是未言及创世所花时长，因此，文本时间便缺乏参考体系来讨论时长的对应关系。

叙事学研究中所提及的线性时间，参考了别尔佳耶夫对时间类型三分法的观点，以历史时间的线性发展作为时间秩序的统一标准，但是仍然承认了其他两种时间类型宇宙时间和存在时间都包含有线性时间的特征，即时间轴线和不可逆性。[2] 叙事学研究叙述行为关键在于"叙"对于事件先后秩序的呈现。许慎在《说文解字》中将"叙"解释为"次第也"[3]，与始自西方文化的叙事学对叙述所包含的时间秩序的观点不谋而合，体现了人类思维的共同之处。所以，事件的先后性是理解事件《牡帕密帕》与《圣经》中的神话思维的关键。但是，事件的变化不仅包含着时间流动，而且包含着空间存在的变化。变化本身就是关于时空秩序之下状态的改变。叙事学的时间分析默认了空间存在依存于时间存在的价值，时间指向中的事件变化包括了空间存在的变化。但是，《牡帕密帕》与《圣经》各有侧重的神话思维揭露了事件变化中所隐匿的时空对应关系。

《创世记》第一章造天造地之后，直到人类诞生这段时间内，秩序

---

[1] 谭君强：《叙事学导论：从经典叙事学到后经典叙事学》，高等教育出版社2008年版，第117页。

[2] 同上。

[3] 许慎：《说文解字》，中华书局1985年版，第99页。

的逐步确立以时间构建为基础,其中包含有空间变化。《创世记》中,"上帝称光为'昼',称暗为'夜'。有晚上,有早晨,这是第一日"。自此之后,创世六日六次重复"有晚上,有早晨,这是第×日"以确认时间秩序。但是创造天地不过是创世六日中第二日和第三日之工。天与地等空间存在的创造晚于时间秩序的确定,并被包含在相应的时间秩序当中:

> 上帝说:"众水之间要有穹苍,把水和水分开。"上帝就造了穹苍,把穹苍以下的水和穹苍以上的水分开。事就这样成了。上帝称穹苍为"天"。有晚上,有早晨,这是第二日。上帝说:"天下面的水要聚集在一处,使干地露出来。"事就这样成了。上帝称干地为"地",称聚集在一起的水为"海"。……有晚上,有早晨,这是第三日。
> ——《圣经》1:6—13①

表面上看起来,创造天地与创造光"说有就有、命立就立"的瞬时创造有所不同,但即使是瞬时创造,只要有先后的存在,就具有时间长度。因此,创造从一开始就是一种时间内创造,之后的逐日创造更是以"日"为单位延展了创造的时间性过程。其次,创造"天地"空间的行为是在一定的时间内发生的。因此,时间存在高于空间存在就成为理解《圣经》的一种可能的角度。《出埃及记》中神对摩西所说的"我是自有永有的"②,强调的也是神性存在对时间性的超越。

但是反观《牡帕密帕》,其创造世界的过程并不是以时间为序,而是以空间秩序为核心,并且时间存在依附于空间存在。

> 天的四角放蛟龙,地之四面置巨蟒;天的四角放青鱼,地的四面置黑鱼。
> ……天擎四棵银天擎,地柱四根金地柱;天擎四棵铁天擎,地

---

① 《圣经——和合本修订版》,中国基督教两会出版部 2012 年版,第 1 页。
② 同上书,第 73 页。

柱四根铜地柱。

——《牡帕密帕》第一章《造天造地》①

《牡帕密帕》第一章"造天造地"以空间构建为基础。首先，创造天地重复四面所在，天地所立的空间位置，使得《牡帕密帕》这个部分的文本虽然包含创造天地的过程，但是并没有像《创世记》那样强调单位时间内秩序的确立，而是侧重于构建步骤之间的关系以及材料的描述。其次，《牡帕密帕》在创造了空间秩序的天地之后，才创造时间秩序，而时间秩序也不是以《创世记》中的"日"为单位时间，而是以"月"、"季节"作为单位时间。虽然不能用历史时间来解释神话思维中的宇宙时间，但两部作品由于采用不同的时间度量，因而时长研究缺乏统一的时间标准。《创世记》中，在"日"的单位时间内发生的创造行为并不能被重复和验证，也就是说第二日造天，第三日造地和海并不能在现实生活中被重复。而《牡帕密帕》的时间秩序的确立更多的是对现实生活中时间秩序的描述，来源于可重复的生活经验：

十二个月满一年，一十二天又一轮；月亮圆缺十二次，取名一至十二月。

月亮名字去取好了，厄雅又要分季节，一月二月和三月，是个温暖的季节。

四月五月和六月，是个多雨的姐姐；七月八月和九月，是个凉爽的姐姐。

十月冬月和腊月，是个寒冷的季节；八月以前白天长，八月以后晚上长。

——《牡帕密帕》第三章《划分季节》②

四季的轮回正是《牡帕密帕》中所确立的时间秩序。神话思维中神创论的核心在于，世界被造以及由此而来的时间和空间的初始。但是

---

① 李扎俅等：《牡帕密帕》（未刊稿），2009 年，第 7 页。
② 同上书，第 45—46 页。

《牡帕密帕》中时间事件是可重复的，是基于对被造时间的理解。这不仅与《创世记》完全不同，而且在自然的时间秩序之外，从一开始就引入了具有文化象征意义的十二生肖的轮回。《创世记》直到《出埃及记》的十诫才将创世之始的"上帝赐福给第七日，将它分别为圣"，明确为人神关系之下的人"当记念安息日、守为圣日"，从而将自然时间赋予文化意义和宗教内涵的解释。

从自然的创造到秩序的确立，以及根据时空秩序所确立的人类社会运行的轨迹，拉祜族《牡帕密帕》与圣经《创世记》分别成为特定时代、特定民族的神圣叙事。但是不同的时代、不同的民族的特质也在两个作品中留下了不同的烙印，以致一直影响后世人们秩序性选择的不同侧重，或时间，或空间。《圣经》中的迁徙与流亡以《启示录》人回归人神关系作为终结，呈现出有开始、有结束的闭合性故事，而《牡帕密帕》第十一章《战争与迁徙》记录了迁徙地点和迁徙路线，以"花衣花裤一家人，隔山隔水不隔心"[①]结束了拉祜族的神圣叙事，回归拉祜族当下存在的生活状态，呈现出未完待续的开放性结局。

西南跨境民族文学受《圣经》影响的情况比较复杂。西方传教士因为传教需要，创制了部分跨境民族的文字，而在此之前相应民族的民族文学多为口头流传。通过文字记录的民族文学是否经过了宗教化的改编，已经难以做历时性追索。采用叙事学理论进行分析，可以让我们在无法进行审慎的影响研究的情况下，以事实上存在的文本作为基础，参考相应民族的自我诠释，比较相应民族的民族文学与基督教《圣经》在思维结构上的异同，以寻找其民族特质和对应的文本结构方式。

《牡帕密帕》与《圣经》中的创世篇章都展现了在神话思维下，造物主的自足创造以及创造行为中主客体关系的背离与分离的行为模式。但是《牡帕密帕》中作为神性存在的厄萨具有更多人性特征，而厄雅与萨雅的独特的复数存在体现了《牡帕密帕》的诗体叙述和对话体口头文本的特征。从叙事内容上看，基于对自然的解释和生活场景反复出现的空间秩序正是《牡帕密帕》不同于《圣经》创世故事的独特之处，也是二者神圣叙事时空感知的最大差异。

[①] 李扎倮等：《牡帕密帕》（未刊稿），2009年，第336页。

第二章

从"文字"到"图像"：视觉时代的聚焦变形

叙事文本三个层面的复合性感知需要以一定的秩序性加以理解。表面上，该秩序性需要遵循叙述者与人物之间不断的转换，叙事角度的选择等表面的叙事规范；深层次上，仍然体现着对不同时代叙事模式的接受、确立与反叛；在本质上，则呼应了不同文学时代，人类自身对感知的认识和表达。

莱辛认为，一切物体不仅在空间中存在，而且也在时间中存在……物体仿佛成为一个动作的中心，因此，绘画也能模仿动作，但是只能通过物体，用暗示的方式去模仿动作。[①] 与绘画相关的其他视觉艺术，诸如摄影之类同样也是通过展示动作主体，暗示动作，展现行动的过程。当静止的画面在声影中鲜活了起来，动作主体与动作的展示合二为一。强调空间感和连续性的画面似乎可以取代线性叙述为主的书面文本。电影魔幻对于视觉感知的直观呈现，似乎带来了聚焦超越叙述的假象。

《火车进站》、《工厂大门》、《水浇园丁》的早期写实性电影不能满足人们对于世界的感知和表现的需要。人们尝试发掘新媒体的叙述特质。乔治·梅利耶（Georges Méliès）创作了强调主观及想象力的《月球之旅》。利用双重曝光、溶镜和放大道具等所得到的叙述效果成为电影的首批叙述手法。

早期电影借助于文学，尝试按照舞台剧的标准，将各种文学经典搬上了银幕。如百代公司投资的"艺术电影公司"（Film d'Art）就专门

---

① ［德］莱辛：《拉奥孔》，朱光潜译，人民文学出版社1979年版，第83页。

将由法兰西喜剧院名演员主演的经典舞台剧［如雨果（Victor Hugo）的剧本］搬上银幕。《行刺吉斯公爵》（*L'Assassinat du Duc de Guise*，1908）、《巴黎圣母院》（*Notre Dame de Paris*，1911）、《悲惨世界》（*Les Misérables*，1912）、《伊丽莎白女王》（*La Reine Elisabeth*，1912）借此登上了银屏。① 此时的电影仅仅是戏剧表演形式的银幕化。第二次世界大战后电影的繁荣表明，电影作为与语言文字相对应的另外一种艺术形式得到了人们的认识。1948 年，阿斯特吕克在《法国荧幕》杂志上发表了《电影摄影机——笔》一文，他指出，……电影简直成了一种表现手段，就像其他一切艺术在这以前所经历的那样，特别是绘画和小说。在它成功地成为集市上的杂耍节目（一种与草台戏相似的娱乐），或者成为可使形象传之不朽的手段之后，它已经逐渐形成为一种语言。"笔者所知的这种语言，是这样一种叙事，它可以由艺术家用来表达自己不论多么抽象的思想或者用来表现自己所迷恋的东西，就像艺术家在现代论文或小说中所做的那样。所以我愿意把这个电影的新时代叫作'摄影机——笔'的时代。我用这个词，意思是说，电影已成为这样一种手段，其灵活性和微妙性就如同用语言表达一样。"② 但电影不同于小说，影视文本在视觉表现方面的长处，可以直观展示叙事文本聚焦的视觉感知，并将感知主体与现实中的摄影机镜头等同起来。这种便利在改编的过程中往往体现为某些叙述手法与电影表现手法的对应关系。如谢尔盖·米哈伊洛维奇·爱森斯坦（Sergei Eisenstein）把格里菲斯早期的渐进式蒙太奇（progressive montage）、交叉剪辑（intercutting）、特写镜头（close up）甚至叠化等创新归功于查尔斯·狄更斯（Charles Dickens）的小说。③ 擅长外部描绘的电影似乎在现代小说和包括内心独白和意识流的小说改编面前显得束手无策。当被改编的小说用作家自己的声音阐释或者是旁生枝节另叙他话时，改编电影就会当作是评论来处理，或者是像剧中人物一样随声附和，提供电影所不能展现的事物。因此，

---

① 焦雄屏：《法国电影新浪潮》，江苏教育出版社 2007 年版，第 5 页。
② ［美］温斯顿：《作为文学的电影剧本》，周传基等译，中国电影出版社 1983 年版，第 3 页。
③ ［美］詹尼弗·范茜秋：《电影化叙事》，王旭峰译，广西师范大学出版社 2009 年版，第 79 页。

约翰·福尔斯的《法国中尉的女人》的改编电影中，导演增添了与一名女人有着恋爱关系的、一个同时代英国男人，替代小说中以约翰·福尔斯可靠代言人出现的略带讽刺和学究气息的评论。劳伦斯·斯特恩（Laurence Sterne）的《项狄传》（*Tristram Shandy*）的改编电影中也有一个主要的角色负责模仿叙述者的讽刺语调。①

诸如此类的调整实质上是书面文本与影视文本在话语表现方面，通过角色增补所实现的由内而外的技术处理。一方面是电影先天预设了一个外在的叙述者。这与书面文本必然存在的两个以上叙述层次直接对应。叙述行为所构成的超叙述层以及所叙述内容构成的次叙述层存在于所有媒介作为载体构成的叙事文本中。但不同的是电影的超叙述层更为直观，更加为受众所习惯。所以，当书面文本的内聚焦，在保持人物主体、叙述主体和聚焦主体统一性的时候，对应的影视文本就有可能产生叙述变形，以其他的聚焦类型呈现出来。例如，作为书面文本的内聚焦得到的直接引语在影视文本中常有两种表现形式，即画外音或者是人物对话的直接呈现。以画外音出现时，人物往往会被误认为脱离当时的叙述情境而成为高一层次的叙述层的叙述者，而非当时叙述层次叙述内容的参与者。叙述主体与行动主体的脱离为影视画面带来新的解读。另一方面，书面文本是以线性叙述为主要特征的。它需要将故事行动以语言的方式，在一定的时间内描述出来。影视文本具有的空间性和复杂叙述能够压缩对故事行动的语言描述所耗费的时间，但是却丧失了线性叙述的纯粹性。思维的碎片、语言的流淌，影视文本单薄的画外音无法经过节选从而呈现思想的纯粹。

普鲁斯特的小说《追忆似水年华》用文字追忆过往，存留逝去时光的不朽。流淌的文字、低缓的诉说澄澈混沌往事，当所说的满是所看的，千回百转地娓娓道来时，更多的是精细的品味和叹赏。感知超越了叙述成为文本的核心，图像满溢出文字，想象超越了表达。追索叙述的源头，却是一幅幅叠加的过往画面。《一千零一夜》的套嵌故事用故事的魔力延缓了时间、躲避了死亡。小说《追忆似水年华》的叙述则被所叙述的感知所超越。文字隐没，而时间长存。逝去者或美好、或忧伤，

---

① "Film Adaptation", https://en.wikipedia.org/wiki/Film_adaptation, 2017-02-19.

当下的回忆，交合了过往与现实，小说《追忆似水年华》的追，《广岛之恋》的遇，关于回忆的诉说留存下的却都是感知的真实。笔锋陡转间，光影变换下，关于回忆的感知世界在两种不同媒介中的展示却走向了两个不同的方向。

法国纪录片大师让·鲁什的《夏日纪事》则是直接面对图像时代的技术革新，展开"真实"与"幸福"的双重质问。媒介载体的新变革对于图像叙述手法的挑战被融入内容反思中，展现了从文字到图像的转变过程中人类感知及其表达的突破与创新。

一　穿越不同叙述层次的聚焦

普鲁斯特的小说《追忆似水年华》由七部作品构成，讲述了"我"回顾一生往事。它是 20 世纪初对 19 世纪末技术时代初临的回忆；是动荡不安的战时对贵族阶层周而复始社交生活的挽留；是垂垂暮年的老者对青春、爱情以及一切丰富感知的追索。时空交错，当下与多个过往共同创造了多层次叙述层次包围下繁复的时空转换；人物繁多，不过是过往与现实中的你方唱罢我登台的角色轮换；回忆冗长，难理自我思绪与滚滚历史的混合交错。对这部以回忆和意识流著名的小说的改编难度颇大，自小说问世后 60 年间无人问津。1972 年，哈罗德·品特（Harold Pinter）和他的合作者约瑟夫·洛塞（Joseph Losey）、巴巴拉·布雷（Barbara Bray）创作了《普鲁斯特剧本》（*The Proust Screenplay*）。与之前的鲁西诺·维斯康蒂（Luchino Visconti）和德克·博加德（Dirk Bogarde）的努力一样，两队杰出的编剧和导演都为两个问题所困扰。首先就是该作品本无法被搬上银幕（un-filmable）的世俗看法，其次就是足够的财力支撑。所以直到 1983 年，法国洛桑日影片公司才出品了《斯万的爱情》。采用节选改编的方法，主要以第一部《通往斯万家的路》中的第二卷《斯万的爱情》为取材对象，影片将整个电影时间限制在一天一夜之间，而且更多地强调了爱情的追逐与放逐等爱情命题。1999 年，小说《追忆似水年华》的最后一部，第七部《重现的时光》同样以节选改编的方法登上了银幕，并获得了 1999 年戛纳电影节金棕桐奖。与 2000 年香特尔·阿克曼从普鲁斯特小说《追忆似水年华》中获取灵感，拍摄《迷惑》（*La Captive*）不同，拉乌·鲁兹操刀上阵，兼任编剧与导演，颇有法国作家电影的风范，他既不满足于 1983 年版《斯万的爱情》对原著小说意识流的画外音的简单处理，也不同于后来者的过度阐释，而是以追求表达的最大可能性为目标，在书面文本意识流的影视呈现的探索中，继承了书面文本对感知的强调，利用空间延展造成时间停滞的错觉，以契合追忆似水年华的主题。同样地，也有独立评论家批评拉乌·鲁兹创作的电影《重现的时光》，称其以镜头呈现最后一卷来看待整部小说《追忆似水年华》，认为这种方式对普鲁斯特叙事文本的结构而言，过于粗暴。[①]

电影《重现的时光》叙事文本所呈现的众多叙述技巧中，超现实的镜头切换所带来的视觉流动可与充斥原著小说书面文本的意识流相媲美。回忆超越了故事层面的时间，过去终于超越了当下，成为定格于过去、凝固所在的时间点，而所有围绕着凝固的时间点展开的却是一个巨大而庞杂的复合体。这是对回忆的思考，对逝去时间的思考，对过去事件的思考和感知的交融。

聚焦位于叙事文本三个层次中的最高一层虚构世界层面。在传统的叙事学分析中，叙事文本层次分析还有另外一层含义，即所指的是叙事文本与生俱来的套嵌结构。而每个单独的叙述层次都有相应的感知存在。在书面文本中，我们可以专注于不同层次之间的叙述者问题，但是视觉元素和话语元素在影视文本中的复合表现，使得聚焦主体需要进一步独立于叙述主体。

回忆是小说《追忆似水年华》整个故事的核心。在书面叙事文本层面上，话语呈现的是叙述者对受述者讲述回忆的过程，而聚焦层面则放大了所叙述内容的感知过程，将叙述与聚焦感知融合在了一起，叙述内容成为聚焦感知自我分析的文字呈现。

正如"我"所说：

[①] "Proust Screenplay", http：//mindfulpleasures.blogspot.com/2010/04/proust-screenplay-by-harold-pinter, 2010—04—07.

……人们叙述的事被我遗忘，因为使我感到兴趣的不是他们想说的事，而是他们叙述这些事的方式，因为它能显示他们的性格或他们的可笑之处；或者确切地说，它是一种客体，一直是我寻求的主要目标，因为一个人和另一个人的共同点，赋予我一种特有的乐趣。[①]

"我"的"X光照"探究的是人物话语背后的真实，思考的真实或者是感知的真实。当然，偶然也会陷入侦探小说的俗套，类似于对希尔贝特香榭丽舍大街伴游者的好奇，（侦查）德·夏吕斯在旅馆中所做的勾当。在圣卢十字军功章遗失事件中，弗朗索瓦斯记错了圣卢在看望她时没有戴十字军公章，而通过"我"的所见，这件事情得到了还原，叙述者借此表达，"这就是证词和回忆的价值"[②]。同样地，对既有回忆感知还原的努力也贯穿于整个故事的进展中，在贡布雷，"我"为同样的景物不能再引发同样的欢愉而感到失望。

电影《重现的时光》中重现的是感知，而重现的方式已然不是文字，而是画面，在引述过往时光的时候，回忆总是带领我们找到一幅画面，勾连了某个人、某幅景致或某种情绪。光影声色能够用同样的画面呈现当下回忆起的过往，却难以表达出过去和现在感知的差别。在故事时间停滞的当下，"我"用空间取代了时间，在娓娓道来的叙述中，"我"把握住了"似水年华"：

　　我在即刻和某个遥远的时刻同时感受到它们，直至使过去和现在部分地重迭，使我捉摸不定，不知道此身是在过去还是在现在之中。确实，此时在我身上品味这种感受的生命，品味的正是这种感受在过去的某一天和现在中所具有的共同点，品味着它所拥有的超乎时间之外的东西，一个只有借助于现在和过去的那些相同处之一到达它能够生存的唯一界域、享有那些事物的精华后才显现的生命，也即在与时间无关的时候才显现的生命。这便说明了为什么在

[①] ［法］普鲁斯特：《追忆似水年华Ⅶ：重现的时光》，徐和瑾等译，译林出版社1991年版，第29页。

[②] 同上书，第152页。

我无意间辨别出小马德莱娜点心的滋味时我对自身死亡的忧虑竟不复存在的原因，因为此时，这个曾是我本人的生命是超乎时间的，他对未来的兴败当然无所挂虑。这个生命只是在与行动无关，与即时的享受无关，当神奇的类似使我逃脱了现在的时候才显现，才来到我面前。只有它有本事使我找回过去的日子，找回似水年华，找回我的记忆和才智始终没有找到过的东西。[①]

一样的画面，差别的回忆，不一样的感知。电影《重现的时光》对小说《追忆似水年华》的改编在超越文字对想象的叙述时空时有着自己对画面展示的独特优势，而它所受到的叙事电影叙述传统的制约和对整个文本虚构世界构建完整度都与电影载体的技术特质和制作人员独特的改编创作密切相关。诸多影响因素在叙事文本层面上，与故事行动的构架、叙述话语的呈现和聚焦的选择都密切相关。小说《追忆似水年华》通过回忆找寻逝去年华独特的叙述主题在书面文本和影视文本两个不同的文本载体中，聚焦感知有着不同的叙述呈现。而叙述呈现背后所呈现出来的聚焦的选择和聚焦主客体之间的关系也成为书面文本和影视文本差异的重要表征。

（一）叙述层次与聚焦

马库斯·库恩根据菲古特（Fieguth）和施密德文学研究叙事理论的交流模式，提出了适用于电影媒介的叙述层次范式。

为了适应电影媒介独特的叙述载体，马库斯·库恩对两个方面进行了强调和调整。首先，他在超故事层中区分出视觉叙述事件和语言叙述事件，以及不同话语元素在电影复合叙事文本所得到的不同侧重表现。其次，他在元话语层与元元故事层（Metametadiegetic level）的分层上，提出了在电影中常见的几种表现，如人物的视觉叙事、梦境、剧中剧等等。具体来说，电影故事层之内的电影次故事层通常被用于表现一个书

---

① [法] 普鲁斯特：《追忆似水年华Ⅶ：重现的时光》，徐和瑾等译，译林出版社1991年版，第180页。

元元故事层（Metametadiegetic level）
元话语层（Metadiegetic level）
内故事叙述层（Intradiegetic level）
超故事层或故事外层（Extradiegetic level）
文本内部层（Intratextual level）

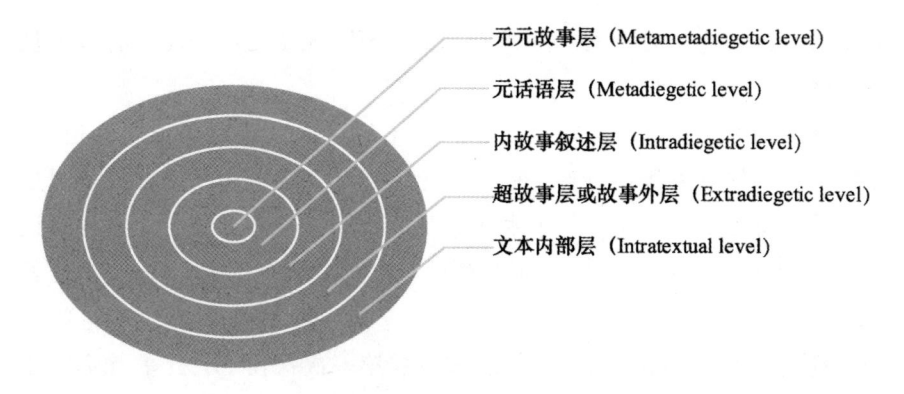

叙事层次构成图

面文本、一本小说、一封被朗读的信，意识流和一个口述说明、一个磁带，等等。①

按照马库斯·库恩的范式逻辑，在元话语和元元故事层面上还可以有更为内部的故事层面。此类型话语在实际的电影拍摄中也被加以实践。以剧中剧闻名的克里斯托弗·诺兰（Christopher Nolan）就在《盗梦空间》中探索了剧内剧可以实现的故事层次数目。在这些以视觉表现技巧出众的剧内剧影片之外，单纯以主角的言语叙述获得剧中剧效果的《K星异客》以家庭伦理剧、侦探剧和科幻剧等多影片类型的杂糅获得了另类成功。

从内话语到元话语，电影惯用人物聚焦证明事件的真实性。所以电影开篇一般都需要叙述者的登场，待元话语运转之后，第一叙述层的叙述者逐渐隐没。但第一叙述层的叙述者是否在第二叙述层中结束后回归就变得无关紧要了。《澳大利亚》（又名《澳洲乱世情》）的叙述者混血小男孩那拉（Nullah）一开始讲述了该故事，但最后并没有一个记忆主体与叙述主体回归的标志。可是这样并没有干扰到叙述的完整度。影视文本的基本叙述技巧服务于不同的主题表现，如何"套着脚链跳舞"是各个叙事文本大显神通的本领所在。小说《追忆似水年华》提供的回忆

---

① Kuhn, M., "Film Narratology: Who Tells? Who Shows? Who Focalizes? Narrative Mediation in Self-Reflexive Fiction Films," *Point of View*, *Perspective and Focalization*: *Modeling Mediation in Narration*, Berlin, Walter de Gruyter & Co, 2009, p. 270.

主题和电影《重现的时光》由"追"变"现"视觉化都是对既有叙事规则的挑战。

　　书面文本的叙述层次转换的标志是不同层次叙述者的出场和退席。往往一句话就可以概括。《一千零一夜》中为了阻止女儿山鲁佐德冒生命危险嫁与国王，宰相讲了水牛和毛驴的故事，接着对女儿山鲁佐德说道，"如果你再固执，我便像商人对付老婆那样地对付你"①；山鲁佐德入宫后，向国王祈求与妹妹话别，讲述了第一个故事商人与魔鬼的故事，然后在第一夜结束时回归第一叙述层第一次保住了自己的性命。小说中写道：山鲁佐德讲到这里，已经天亮，就不再讲下去了，敦亚佐德说道："姐姐，你讲的这个故事多么美丽！多么甜蜜！多么有趣啊！""要是主上开恩，"山鲁佐德说，"让我活下去，那么来夜我要给你们讲的故事，比这个更有趣呢。"②

　　之后的文本讲述过程中，山鲁佐德不再露面。但读者已经明白整个第一叙述层也就是库恩所谓的元故事层的叙述者山鲁佐德以叙述掩盖时间流逝，获得生命延续。如果将叙事文本第一叙述层的叙述者的出现和回归视为一个完整的叙述回合，那么并不是所有的叙述回合都是完整的。《一千零一夜》中，山鲁佐德总是会在天亮时，留下一个故事精彩之处的尾巴，让受述者国王欲罢不能，而不能痛下杀令。热奈特在分析叙事文本时，是整体考虑叙述层次包容的问题，叙述层次之间转换和承接的过程与技巧忽略不计。但是根据叙述者在文本回归与否的标志，可以将叙述回合分为开放和封闭两种类型。而根据主题需要，影视文本与书面文本都可以运用不完整的叙述回合满足某种主题需要。

　　热奈特用吹气球的小人来描述套嵌结构的特性，用《一千零一夜》来作为范例，展示特殊的文本结构与次级叙述层对高一级叙述层的叙述超越效果的配合。热奈特的《叙事话语》以小说《追忆似水年华》为主要分析对象，但是在包嵌叙事文本层次性中却舍近求远。这样的选择缘由可能有两个。首先，小说《追忆似水年华》的叙述时间处理方式太过出色，千回百转的叙述时间足以掩盖层层叠加，而又难寻边际的故事中

---

① 《一千零一夜》（一），纳训译，人民文学出版社1983年版，第7页。
② 同上。

的故事。其次,叙述层次在热奈特谓之以"之"字形的微观叙述层次已经是一步一回头的循环往复,宏观的叙述层次又拖曳过久,起点和终点淹没在叙述过程中。虽然热奈特借用《让·桑特依》中的一个典型的例子,说明了微观叙述层中故事时间与叙述时间之间的关系,并将其形容为"一个完美的之字形曲线",就此指出,"初读这段文字时的困难在于普鲁斯特看上去有条不紊地取消了最基本的时间方位坐标(过去,现在),读者必须在心里补上这些标记才能理出头绪。但仅仅抄一张位置表不是全部的时间分析——哪怕只限于顺序问题——而且无法限定时间倒错的地位:还必须确定把各段连在一起的关系"[①]。而这就是补足文本中并未言明的叙述回合的终结的过程。但翻开小说《追忆似水年华》的任何一页,既可以迷失在茫茫的叙述中,也可以沉迷在不同的感知过程中。叙述回合的完成更多的是依靠读者的有意捕捉。书面文本呈现的是一种近似于开放式叙事回合构建的叙述结构。电影《重现的时光》正是利用这一点,弥补了书面文本中多重开放式的叙述回合的缺失部分,重新构造银幕上的小说《追忆似水年华》,打造更具有叙事性和观赏性的影视文本。

(二) 关联不同层次的感知类型

小说《追忆似水年华》叙事聚焦主要以回忆感知为主,当下的感知都被淹没在次级叙述层的感知经验中,热奈特将其称为是不由自主的记忆。开启不由自主记忆的关键是当下的感知。最为津津乐道的"小玛德莱娜"点心的味觉感知并没有在电影《重现的时光》被浓墨重彩。仅仅在影片近四分之三处,当古尔曼茨王妃的音乐会已经开始,马塞尔迟到,被侍从安排到图书馆小憩。在品尝侍从送上的饮料时,马塞尔若有所思的感觉,为味觉感知有一个倒叙的铺垫。

马库斯·库恩虽然在超故事层安排了电影类叙述代理人来承担视觉叙述事件和听觉叙事事件的主体位置。但他同时也指出了二者地位的不

[①] [法]热奈特:《叙事话语 新叙事话语》,王文融译,中国社会科学出版社1990年版,第17页。

平等。① 影视文本选择聚焦感知表现类别的时候总是偏重于视觉，而听觉的烘托和铺垫只有辅以画面才能完成。约斯特引介了视焦（ocularization）作为与聚焦相对应或者是相补充的概念。聚焦所指涉的是人物所知，视角表明摄影机所展示的和人物所看见的之间的关系。内视焦更多指涉的是摄影机取代人物眼睛所呈现的镜头。零视焦指的是外在于人物的视域表现。② 约斯特提出零聚焦也是为了强调视觉在影视文本中的重要作用。

每一个叙事文本至少包括两个叙述层次。言下之意就是元故事层必将形成一个回路，将次级叙述层包括其中。电影《重现的时光》为防止受述者迷失在错乱的多层次叙述时空中，将叙事层次的包围与被包围关系充分利用了起来，往往采用一个标志性的叙述场景回归作为标志。例如，老年马塞尔、断续的话语以及有着日本苹果贴纸的笔画；再譬如，小会客厅铺满了帽子。少年马塞尔格子地板与帽子间做着跳格子的游戏。

小说《追忆似水年华》书面文本中天马行空般的意识流，缺乏前后场景因果承接的关系，而在影片中就必然需要过渡和转接。为此，电影《重现的时光》保持了书面文本意识流的感知特征，将其实体化，并转化为视觉聚焦过程。用视觉转换引导叙事场景的转换。照片凝视是其中比较典型的一个叙述手法。影片开篇，马塞尔病卧于床，吃力地口述作品让他不堪重负。于是他央求女仆能够拿过照片和放大镜，以便他自己能够完成作品。透过放大镜，一个过肩镜头的凝视配以马塞尔断续、吃力的解说，观众逐渐认识了在之后片段中先后出场的各位人物。

主人公马塞尔的叙述实现了类似序幕的效果。与传统叙事电影依靠主要演员表帮助观众熟悉主要人物不同，电影《重现的时光》人物都存活于马塞尔的回忆中。只有女仆和马塞尔两个人物出现在这一级叙事文本中。热奈特分析小说《追忆似水年华》的时间交错时，使用了以场景

---

① Kuhn, M., "Film Narratology: Who Tells? Who Shows? Who Focalizes? Narrative Mediation in Self-Reflexive Fiction Films," *Point of View, Perspective and Focalization: Modeling Mediation in Narration*, Berlin, Walter de Gruyter & Co, 2009, p. 263.

② Stam, R., Burgoyne, R., Flittermanlewis, S., *New Vocabularies in Film Semiotics: Structuralism, Post-structuralism and Beyond*, New York: Routledge, 1992.

或者是人物指称叙事文本的各个部分：说到叙述的组成部分，首先必须指出它们与作品带标题和号码的部、章的表面划分不相吻合。如果把大的时间和（或）空间断裂作为分界的标准，那么可以不太犹豫地做出以下划分（我给某些单位定下自编的、纯指示性的标题）。[①] 按照热奈特的划分，叙事文本总共分为了 11 个部分，分别是孔布雷、斯万的爱情、吉尔贝特、巴尔贝克Ⅰ、盖尔芒特、巴尔贝克Ⅱ、阿尔贝蒂娜、威尼斯、唐松维尔的逗留、战争和盖尔芒特午后聚会。电影《重现的时光》主要包括了唐松维尔的逗留、战争和盖尔芒特午后聚会三个部分。为了说明电影《重现的时光》叙事文本的叙述层次，按照马塞尔的年龄为标准，分别以老年马塞尔、少年马塞尔、青年马塞尔、成年马塞尔、中年马塞尔指称不同的叙述层次。在最为关键的第一叙述层次，老年马塞尔卧病在床，回忆往事。电影《重现的时光》整个第一叙述层被局限在狭小的病室。与之类似，小说《追忆似水年华》书面文本的开篇也是通过近 6 页的叙述时间错乱来奠定整个文本的叙述结构方式。

  在影片开篇近十分钟的时间内，几乎所有的聚焦感知的方式悉数出场，弥补了第一叙述层现实时空的局限性。照片凝视是第一种弥补方式。过肩镜头暗示着该镜头的视觉来源模拟的是前镜头中的某一人物，也就是接过照片的马塞尔。按照安德烈的说法，将画面视为某一眼睛之所见，这就使它属于某个人物[②]，是典型的内聚焦模式。静观的对象虽然不是画像，而是照片，但凝视的静观效果同样是一种私人话语。照片凝视的内聚焦叙述方式表明了影视文本向书面文本内聚焦模式靠拢的倾向性。镜子、门框、画框、叙述场景中几乎所有的视觉要素都被用以引发"不由自主记忆"。中年马塞尔在与吉尔贝特、圣卢的合照中做鸟翼飞翔状。旁观的少年马塞尔做出同样的姿势。动作匹配剪辑与定格画面直接将时间压缩为零。流动的电影画面被截取为一张黑白照片。通常情况下，动作匹配剪辑用于表示一个场景的画面和下一个场景的画面通过动作的相似匹配起来。通过动作匹配间接获得了"闪前"压缩时间。例

---

  ① ［法］热奈特：《叙事话语　新叙事话语》，王文融译，中国社会科学出版社 1990 年版，第 55 页。
  ② ［加］安德烈·戈德罗、［法］弗朗索瓦·若斯特：《什么是电影叙事学》，刘云舟译，商务印书馆 2005 年版，第 179 页。

如《2001：漫游太空》开场描述人类进化历程，一个史前猿人把骨头抛向空中，转动上升的骨头（动作）和下一个穿过场景中正在飞行的宇宙飞船（动作）匹配。就从史前猿人到了太空时代。这个动作匹配实现了时间压缩。电影《重现的时光》动作剪辑从少年马塞尔、中年马塞尔回到老年马塞尔。在第一个叙述层次上占用的故事时间也许只是拿起照片又再次放下照片的瞬间，但是在动作匹配剪辑和画面定格叙述手法的搭配下实现了第二叙述层次时间的扩充。与传统叙事学叙述时间和故事时间之间对应关系的分析不同，故事层次之间的时空关系因为电影《重现的时光》次叙述层本身的回忆感知特征而变得更加不可捉摸且难以分析。这正与小说《追忆似水年华》意识流的模糊时间特征相吻合。

老年马塞尔拿起照片，完成了第一叙述回合。第二叙述回合的感知关联是听觉，是来自康伯瑞教堂的钟声。老年马塞尔沿着日本苹果树的壁纸滑动，窗外不真实的天蓝色是老年马塞尔想象的结果，视线继续眺望远方，超出了老年马塞尔的活动范围。女声对话切入，继续谈论康伯瑞教堂品格的高洁并以音乐作喻。但画面并没有说明画外音的谈话双方是何许人。反而急剧跳入到成年圣卢与成年吉尔贝特的谈话中。前后对照才发现，康伯瑞教堂只是指涉二人谈话发生地——贡布雷。再经过若干场景，康伯瑞教堂的钟声将老年马塞尔从双重梦境中唤醒。至此第二叙述回合结束。第三个叙述回合结束于多个记忆主体的同时出现，少年马塞尔、中年马塞尔同时在海边出现。少年马塞尔不知忧愁地在海边奔跑嬉戏。中年马塞尔看着他，没有任何继续的行动暗示，少年马塞尔和中年马塞尔同时永久地存活在老年马塞尔的回忆中。这正是作品永存的主体回忆。

（三）化身记忆主体的聚焦主体

电影《重现的时光》第一叙述层的三个叙述回合的构成方式是其他叙述层次叙述回合得以构建的基础。同时，三个叙述回合的故事时间顺序与叙述顺序的一致性使得影视文本在局限的叙事文本时空限制中梳理了一个较为清晰的故事线。故事性比书面文本小说《追忆似水年华》更胜一筹，基本能够满足观众的快餐消费需求。同时，视觉感知在故事层次转换中发挥的重要作用，突出了记忆主体的聚焦功能，为聚焦主体找到了一个更为具体的承载——记忆主体。

热奈特认为，孔布雷的童年时代，斯万的爱情，吉尔贝特，在中间主体（即记忆主体）的头脑中，并通过他在叙述者面前呈现为几乎静止不动的时刻，而被重复的表象遮盖起来。回忆中"有意识"或"无意识"的年代错误及其静止性有其联系，二者同是记忆的产物，记忆把（历时性）阶段化为（共时性）时期，把事件化为图景，不按时期和图景的顺序，而按它自己的顺序把二者排列起来。因此中间主体的记忆活动是叙事的简单年代错误和反复年代错误（更为复杂的年代错误）两个相连的层面上从故事时间性中解脱出来的一个手段因素（我情愿说一个手段）。相反从"巴尔贝克"，尤其从"盖尔芒特"开始，时间顺序与单一优势的恢复显然与记忆主体的逐渐消失有关，因而又与胜过叙事的解放有关。[1] 在热奈特看来，从"巴尔贝克"，尤其从"盖尔芒特"开始，故事时间的线索又逐渐变得清晰，读者可以从缠绕一团的时空线索中摆脱出来。之前引导读者的记忆主体隐没在文本中。读者在习惯了记忆主体的意识感知方式之后，自身的时空判断能力得到了提高，外在的记忆主体不再提示读者时空的转换。因此所谓的叙事的时间性被叙述的时间性概念所偷换。

老年马塞尔是次级叙述层的聚焦主体，他本身记忆主体的定位提供了次级叙述层叙述存在的合法性。在老年马塞尔的回忆中，少年马塞尔和中年马塞尔同时在三个场景中出现。第一个场景，少年马塞尔与少年吉尔贝特第一次见面，吉尔贝特做了奇怪的手势。在同样的场景下，成年马塞尔和成年吉尔贝特讨论了第一次见面时手势的暗示意味。讨论结束，成年马塞尔、成年吉尔贝特和成年圣卢一同合影留念，少年马塞尔旁观这一切。用马塞尔小说《追忆似水年华》的叙述方式来说，这一场景可以归纳为：少年马塞尔与吉尔贝特第一次见面，吉尔贝特向少年马塞尔做了奇怪的手势，而那个奇怪的手势成为马塞尔成年后重返故里与吉尔贝特多次讨论的一个话题。

---

[1] ［法］热奈特：《叙事话语　新叙事话语》，王文融译，中国社会科学出版社1990年版，第104页。

小说《追忆似水年华》书面文本的时间倒错通过电影《重现的时光》中老年马塞尔这一记忆主体创造了不同叙述层次中同一画面、同一叙述时空的直观呈现。记忆主体的功效又通过前述的照片、音乐、壁画等记忆入口，实现了不同叙述层次之间的转换。它的存在是为了弥合记忆入口所承载的信息和情感两个方面的分裂。

一旦涉及情感的表达，记忆入口就不能被视为简单的信息提供者，它包括的情感波动的过程就具有了叙述的潜质。热奈特在分析小说《追忆似水年华》中已经认识到了普鲁斯特的凝望既不是瞬间闪光（如模糊回忆），也不是一时被动的闲适的出神：它是精神的、常常也是体力的紧张活动，总之对它的叙述是一个一般的叙事。由此必然得出结论，即普鲁斯特的描写被吸收为叙述，其中不存在第二个标准运动类型——描写停顿类型，道理很明显：描写绝非叙事的停顿。①

苏珊·桑格塔在《论摄影》中指出：摄影在好几方面都是有价值的获得物。就最简单的方面而言，我们在一张照片中替代性地拥有了一个珍爱的人或物，这种拥有给照片以某种独特对象的特点。通过照片，我们还与实践，既有那些作为我们经验的一部分的事件，同时还有那些并非我们经验一部分的事件——这是为区分这种养成习惯的消费活动所混淆了的经验类型而作出的划分——形成了一种消费关系。第三种获得的形式就是，我们可以通过制造影像和复制影像机器来获得某种东西的信息（而不是通过经验）。确实，越来越多的事件通过这种媒介进入了我们的经验，而作为媒介的摄影影像的重要性就在于，在提供知识的过程当中，最终只有它们那实际效果的一种副产品从经验中分离和独立出来。②

照片的知识性信息和事件经验本身的合二为一被消费所分解。影视文本在知识性信息提供的过程中试图尽量地弥合这种分离的状态。电影《重现的时光》中的记忆主体与记忆入口就是提醒我们这种分离的存在，照片的拍摄者或者是由照片、壁画和某种味道、声音所关联的回忆与我们

---

① ［法］热奈特：《叙事话语　新叙事话语》，王文融译，中国社会科学出版社1990年版，第67页。

② ［美］苏珊·桑塔格：《论摄影》，黄灿然译，上海译文出版社2014年版，第172页。

通过上述对象所获得的信息之间存在着差距。如果要试图弥补这种差距就需要还原当事人的所知、所想，站在记忆主体的位置上考虑当时当下的感知。这也就是小说《追忆似水年华》长篇累牍力求实现的感知还原。

在小说《追忆似水年华》第七章中有这样一个场景：

> 墙上丝毫没有今天那些房间里的豪华装饰，就是在银色的背景上，诺曼底地区的苹果树都以日本的风格表现出来，使你在床上度过的几小时中幻觉联翩——，整整一天，我在自己的房间里度过，从房间里可以看到花园的青葱可爱和园门口的丁香。①

上述文字被这样重现在影片《重现的时光》中：昏暗的室内光线下，镜头移动，画面划过墙纸，马塞尔的旁白说明了墙纸是日本风格的苹果树。书面文本中关于苹果树墙纸的感知被嫁接为电影开篇最为重要的环境介绍：封闭的房间，一朵玫瑰的气味都能引发病人的歇斯底里，想象确实是无穷的，它能穿过房间，让鲜亮的蓝色光线穿过门栏照到室内的地毯上。

事实的真相对于"我"而言，并没有更多的价值，只是当时事件所带来的感受才是最为重要的。人亦如此：

> 确实，你在几年后再遇到你不再喜爱的女人，在她们和你之间相隔的难道不就是死亡，犹如她们已不在人世一般，因为我们的爱情不再存在这一事实，使当时的她们或当时的我们变成了死人。②

物非人非，唯有感受长存。同样的话，马塞尔在电影《重现的时光》中向吉尔贝特再次表达。吉尔贝特说，难道你对我的爱已经死去。书面文本中的独白终究变成了影视文本中的对话。

热奈特对微观叙述层时间倒错的分析法，是将某一起点视为叙述的

---

① ［法］普鲁斯特：《追忆似水年华Ⅶ：重现的时光》，徐和瑾等译，译林出版社1991年版，第7页。

② 同上书，第4页。

出发点，并将此出发点视为一个独立的位置，其他各个句子以该起点为参照，分别是预叙和倒叙的变化。因此，起点的位置决定了其他句子的位置及其关系，在文本结构中应该占据比较重要的位置。充斥在文本中的预叙性倒叙和倒叙性预叙以及没有任何时间参照的事件和伴随这些事件而生的、长篇累牍的评论话语使文本起点的选择变得似乎并不重要。因而，小说《追忆似水年华》是一本可以随时打开都不会找不到方向的书，因为它本身就是"无时性"。记忆主体的感知能够穿透各个叙述层次，利用电影蒙太奇，叠加式的聚焦感知可以充分回应书面文本的"无时性"，融合人物当下的即时感知与回忆的事后感知的双重来源。聚焦主体，或者说是记忆主体对次级叙述层的掌控通过画面叠加的方式呼应书面文本独特的叙述时间方式，正是电影《重现的时光》影视文本超越原文本叙述方式的成功之处。

电影《重现的时光》的改编所存在的缺陷同样也是显而易见的。在书面文本中，小说《追忆似水年华》的"无时性"特征可以通过读者的阅读进行适当的梳理，所造成的理解延迟可以通过重复阅读加以弥补。而电影《重现的时光》影视文本的瞬时性并不容许出现过多的理解延迟，文本易耗品的特质凸显出来。此外，小说《追忆似水年华》的叙述节奏正是建立在单一和反复的交替上。[①] 斯万与奥黛特的爱情，马塞尔与吉尔贝特的爱情，将分反复性阶段进行，这些阶段以富于特色地使用"从那时起"、"从此"、"现在"等词为标志，这个故事没有处理成由因果关系连贯起来的一连串时间，而是不断相互替代、无联系可言的一系列状态。这里的反复不只是习惯，还是普鲁斯特的主人公（自始至终的斯万，顿悟前的马塞尔）经常的遗忘、没有感知人生的连续性和一个"时间"与另一个时间的关系的根本能力的时态（语体）。[②] 这些插曲一直因分散各处而意义甚微，这时突然聚到一起，彼此有了联系。[③] 在盖尔芒特午后聚会时仍可见到这种情景（看似无关情节的集中展现），但

[①] 王文融：《译者前言》，[法] 热奈特《叙述话语　新叙述话语》，中国社会科学出版社1990年版，第5页。

[②] [法] 热奈特：《叙事话语　新叙事话语》，王文融译，中国社会科学出版社1990年版，第95页。

[③] 同上书，第30页。

大大得到扩展，至少前30页建立在整个"圈子"的老化使主人公不得不进行的辨认和识别活动的基础上。乍一看这30页纯粹是描写：十年别离后盖尔芒特沙龙的景象。其实不如说它是叙事：从一个人到另一个（或从一些人到另一些人），主人公每次都得做出努力。[①] 在盖尔芒特沙龙中，马塞尔甚至认不出自己曾经爱恋的吉尔贝特。像夏泰勒罗公爵、德·阿尔让库先生、德·阿格里让特亲王等之流更是让马塞尔花费了更多的时间。

二　电影《重现的时光》聚焦类型与载体意义

米克·巴尔将聚焦视为一种聚焦客体与聚焦对象之间的关系，热奈特把聚焦的特征归纳为选择。……作为普氏全部叙述实践的标志，他毫无顾忌地、似乎未加留意地同时运用三种聚焦方式，任意地从主人公的意识转入叙述者的意识，轮流地停留在各式各样人物的意识之中，这种三重的叙述立场无法与古典小说单纯的无所不知相比拟，因为该立场不仅拒绝服从产生写实错觉的条件（萨特曾这样指责莫里亚克），而且还违背了人们不能同时既在内部又在外部这个"精神法则"[②]。但同时，热奈特也认为叙事作品多少以假设的形式对非主人公的人物心理所做的展示，仍应作为聚焦的标志来解释，比方马塞尔根据对话者的面部表情猜度或臆测其思想。[③]

聚焦实质上决定了通过叙述表现出的信息多寡、角度如何。但是聚焦本身的特征需要运用还原的方法，通过叙事文本追索背后的信息选择，抽象出虚拟的聚焦主体，返归文本，并结合聚焦主体感知与人物视角的重叠与分离等关系来辨析。小说《追忆似水年华》的书面文本对回忆感知的强调以及固定式内聚焦的聚焦类型使文本成为一个可供自证的研究范本。长存的感知最终挽留住了飞逝的时间。采用了文字叙述的方

[①] ［法］热奈特：《叙事话语　新叙事话语》，王文融译，中国社会科学出版社1990年版，第67页。

[②] 同上书，第144页。

[③] 同上书，第139页。

式，小说《追忆似水年华》将感知的形成过程用文字语言的方式凝固在笔尖。"我"曾经这样说过：

> 在这本书中，没有一件事不是虚构的，没有一个人物是"真实的"，全是由我根据论证的需要而臆造的……①

虚构的事件、非真实的人物被"臆造"以服从论证的存在。论证指向的是聚焦感知的存在。论证的过程就是聚焦感知生成的过程。"我"也担心论证的效果。因为：

> 但是，魅力不能转让，回忆不能分割……②

所以"我"谨慎而敏感地猜测他者感知事物的方式。在年迈的德·夏吕斯先生在路旁向"我"诉说过往的时候，"我"清晰地意识到他的诉说：

> 是以举行葬礼的方式，但没有悲伤……③

主人公"我"的猜测在聚焦类型上同样属于内聚焦的范畴。与书面文本中聚焦类型相比，电影《重现的时光》聚焦本身同样包括零聚焦和内聚焦两种较为常见的类型。

但分析电影《重现的时光》影视文本时，简单的零聚焦和内聚焦的区分并不能清楚地说明文本独特的聚焦形态。借鉴聚焦要素分析法可能帮我们识别它的独特之处。与热奈特的聚焦关系理论相比，德国叙事学家沃尔夫·施密德偏好以观点和视角来指称文本中较为具体的叙述者视角和人物视角，并将叙述者视角和人物视角的关系区分为紧凑和松散两种类型。影视文本因为可以通过摄像机的存在还原叙述者视角和人物视

---

① ［法］普鲁斯特：《追忆似水年华Ⅶ：重现的时光》，徐和瑾等译，译林出版社1991年版，第156页。
② 同上书，第167页。
③ 同上书，第172页。

角的具体位置,因此,叙述者视角和人物视角之间的对应关系在影视文本聚焦分析中就更为明显。在影视文本零聚焦中,人物视角与叙述者视角呈现的是紧凑的互补关系。而在内聚焦中,二者的关系包括了对抗、重叠和疏离等更为复杂的松散结构。

(一) 镜头感与综合感知

叙事文本的聚焦承担感知选择,叙述承担的是呈现故事的重任。当感知成为故事行动、叙述呈现和聚焦三个层次共同的核心,内聚焦成为次次故事层的唯一选择。独特的体裁选择和开拓性的叙述探索也成就了普鲁斯特。用光与影尝试追忆的可能,跳动的思维复杂的感知能否用画面来梳理?如果说语言文字不仅是思维的呈现方式,而且是思维组织结构的基石,那么光影声色能够在何种深度上表达这样复杂的感知?

普鲁斯特借马塞尔之口表达了他对光影声色的不信任。他说:

> 有的人希望小说是事物的一种电影式的展示。这种观点是荒谬的。再也没有比这样的电影式的视界更会离我们所感知的现实而远去的东西了。[1]

普鲁斯特对电影式的视界的批判来源于他对电影表现思想深度的质疑。在普鲁斯特看来,叙述时间并不能与故事时间相等同。他说:

> 一个小时并不只是一个小时,它是一只玉瓶金樽,装满芳香、声音、各种各样的计划和雨雪阴晴。感知和由感知的记忆充满了现实的时间,并使之有意义。被我们称作现实的东西正是同时围绕着我们的那些感觉和回忆间的某种关系——一个普通的电影式影像便能摧毁的关系,电影影像自称不超越真实,实际上它正因此而离真实更远——作家应重新发现的唯一关系,他应用它把那两个词语永

---

[1] [法]普鲁斯特:《追忆似水年华Ⅶ:重现的时光》,徐和瑾等译,译林出版社1991年版,第191页。

远地串连在自己的句子里。我们可以让出现在被描写地点的各个事物没完没了地相互连接在一篇描写中，只是在作家取出两个不同的东西，明确提出它们的关系，类似科学界因果法则的唯一的艺术世界里的那个关系，并把它们摄入优美的文笔所必不可少的环节之中，只是在这个时候才开始有真实的存在。①

普鲁斯特的现实并非存在于物质世界中的现实，而是类似于心理真实的感知真实。而作家的责任就是通过言辞或者另外一些媒介表达这种真实，从而找到现实事物与之所关联的感知真实之间的联系。事实上，普鲁斯特并没有意识到电影在履行艺术家责任中可以发挥的关键作用。之后，他说：

它甚至象生活一样，在用两种感觉所共有的性质进行对照中，把这两种感觉汇合起来，用一个隐喻使它们摆脱时间的种种偶然，以引出它们共同的本质。就这个观点而言，自然并没有把我放上艺术的道路，它本身不就是艺术的开始吗？它往往要我在另一事物中才让我认识到某事物的美，在贡布雷的钟声中才让我认识它的中午，在我们的水暖设备的嗝儿声中才让我认识东锡埃尔的早晨。这种比较关系可能不那么有趣，事物可能平庸无奇，文笔可能拙劣，然而，只要没有它，那就什么都没有了。②

普鲁斯特的感知真实并非仅仅单纯存在于他所为认为的艺术作品中，他试图在日常生活中找到二者的关联，让我们明白艺术的特质并非抽象的，而是一事物与另一事物之间的美的联系。普鲁斯特在表达自己对艺术和时间的认识的同时，也试图让我们理解这个关键问题。于是，他把自己的这种感知过程通过小说《追忆似水年华》书面文本表达出来。而小说《追忆似水年华》作品本身就成为聚焦感知自我证明的有效文本。

---

① ［法］普鲁斯特：《追忆似水年华Ⅶ：重现的时光》，徐和瑾等译，译林出版社1991年版，第197页。

② 同上。

米克·巴尔在《视觉文化》等多篇论文中谈及图像的叙事研究多以成形（figurations）为题，也就是研究一个形象的诞生过程或者创立行为。马塞尔的解释同样的也是对作家作为一个艺术形象，其诞生过程叙事化的追索。

普鲁斯特通过马塞尔说：

> 然而还不止于此。如果现实便是这种经验的残屑，对谁都差不多是一样的，就象当我们说：一种坏天气、一场战争、一个汽车站、一家灯火辉煌的餐馆、一座鲜花盛开的花园的时候，谁都知道我们所指的是什么；如果现实就是这个，那么，无疑，有这些事物的某种电影胶卷也就足够了，而离开了一般主题的"文笔"，"文学"也便成了人为的附加部分。①

一般主题的"文笔"区分了个人一般经验与引导艺术形象诞生的独特经验。普鲁斯特贬低电影胶卷，认为电影胶卷能够记录记忆的片段、经验的残屑，但是无法用一般主题的"文笔"来进行主题化的统领。稍后的补充，又使得我们明白，普鲁斯特还是为电影胶卷这种新媒体的艺术呈现留有一定的余地。因为如果缺乏一般主题的"文笔"，"文学"与电影胶卷都会陷入同样的境地，成为人为的附加部分，而非具有独特艺术价值的经验感知。为了进一步说明这一问题，普鲁斯特借马塞尔之口继续说：

> 但是，这真的就是现实吗？如果我在某事物给我们留下一定印象的时候力图弄清究竟发生了什么事情，例如那天走过维福纳桥，一朵白云投在水波上的阴影使我高兴地跳着叫道"见它的鬼！"；又如我听着贝戈特说某句话，我印象中所见的，"实在奇妙"这句话并不与他特别适合；或如为某个恶劣行为激怒的布洛克竟说出与俗不可耐的意外事件大相径庭的言语："让他们这么做吧，我觉得这

---

① ［法］普鲁斯特：《追忆似水年华Ⅶ：重现的时光》，徐和瑾等译，译林出版社1991年版，第198页。

毕竟异异异异想天开"；或如盖尔芒特家的盛情款待使我受宠若惊，而且他家的酒已使我喝得微带醉意，在离开他们的时候我禁不住独自低语道："这些人真算得上礼贤下士，能同他们一起过一辈子定是很愉快的"；那么，我发现这部最重要的书，真正独一无二的书，就通常意义而言，一位大作家并不需要杜撰，既然它已经存在于我们每个人的身上，他只要把它转译出来。作家的职责和使命也就是笔译者的职责和使命。①

普鲁斯特借马塞尔之口以"臆造"解释了小说中的故事来源，但与之后无须"杜撰"的作者的责任和使命的阐述似乎自相矛盾。实际上，臆造的是故事，无须杜撰的责任"存在于我们每个人的身上"的书，也就是每个人都会有，但又不尽相同的生活经验。作家无须杜撰，但转译的责任还是在考验着作家。普鲁斯特借马塞尔"转译"了他的生活经验。"转译"的关键是引发存在于每个人身上相异的共存。所以，故事可以杜撰，同样也可以共享。

电影《重现的时光》在"转译"的层面上是对小说《追忆似水年华》某种经验的共享，但是就更深层次而言，是叙事场域的重建。弗兰西斯哥·凯塞迪（Francesco Casetti）认为："重现时处于社会时空中的一个新的话语事件，同时它也是承载着早期话语事件的记忆。在重现中重要的是交际环境的发展而不是后一个事件与前一个事件之间的相似与相异之处，换句话说，关键的是后一个事件在新的话语场域中所具有的新的地位和作用而不是所谓的对原作的抽象的忠实。事实上，文本的身份是由它的作用和地位而不是所谓的对原作的抽象的忠实。事实上，文本的身份是由它的作用和地位而不是一系列形式上的元素来定义的。"②电影《重现的时光》是用影视文本的方式表达对小说《追忆似水年华》书面文本的理解和阐释。其中包括了对小说《追忆似水年华》前一文本的记忆。在理解的基础上，原有《追忆似水年华》中的事件在影视文本

---

① [法]普鲁斯特：《追忆似水年华Ⅶ：重现的时光》，徐和瑾等译，译林出版社1991年版，第198页。
② 毛凌滢：《互文与创造：从文字叙事到图像叙事》，《江西社会科学》2007年第4期。

的叙述环境下，必然会发生一定的位移。但关键的记忆感知等聚焦内容确实是不能回避和更改的核心。所有文学名著的改编都涉及这种创造性的改编。在现代主义文学和后现代主义文学影视改编的探索中，伍尔夫的《达罗卫夫人》、纳博科夫的《洛丽塔》、杜拉斯的《广岛之恋》、普鲁斯特的《追忆似水年华》等都榜上有名。隐藏在事件生成背后的隐秘世界被置于聚光灯下。道德责难、观赏性的突破等问题都是难以回避的。为了在尊重书面文本和发挥新媒体效用中寻找到平衡，改编者们需要在书面文本内部寻找、发掘影视改编的合法性。

庆幸的是，小说《追忆似水年华》在否定摄影、电影等新技术的同时却预留了很大的视觉阐释空间。小说《追忆似水年华》多次提及与镜头感直接关联的画面、梦境或者是照片等。这些镜头感事物或者事件刚好给改编者提供了一条捷径。

> 这不只是因为我知道那些地方并不像它们的名字给我描绘的那样美，而现在也只有在睡觉的时候，在梦中才难得地在我面前展现出由我们所见、所触摸的共有事物的十分清晰纯净的物质构成的某个地方，我回忆起这些地方时构成它们的物质。然而，即使是关于这些尚属于另一类型的形象，回忆中的形象，我也知道，巴尔贝克的美色，在我身处其中的时候，我并没有意识到，甚至它给我留下的美感已不再是我再度小住巴尔贝克时所重新获得的。①

德·夏吕斯男爵在旅店中紧紧握住可爱的青年的手时，叙述者用这样一句话来形容持续时间之长：

> 时间长得毫无止境，就像以前的摄影师在光线暗淡时让你摆姿势的时间一样长。②

---

① [法]普鲁斯特：《追忆似水年华Ⅶ：重现的时光》，徐和瑾等译，译林出版社1991年版，第185页。

② 同上书，第137页。

这些可以进入光影世界的文字，只是小说《追忆似水年华》中的极小的一部分。如果不是通过书面文本与影视文本之间的细致比较，很难看到导演的匠心独具。更多的语言文字需要从书面文本中脱离出来，进入镜头，进行视觉化的改编。

完成视觉化改编的两个条件在于文字本身具有综合感知的特点。以龚古尔兄弟的《日记》为例。这部日记被叙述者马塞尔引入小说《追忆似水年华》的书面文本中，又蒙改编者青睐登上了荧幕。但详细剖析《日记》所具有的镜头感特质的却是艾森斯坦。他在1975年发表的《感觉同步》一文中借用龚古尔《日记》第72页中关于竞技场的几行文字来说明散文直接诉诸感官的地方。

《日记》原文如下：

> 在大厅两端浓浓的阴影里，警察的徽章和剑柄在闪闪发光。
> 摔跤手闪闪发亮的四肢猛然冲进雪亮的灯光之中。——挑战的眼神。一扭打中双手拍击着肌肉。——汗水闻起来有野兽的气味。——苍白的脸色和金色的胡须混在一起。——受伤的肌肉渐渐变成粉红色。——脊背上大汗淋漓，仿佛蒸汽浴室里的石墙。一费力地跪着前行。——头顶着地打转，等等，等等。①

艾森斯坦在《感觉同步》中经过分析认为这段散文一共包括6种感官：触觉（脊背上大汗淋漓，仿佛蒸汽浴室里的石墙）；嗅觉（汗水闻起来有野兽的气味）；视觉，包括光（浓浓的阴影和猛然冲进雪亮的灯光之中的摔跤手的闪闪发亮的四肢；浓浓的阴影里警察的徽章和剑柄在闪闪发光）和颜色（苍白的脸色和金色的胡须混在一起，受伤的肌肉渐渐变成粉红色）；听觉（拍击着肌肉）；动感（跪着前行，头顶着地打转）；纯粹的情感，或戏剧（挑战的眼神）。② 艾森斯坦最后的结论是纯粹视觉蒙太奇和其他艺术形式中将感觉的各个方面联系在一

---

① ［美］阿瑟·伯格：《通俗文化、媒介和日常生活中的叙事》，姚媛译，南京大学出版社2000年版，第166页。

② 同上。

起的（通感）蒙太奇之间没有可以察觉到的区别。阿萨伯格在艾森斯坦分析的基础上也强调指出，甚至一个相对简单的文字文本也能引起感官体验。电影也可以做到这一点，且更加强烈游离。① 正如诗人朱尔·絮佩维埃尔所观察到的那样，在电影中，每一位观众变成一只大眼睛，与他的人体一般大，这一只大眼睛不满足于它的常用功能，还要增加思维的、嗅觉的、听觉的、味觉的、触觉的功能。我们的所有感官全都目视化。②

强调视觉的影视改编还需要我们本身对视觉呈现载体的逐步熟悉。欧文·潘诺夫斯基（Erwin Panofsky）在《符号透视》（Perspective as Symbolic Form）一文中指出，人认识到自中世纪末以来兴起的中央透视法只是一种逻辑构造，它更多地受制于我们如何看待个体在世界中的位置和世界本身持续的影响，而较少受我们渴望对世界继续完美模仿的冲动的影响。……这种工具使得显示物体能够按照绘画者的观念，以自己为中心来观照世界，投射自身。③ 与之类似，桑格塔所认为的，在交给我们一种新的视觉规则的过程中，摄影改变并拓展了我们对于什么东西值得一看以及我们有权注意什么的观念。④

对于观者个体而言，个人背景、文学熟悉程度、美学喜恶也会对文本的叙事化产生影响。譬如，对现代文学缺乏了解的读者也许难以对弗吉尼亚·沃尔夫的作品加以叙事化。这就像 20 世纪的读者觉得有的 15 或 17 世纪的作品无法阅读，因为这些作品缺乏论文连贯性和目的论式的结构一样。⑤ 至于 20 世纪出现的非人格化摄像式聚焦，莫妮卡·弗鲁德尼克（Fludernik）认为对之加以"自然化"要困难得多，因为读者也

---

① ［美］阿瑟·伯格：《通俗文化、媒介和日常生活中的叙事》，姚媛译，南京大学出版社 2000 年版，第 186 页。
② ［加拿大］安德烈·戈德罗、［法］弗朗索瓦·若斯特：《什么是电影叙事学》，刘云舟译，商务印书馆 2005 年版，第 117 页。
③ ［德］洛伦兹·恩格尔：《不可见之见——从观念时代到全球时代的德国视觉哲学》，［德］弗里德里希主编《图像时代：视觉文化传播的理论诠释》，复旦大学出版社 2005 年版，第 6 页。
④ ［美］苏珊·桑塔格：《论摄影》，黄灿然译，上海译文出版社 2014 年版，第 6 页。
⑤ 申丹：《叙事结构与认知过程——认知叙事学评析》，《外语与外语教学》2004 年第 9 期。

已习惯对主人公的心理透视,因此当小说采用摄像式手段紧紧对人物继续外部观察时,读者难免感到"非常震惊"[①]。申丹认为,只要具有电影叙事的认知框架,读者就可以很方便地借来对这一书面叙事类型加以"自然化"。这样的一种借用,实质上是电影叙事对书面叙事结构通过叙事规约而造成的入侵,或者说这样的一种借鉴改变了书面文本叙事原有的叙事结构,从而形成了新的叙事规约。

在一般的影视作品中,叙事文本以电影为物质载体呈现叙事的时候,聚焦与镜头似乎天然地结合在了一起。镜框的存在、对视觉来源的强调和重视也使得聚焦与其他两个层面的叙述和故事似乎天然地分离。镜头成为聚焦者的现实载体。故事中的人物似乎必然与镜头相分离。除非当镜头可能与某一人物所处的位置等同,那么造成的错觉就是镜头所展示的,正是人物的视点,这一错觉表现也正是安德烈·戈德罗和弗朗索瓦·若斯特在《什么是电影叙事学》中所归纳出的,第一种姿态,将画面视为某一眼睛之所见,这就使他属于某个人物。[②]

内视觉聚焦方式之外就是零视觉聚焦。将镜头不与虚构世界以内的某一目光相联系。按照安德烈·戈德罗和弗朗索瓦·若斯特视觉聚焦的严格定义,电影《重现的时光》应该属于零视觉聚焦。他所谓的虚构世界指的是影片画面呈现中的行动人物所处的故事层面,目光明确指向某个人物的目光。照此标准,电影《重现的时光》更多的是对主人公马塞尔的画面展示,马塞尔是被聚焦者,也就是米克·巴尔所说的聚焦对象。这是传统意义上电影聚焦画面分析得到的结论。照此而论,影片电影《重现的时光》与书面文本小说《追忆似水年华》最后一章在聚焦方面完全背道而驰。书面文本大量篇幅使用自由间接引语来描述"我"的感知,尤其穿插了很多对时事人心的评论、过往回忆与当下情感的对照。书面文本单纯的人物内聚焦与影视文本的聚焦方式截然不同。书面文本中的聚焦者与"我"的视角相重合,但在影视文本中"我"马塞尔却变成了聚焦对象。

聚焦主体与客体的转换是媒介载体发生变化后,叙事变形所体现的

---

① 申丹:《叙事结构与认知过程——认知叙事学评析》,《外语与外语教学》2004 年第 9 期。

② [加拿大]安德烈·戈德罗、[法]弗朗索瓦·若斯特:《什么是电影叙事学》,刘云舟译,商务印书馆 2005 年版,第 179 页。

一个重要方面。它与媒介载体的物质属性紧密相关。在影视作品中，展现是画面的长处，而语言文字的述说则擅长思想的表达。画面与语言文字的结合中，总会由于追求画面特质而对语言文字有所偏废。毕竟在电影初期，无声电影所确立的画面原则很多时候更能体现电影的物质特性。在语言文字从属于画面的影视作品中，展示的是更为擅长的表现手法，镜头似乎受到了默许，它的存在意义和价值就是代表聚焦者在叙述交流的过程中产生自己的感知，传达信息。聚焦行为的主体似乎超越了感知行为，而我们所专注的仅是展示的客体对象。

聚焦行为本身是抽象的，与现实镜头的对接是叙述规约机制发生作用的结果。镜头是我们在视觉时代感知世界的一个重要方式，所以镜头所呈现的是我们选取的客观世界的一部分。选择、抛弃、增添和剥离都是我们赋予这个客观世界的理解。这是镜头给我们的视觉时代真实感的理解。当镜头操作背离了我们观察的叙述规约，以一种非常态的方式、以我们所不熟悉的理解方式呈现信息内容的时候，我们才会质疑镜头背后所具有的操作性和可视的真实性。从而才会认识到镜头所呈现的感知是主观的、抽象的和总结性质的。在电影诞生后的104年之后，电影《重现的时光》与其他现代主义影片一样，运用独特的电影语言向我们指出，我们所习惯的影视叙述规约仍然在不断地修改，它的感知聚焦仍然与叙事文本所展现的内容紧密相关，是抽象的、可分析的，但不是简单按照人物视角内外所能简单归纳的。

米克·巴尔说，摄影不仅仅作为一个跳板存在而且有时作为稍纵即逝的终极存在，光能够被固定或者说置于书写之内。在这里，其他可以被感知，时间能够被固定，空间能够被超越。[①]电影《重现的时光》运动的镜头、频繁的画面转换，最终都将指向停滞时空、往事的回忆。

(二) 零聚焦与内聚焦

小说《追忆似水年华》与电影《重现的时光》两个文本都是一样的

[①] Bal, M., *Narratology: Introduction to the Theory of Narrative*, Toronto, University of Toronto Press, 1997, p. 245.

纤细、敏感，跳动的时间与跳动的画面一样地在挑战着我们对聚焦感知的还原能力。它是复杂的，但是并非不可分析。沃尔夫·施密德的视角关系论和他的参量分析，可以帮助我们从传统零聚焦和内聚焦的聚焦类型方面分析现代文学经典作品及其改编电影之间的同异。

在综合了聚焦涉及的五个参量后，沃尔夫·施密德根据人物视角和叙述者视角在五个参量对应关系中体现的紧凑和松散关系，归纳出两种不同的情况。

首先，聚焦存在着感知、意识形态、空间、时间和语言等聚焦分析五个要素。实质上是理解和表现发生事件的各种状况的综合体。① 沃尔夫·施密德用下面的图表阐述了紧凑视点的两种表现形式。

紧凑视点的两种表现形式

	感知	意识形态	空间	时间	语言
叙述者的	×	×	×	×	×
人物的					

	感知	意识形态	空间	时间	语言
叙述者的					
人物的	×	×	×	×	×

叙述者或人物视角的叙述者的选择通常在五个维度方面有着相同的体现。例如视角始终如一为叙述者或人物所有。依靠所有五个要素中在某一两个可能性的相同选择就被称为紧凑的选择。关于五个要素选择的一致性最终导致了紧凑的视点。

但沃尔夫·施密德也同时指出，较之紧凑的关系，对于视角而言，松散是更为常见的状态。也就是当视角的选择被证实在不同层面有着不同表现的时候。沃尔夫·施密德以契诃夫 1894 年的短篇小说《学生》为例说明。②

---

① Schmid, W., *Narratology: An Introduction*, Berlin, Walter de Gruyter, 2010, p. 99.
② Ibid., p. 116.

一开始，天气宜人而平静。画眉鸟在歌唱。靠近沼泽地某物可怜的低鸣发出类似于往空瓶子里吹气的声音。鹬鸟飞过，一只枪对准它射击，伴随春天空中的回响。但是当森林中光线变暗，刺骨寒风毫无预料地从东而来，所有都归于寂静。冰凌掉落池塘，它感到森林中的阴郁、疏远、孤独。这是来自冬天的风。

开篇的"宜人、某物、回响、刺骨（寒风）、毫无预料、阴郁、疏远、孤独"等词表明了在介绍主角之前，叙述者已经从男主人公的意识形态视角来描述整个世界。同时这些词汇也表明了只有意识形态视角来源于人物，而其他的参数相反地都来自叙述者。沃尔夫·施密德给予了如下说明。

契科夫短篇小说《学生》视点说明

	感知	意识形态	空间	时间	语言
叙述者的	×		×	×	×
人物的		×			

但这样的分析并非是绝对的，沃尔夫·施密德还列出了其他两种可能的松散结构。当叙述者视角和人物视角的对抗同时在某一要素或不止一个要素上被抵消了，上述分析就需要适当的修改。因为任何指示标志或者是因为他们能与任何一个实体相联系。例如，当一个语言的对抗在作品中被抵消了，就会导致下面的情况。①

松散视点的中和

	感知	意识形态	空间	时间	语言
叙述者的					×
人物的					×

	感知	意识形态	空间	时间	语言
叙述者的	×	×	×	×	×
人物的	×	×	×	×	×

---

① Schmid, W., *Narratology: An Introduction*, Berlin, Walter de Gruyter, 2010, p.116.

图表包含两组对比。第一组对比表明在其他要素没有列出的情况下，一部作品中语言的对立最终无效。对立而导致的无效情况也同样存在于其他四个元素中。第二组对比就是这种情况的极端体现。实质上，沃尔夫·施密德所追求的是一种视角的纯粹性和清晰性的分析标准。当叙述者和人物的视角在感知、意识形态、空间、时间和语言五个要素上发生交叉时互补是比较容易辨别的状态。但是冲突导致的相互抵消就容易将故事的聚焦陷入一种模棱两可的境地。沃尔夫·施密德所谓的松散关系所指的正是叙述者视角和人物视角的暧昧关系。而这也是电影《重现的时光》以及其他的一些影视作品试图聚焦表现上所向往的目标，在叙述者视角和人物视角的互补和暧昧关系中重铸出"人格"性质的聚焦主体，从而使观众受到聚焦主体潜移默化的影响，使观众个体的感知与叙事文本的聚焦逐渐趋同达到理想的叙述效果。

电影在叙述者视角和人物视角关系上的特定性是由电影媒介本身的综合性所导致的。玛丽-罗瑞·瑞安（Marie-Laure Ryan）归纳媒介或者说媒体概念所涵盖的元素时曾指出，在大众传播、艺术、表达、语言、创作五个方面都会涉及媒介的概念。作为大众传播的媒介主要是电视、收音机、互联网（特别是万维网）；艺术媒体包括音乐、绘画、电影、戏剧和文学；表达媒介包括语言、图像和声音；书面文本和口语是语言媒介的两种方式；写作媒介迄今为止则包括手写、印刷、书本和电脑四种形式。[①] 虽然托多罗夫、罗兰·巴特叙事学的创立者们一开始就提出了叙事学可用于分析所有叙事文本的宏大目标，但在经典叙事学阶段，以书面文本为载体通过语言文字表达的经典文学作品是其主要的分析对象。因此，包括大众传媒媒介的叙事性、图像和声音的叙事学研究、口语的叙事表达、电脑创作的独特叙事方式等都是后经典叙事学在叙事学分支研究中力求突破的领域。

但在叙事学理论的实际分析中，基于书面文本以语言文字为主要表达方式的文学叙事学研究是整个叙事学理论的基石。沃尔夫·施密德人物视角与叙述者视角关系研究遵循的同样是单一表达媒介的判定前提，

[①] Ryan, M., *Narration in Various Media*, the living handbook of narratology, in Hühn, P. ed. Hamburg, Hamburg University Press, 2009.

从语言文字的角度人物视角与叙述者视角相比较存在互补或者对立的关系。如果要将沃尔夫·施密德的视角关系研究扩展到电影叙事分析，就必须首先将视角语言表述方式扩展到相应的视觉或者听觉表述方式。马库斯·库恩在外故事层之间区分出了视觉叙事实例和言辞叙事实例两种不同的事例。① 萨宾·斯格里卡斯（Sabine Schlickers）的视觉聚焦和听觉聚焦的两个区分也是为了调试载体改变后，叙事分析面临的新问题。实际上，具体的影视文本必须通过视觉叙事实例和言辞叙事实例的综合运用，才会具有相应的叙事性。因此，有必要将人物视角和叙述者视角的言辞表现和视觉表现或单独或综合地进行分析，从而得出相应的关系分析。而这些言辞表现和视觉表现往往与具体的影视拍摄手法联系在一起，服务于不同的叙事目的。因此有必要在聚焦的5个要素分析上增加一个图像要素。

以电影《重现的时光》第一个场景为例，病中的马塞尔陷入回忆之前的一个准备阶段。回忆通常被认为是人物内聚焦。正如萨宾·斯格里卡斯所认为的那样，在此之前，首先需要由零聚焦为内聚焦的出场做好铺垫。在明显的零聚焦开篇段落中，可以看到人物视角与叙述者视角之间的交叉、互补所形成的独特的感知状态。

开篇：镜头划过铺满稿纸的桌面。画外音说道：……然后有一天，一切都该改变了。所有那些惹你讨厌的事情。语气兼有断续，叹气，钢笔停顿后继续，画面移至快速书写的手和稿纸。在稿纸上看到前述的语言正对应着稿纸上的文字。在上述第一个移动镜头中，包括了语言文字事例与画面事例。其中语言文字事例是记录者所书写的文字和病床上马塞尔的"现实声音"，此外还有包括书写时笔尖的摩擦声音等一些必要的背景声音。除此之外，没有故事之外的其他非现实因素的掺杂。应该说第一个移动镜头中基本上是一种写实性记录式镜头。这是典型的零聚焦表现手法。

第二个镜头是一个中景镜头，展示记录的人和躺在床上的口述者马

---

① Kuhn, M., "Film Narratology: Who Tells? Who Shows? Who Focalizes? Narrative Mediation in Self-Reflexive Fiction Films," *Point of View*, *Perspective and Focalization: Modeling Mediation in Narration*, Berlin, Walter de Gruyter & Co, 2009, p. 261.

塞尔。通过第一个镜头和第二个镜头之间的关系我们可以判定先前的声音正是来自躺在病床上的病人马塞尔。病床上的马塞尔继续说：那些总是被禁止的事情现在都可以做了。比如，"我可以点杯香槟吗？""为什么不呢？只要你喜欢。你可能觉得难以置信"。平视的中景镜头逐渐变成俯瞰镜头。马塞尔继续说：你可以做任何之前不被允许的事情。那就是为什么临死之人的无聊要求总会有点卑鄙。马塞尔的言说中，镜头中的事物，书写台、病床和其他的家具之间的距离开始缩短，有一种聚焦的感觉。最后切换到电话机的特写镜头，记录员的脸庞压缩到了镜头右下部的一个角落。在之后的观看过程中，可以发现影片曾经多处使用了可移动等戏剧布景的技巧加强镜头的紧凑感。当然同样的技巧也可以用来表现最后一幕的盖尔芒特王妃音乐会中随音乐而摇摆的听众队列，表达众人沉迷于音乐之中的状态。

马塞尔继续说：口述太累了，我要写下来。你可不可以帮我倒一杯热牛奶，如果你乐意的话。在马塞尔表达上述意愿的时候，遮住记录员脸庞的电话机开始移开，转而遮住了马塞尔，又再次移开，使得记录员和马塞尔同时出现在镜头中，并展现了二者间的目光交流。这个镜头由体现两个人物视角的镜头所构成。

"你知道吗，赛列丝特，如果我撑过今晚，明天我会向医生证明我赢了他们。"记录员赛列丝特转身欲走，马塞尔说，"等等在那边书桌里"。赛列丝特走向书桌拿过一堆书本。从穿衣镜的反射中，我们看到赛列丝特将东西拿给病床上的马塞尔。镜子的运用在电影《重现的时光》中比比皆是。更多的时候，像镜子、画框、照片等作为取景器往往是为了展示聚集对象的改变或者更迭。影片叙述技巧并没有因为是在零聚焦或者是内聚焦不同的感知环境下有所不同。但在这个场景中，镜子的使用更多的是强调作为叙述者视角而非人物视角的感知来源。镜中图像强调的是独立于人物之外的叙述者视角。"谢谢，你可以走了。不要留我一个人太久。"之后是一个近3秒的环视镜头。仍然是叙述者的视角、之后转入人物视角。

放大镜下，众人的照片被依次展示：奥蒂特、祖母、维杜瑞夫妇、妈妈、爸爸、戈达、罗伯特……罗伯特·圣卢、他在这里做什么？还是爸爸、赫谢特、吉尔贝特、"我"。图像与声音的对应，就像剧目开始前的演职人员一览表，让我们在熟悉的演员面容与新的故事人物之间建立起联系。达到全知叙述效果的聚焦却又来自人物视角，是内聚焦的典型表现。

电影《重现的时光》视点分析

	感知	意识形态	空间	时间	语言	图像
叙述者的						×
人物的					×	

开篇的六个镜头有五个是叙述者视角，只有最后一个是人物视角，而这个人物视角的引入也是为了下一叙述段落转入马塞尔回忆所做的准备。所以将最后第6个镜头归纳到后一个叙述场景中比较合适。在前5个镜头中，人物视角与叙述者视角是互补关系，他们并存于同一时空中，没有流露明显的意识形态，更谈不上意识形态上表现出来的差别或者是互补的关系。前5个镜头中，马塞尔絮絮叨叨说了很多。记录者、看护人赛列丝特并没有更多的语言表示。此外，其他包括书写声音在内的现场声音都是马塞尔作为人物可以得到的声音。因此也可以将其视作为人物视角能够感知的声音。

电影《重现的时光》作为影视文本，其叙述者视角的图像展现和人物视角的图像展现的关系更多地偏向叙述者视角一端。像过肩镜头等明显的人物视角图像只出现过一次。综上所述，电影《重现的时光》开篇第一个叙述场景中，叙述者的视角与人物视角之间的关系主要是语言和图像要素之间的互补关系。在这个方面与舞台戏剧的叙述表现没有更多的差别。

萨宾·斯格里卡斯谈及闪回作为内聚焦表现技巧的时候，曾经对该技巧形成的过程进行过归纳，他说，与零聚焦不同，内聚焦指涉主观图像，而主观图像本身能够被描述为一个故事事件。这里我们通常找到上文所说主观镜头的使用，在主观镜头中，记录几乎完全是从一个人物的视角出发。但是，主观镜头同时也能被蒙太奇、叠化、淡出淡入、褪色、慢动作、声音扭曲、音乐和其他机制所创造。尽管视焦通常能在纯技术术语中被界定，当考虑特定的符号叙事文本时，我们仅仅能够在它与聚焦的相互影响中将视焦归类。因此，人物记忆的一个片段并不与内视焦（internal ocularization）相连。相反，通常的闪回结构首先在零视焦中显示人物，然后仅仅滑动到这一人物所想象的闪回中，闪回本身是在零聚焦中被传达的。在弗朗西斯科·罗西（Francesco Rosi）根据加夫列尔·加西亚·马尔克斯（Gabriel Garcia Marquez）短篇小说《预知死亡纪事》（Chronicle of a Death Foretold）改编的电影中，这种通常的结构被减弱，当首先某人的梦境被显示并且在那之后我们才能够看到做梦者是如何惊醒。[1]

　　按照萨宾·斯格里卡斯的观点，在电影内聚焦表达模式的形成过程中，零聚焦起到了比较大的作用，它为内聚焦的存在提供了合理性解释，指涉呈现内容的人物来源。在外聚焦与内聚焦出场顺序中，萨宾·斯格里卡斯认为首先由零聚焦为内聚焦的出场做好铺垫，而在弗朗西斯科的改编电影中，这种既有模式变为先内聚焦，后零聚焦，通过后补说明呼应小说中"预知"的独特叙述。但是从观众的感知来说，让人恍然大悟的事后说明已经不是简单的叙事结构层面的技术处理。预叙本身的故事才是整个叙事的核心。

　　小说《追忆似水年华》的核心不在于所追的似水年华，而在于追忆的过程。这个过程如此重要，甚至超越了追忆最后所得的结果。电影《重现的时光》剧末就已经直接回避了从内聚焦到零聚焦的回归。而以一个没有终点的海边嬉戏结束了整个文本。零聚焦的聚焦方式的舍弃早在文本前半部分就埋下了伏笔。

　　从叙事文本层次上看，从零聚焦到内聚焦再返归零聚焦，可视为一个完整的叙述闭合结构。在第一个闭合结构中包括了5个内聚焦叙述场景。老年马塞尔看着照片回忆往事，参加了维杜瑞夫人的晚宴、少年马塞尔的走马灯故事、少年马塞尔与圣卢的对话、少年马塞尔与少年吉尔贝特的相识、成年马塞尔、成年吉尔贝特与成年圣卢的合影，等等。这些叙述场景实际上由老年马塞尔的回忆所引入。在完成了这些回忆之后，故事层次重新回到了老年马塞尔在病床的一幕，也就是对零聚焦的

---

[1] Schlickers, S., *Focalization, Ocularization and Auricularization in Film and Literature*, Hühn, P. ed. Berlin, de Gruyter, 2009, p. 249.

回归。

在第二个闭合结构中，老年马塞尔通过房间的壁纸看到康伯瑞教堂的钟楼，想起了成年时与吉尔贝特的会面，他们谈论圣卢与吉尔贝特的会谈、爱丽舍宫伴游的误会以及在贡布雷街上漫游……在这一系列的叙述场景中，老年马塞尔的梦魇中的梦魇作为一个短暂回顾回归零聚焦，反而成为插入内聚焦的零聚焦叙述事件，从而颠覆了内聚焦与零聚焦之间掌控的关系。零聚焦的叙述手法只是为了证明内聚焦的存在的合理性。

老年马塞尔在之后的叙事文本中消失了。逃离了外一层故事层外在叙述者视点的掌控，内聚焦充斥了老年马塞尔的回忆和臆想。这与小说《追忆似水年华》满眼往事回忆相得益彰。从最后的顿悟开始，两个声影可以在同一话语中融合混同，或交替使用，以为从此以后主人公的"我想"可以写作"我懂得"，"我发现"，"我猜测"，"我感到"，"我知道"，"我真感到"，"我想起"，"我已作出这个结论"，"我明白"等，也就是说可以和叙述者的"我知道"相吻合。因而间接叙述体突然被大量采用，并且不加对照和我对比地与叙述者的现在时话语交替使用。[①] 这是影视文本电影《重现的时光》对书面文本小说《追忆似水年华》默契呼应，也是切断文字之流、意识之流的光之剑的魔力展现。

（三）观者如上帝

老年马塞尔追忆往事。所追忆的往事正是电影《重现的时光》的整个故事核心。核心部分在故事层次上属于次故事层，从聚焦类型上看是典型的内聚焦，呈现出人物视角与叙述者视角高度统一的重叠关系。从叙事文本的层次性看，老年马塞尔次故事层的叙述者，他的人物视角决定了该叙述层的感知呈现范围。同时，他在内故事层上又主要是作为被感知的对象而存在。影视文本中人物视角的双重身份与书面文本并无二

[①] ［法］热奈特：《叙事话语　新叙事话语》，王文融译，中国社会科学出版社1990年版，第180页。

致。但是影视的直观感受将这种双重身份与观者的观影经验直接联系起来，更为直观，避免了阅读书面作品过程中，读者感知的加工以及由此带来的延迟效果。老年马塞尔的视角通过镜头直接影响观众的视角，甚至是将二者直接合二为一。

洛伦兹·恩格尔将本雅明的视觉理论理解为"照相机，特别是摄像机本身变成了它们所拍摄像现实的一部分，而这个像是就像它自身从来没有被拍摄过那样被拍摄下来。照相机使世界变得可见，而照相机和它所拍摄的世界又处于同一个持续之下的。荒谬的是，正因如此，照相机才能将世界以图像的方式原封不动地展示给我们，就好像这个世界从来没有被拍摄过似的。作为观众，我们变成了世界的一部分，而不是世界之外的观者"[1]。

热奈特将普鲁斯特在小说《追忆似水年华》中的某些描写定义为另类叙事。按照米克·巴尔所说的图像叙事研究方法对应来看，普鲁斯特也几乎是个图像叙事研究学者了。与当代学者不同的是，普鲁斯特，或者说他的可靠叙述者马塞尔更多的时候是借现实中的某个图像、某幅照片、某种感觉通过语言描述一个混沌形象的诞生始末，在所有这些混沌形象中，最后综合成型才是马塞尔本人的一生回忆。

若把写埃尔斯蒂尔的巴尔贝克海景画的那几页再读一遍，就会看到其中充斥的字眼指的不是埃尔斯蒂尔的画如何，而是它"再创造"的"错视觉"，以及它时而产生时而消除的骗人印象：似乎，看来，看上去像，仿佛，感到，好像，想到，明白，看到又出现，在阳光普照的田间奔跑，等等。[2] 事实上，普鲁斯特的"描写"与其说是对影视物品的描写，不如说是对应观者的感知活动、印象、一步步的发现、距离与角度的变化、错误与更正、热情与失望等的叙述和分析。

电影《重现的时光》独特的感知所造就的独特聚焦必然涉及时序的混乱，比如故事时空，包括回忆中行为发生的确定时空，存在于想象中

---

[1] [德]洛伦兹·恩格尔：《不可见之见——从观念时代到全球时代的德国视觉哲学》，[德]弗里德里希主编《图像时代：视觉文化传播的理论诠释》，复旦大学出版社2005年版，第9页。

[2] [法]热奈特：《叙事话语 新叙事话语》，王文融译，中国社会科学出版社1990年版，第65页。

的虚构时空等通过叙述的方式表现出来，存在与叙述的时空中，交错、繁复中体现回忆感知行为发生的并与读者的潜在感知进行交流，引导读者的潜在感知与聚焦者的感知形成共鸣，通过感知，使得读者进入到叙事文本的虚构世界中体会其中的价值、意义。这也就是罗兰·巴尔特所谓的可写性文本的特质。

回忆可望而不可得，感知的多变，对过往把握中充满了一个个疑问，伴游吉尔贝特的人是谁，圣卢如何丢失了十字勋章，都变成了假命题。但是把握的过程、感知的过程不可抹杀。这就是唯一确在的当下。马塞尔追寻过往，热奈特在追寻马塞尔藏在书面文本中的秘密，他试图重组马塞尔的"故事"，梳理错乱的时间，当热奈特发现隐藏在错乱时间中的精巧秘密时，时间的错乱已经不重要。但如果不试图接近这种错乱，我们不能获得错乱背后的秩序。在"可写的文本"中书写自己的理解。小说《追忆似水年华》提供了一个场域，包含马塞尔和他的生活，但又语焉不详，他的爱情、他的朋友、他周围的一切都需要读者的他者感知去还原，去书写。马塞尔叙述了他自己的故事，他给了我们一把钥匙去开启他所指向的那扇门。奥蒂特说"看啊，这比你们所有人的故事都要精彩"。是的，马塞尔的故事确实精彩，不是由于他的贵族生活、不是他隐秘的内心世界，而是存在的叙事文本，存在于感知这个世界，在当下，在过往的感知。

阅读追忆小说《追忆似水年华》，需要调动我们的综合感知去追寻叙述者、聚焦者的感知过程，并受到同样的情绪感染回顾我们自己的悠悠往事。文本可写性是隐藏于内，而并非彰显于外的。

在叙事层次转换过程中，由零聚焦转换为内聚焦，老年马塞尔从聚焦对象变为了聚焦主体。观者自觉与聚焦主体对应，在两个叙述回合过后，强化了感知意识，从而实现从外故事层到故事层再向核心次故事层逐步深入。

与马库思·库恩不同，萨宾·斯格里卡斯（Sabine Schlickers）在叙述层次分析中将位于在（内）故事层（Intradiegetic）之上的次故事层给予了新命名——次故事层（hypocliegetic level）。与马库思·库恩相同的是，萨宾采用了前缀重复的方式表现多级内嵌故事的位置，如次次故事层，并指出人物的视觉叙述是该层次的内容主体。在叙述层次分析中,更多地将叙述者作为一个存在于(内)故事层中,对次次故事层具有叙述掌控力。

在电影中,人物的内视想象出梦境和记忆,同时,人物作为行动人物能够从外部反观自身。我们作为文本内的人物不能描述视觉聚焦(Ocularization)(从那时起,梦境的人物将不可视)。然后,这种闪回结构作为回忆或者梦境的个体形式已经变成了某种惯例而且因此必须作为内聚焦被描述。①

电影《重现的时光》努力去追求用影像表达感知的过程。感知一旦落入影像中,想象就有变成确实的可能。吉尔贝特伴游事件三次确认中,影视文本不得已采用了三组同背景不同组合的画面,说明吉尔贝特、马塞尔和阿尔贝蒂娜三人对同一件事情的认识。类似的多重聚焦同样在侦探电影中频繁使用。与侦探不同,马赛尔并非是要追求事情的真相,而是叙述当时的感知。马塞尔回忆伴游事件,并非是回答一个疑问,而仅仅是表达过去的某一感受,以及该感受的形成与发展的过程,并且包含当时的感受对现在造成的影响。马塞尔在对吉尔贝特论及该事件时,并不是为了简单追求事情的真相,而是为了表达当时的情愫,即使这种情愫在当下并不具有任何的意义,但在当时毕竟是存在的。

电影蒙太奇的力量在于:它在创作过程中包括了观众的情感和想法。观众受到驱使,沿着作者在创作画面时走过的那条完全一样的创作道路前进。观众不仅看到了完成了的作品中那些被表现出来的东西,而且体验到了作者所体验过的画面出现和组成的动态过程。②所有的一切都是基于同一个感知的主体。不论是第一部《通往斯万家的路》的第三人称叙述,还是后续的六章的第一人称叙述,延续的是同一个聚焦主体的存在——"我"。功能无限放大的聚焦主体"我"的存在感知空间中,取代了惯有的全知全能零聚焦的功能,打破了人物内聚焦的限制,构建出整个叙事文本。

按照申丹对认知叙事学的理解,叙事化就是将叙事性这一特定的

---

① Schlickers, S., *Focalization, Ocularization and Auricularization in Film and Literature*, Hühn, P. ed. Berlin, de Gruyter, 2009, p. 249.

② [美]阿瑟·伯格:《通俗文化、媒介和日常生活中的叙事》,姚媛译,南京大学出版社2000年版,第149页。

宏观框架运用于阅读。当遇到带有叙事文这一文类标记,但看到既不连贯又难以理解的叙事文本时,读者会想方设法将其解读为叙事文。他们会试图按照自然讲述、体验或目击叙事的方式来重新认识在文本里发现的东西;将不连贯的东西组合成最低承诺程度的行动和事件结构。[1]读者参与叙事化的过程,也就是一个逐步内化的过程。从聚焦的角度看,随着外在于叙事文本观者的逐渐内化,与零聚焦全知全能叙述者的认同感也逐步渗透到了次故事层或者是次次故事层。观者成为不同叙述层次共同的全知者。由此,打破读者和作者,叙述者和受述者的界限,将聚焦行为在文本形成层面和感知层面关联起来,就可以看到聚焦实质上是连接视觉还原和认知加工,"前"文本和"后"文本的关键。

三 真实电影的聚焦呈现及其价值指向

法国纪录片大师让·鲁什(Jean Rouch)以拍摄风光、社会和人文等影片而闻名于世,其电影数量超过了140部,他在1960年拍摄的《夏日纪事》开创了"真实电影"的先河。该电影记录了当年夏天巴黎居民的日常生活和他们对阿尔及利亚战争的所思所想。电影副标题为"真实电影的一次实践"。这部影片利用轻便摄影器材和录音设备进行访谈拍摄,对人类学纪录片和纪实影视等关联领域的表现手法和表达理念产生了深远的影响。其技术基础是20世纪五六十年代出现的手提式摄影机和声音器材。"真实电影"的表现内容主要是记录正在发生的事件,在电影中,电影工作者很少操纵影片内容。《夏日纪事》街头访问的对话形式、关于幸福的不懈追问、音画同步的技术革新冲击了当时既有的纪录片拍摄模式,从表现内容到叙事形式各个方面开启了新的实验,形成了独具一格的"真实"叙事呈现。

---

[1] 申丹:《叙事结构与认知过程——认知叙事学评析》,《外语与外语教学》2004年第9期。

（一）"言行一致"的"自然呈现"

"纪录片旨在呈现关于这个世界的真实信息"[①]，在追求真实的实验中，让·鲁什以"纪事"冠名，试图以镜头在场的方式自然地记录对话（record a conversation naturally with a camera present）。他说，要在镜头在场的情况下，自然地记录对话。"镜头在场"对于在场的"演员"而言意味的是对镜头的忽略，对于受述者的感知而言，是叙述者的在场。镜头内外就是叙事文本与叙事情境的区别，前者是表现的内容，后者关注表现的方式和方法。为了实现二者的以真实为名的统一，让·鲁什采用了引导式的叙述手法。

在以往的探索中，《电影真理报》式的"出其不意"地"靠近"方法实质上摒弃了镜头的存在，以遮蔽的方式追求表现内容的真实。面对表现内容与技术形式相对立的观点，让·鲁什反而坚持认为，摄影技术的存在和不断发展应该带来更多的真实。因此，让·鲁什并不安排摄像机躲避受访者的关注，而是采用摄像机与访问者合二为一的方式。一方面，以受访者与访问者之间的融合态度化解受访者对镜头的敏感；另一方面，安排"挑动者"的角色，主动地挑起关于幸福讨论的话题，使开放的回答具备个人真实的潜质。

访问行为和整部影片从头至尾都可以看作是访问与被访问行为的过程及其文本的叙述呈现。行为逻辑在被叙述故事中得以展开。叙述逻辑则是表现该故事所采用的言说方式。按照让·鲁什真实叙事的叙事目的，叙述逻辑与行为逻辑的统一是言行一致真实的必要条件。因此，在简单的、访问与被访问的叙述中，让·鲁什高度集中于行为逻辑的关键——即受访者的拒绝。

在15组街头访问中，受访者的反应各异。少年绕道而走，妇人音调高昂，中年愤愤不平，老年驻足沉思。一个询问者警惕地回答"这关你什么事"。自卫式的回答让访问者的询问变成了对他人隐私的刺探。

[①] ［美］大卫·波德维尔、克里斯汀·汤普森：《电影艺术：形式与风格》，李安、焦雄屏等译，世界图书出版公司2008年版，第401页。

被拒绝的访问成为访问要表现的内容。拒绝成为无可避免的答案。同样，在"是"与"否"之间的默然、思考、肯定和否定也是答案的一部分。面对提问"您幸福吗"，年少的被访者，逆时针绕道而走。"别害怕，我们没有恶意"，善意的挽留也没能打破个体的防备之心。面对问题，难的不是回答，而是作出判断过程中的种种衡量与揣度。幸福本身就承载了太多的重量。拈花一笑背后所经历的艰辛他人无法得知。幸福的人是如何回答幸福呢？一个中年妇女说道：是的，一直是（幸福的）。肯定的回答背后有着她自己的解释："（是否幸福，）这取决于您是怎么理解幸福这个词了，做家务时，我是幸福的。"还有人回答，"活着真好，尽管我已经60岁了。……我每天还要跑步20公里去上班。……最重要的是身体要健康。还要有一个好老公。就是取决于这个"。幸福也许很简单。对于一些人而言，个体精神与现实生活的物质得失息息相关。中年的商人说："幸不幸福，这是一个钱的问题。当一个工人是不会幸福的。"也有一些人用生活中暂时的不如意遮蔽了生活中长存的幸福。所以参访者转换角色在采访中安慰道："偶尔我也有不如意的事情，但您并不是不幸的。"有的人将幸福寄托在他人的身上："我姐姐的去世让我非常痛苦。"生活必须继续，是自己让幸福随着他人的离去而消散。离去的人不会回来，只有自己才能把幸福找寻。人很容易被暂时的不如意击倒。这与年龄无关。垂垂老者直言自己并非幸福："因为我太老了。是的，我都79岁了。……我的妻子去世了……此外，我还得支付6318法郎的房租。"幸福与否是人从呱呱坠地到弥留之际都在不停回答的问题。对它的感知不受年龄、生活境况等外在条件的限制。所以，"幸福与否"是无法回避、无法沉默的问题。受访者可以拒绝访问者的提问，但不能回避自己内心深处的质询。导演让·鲁什所做的挑动工作，更多的是引出人们心底最隐秘的生活痛楚与快乐，包括躲在拒绝背后的隐秘心思。

受访者的拒绝体现格雷马斯行动元理论的反对者功能，在行为逻辑中与主体受访者、帮助者和其他行动元一样具有独立的意义和价值。但在实际真实生活中，这样的拒绝或者接受，都是主体意识的选择，其行为实施的个体是统一而不可分割的个人。在叙事文本中，角色与行动元的功能重合成为了揭示"幸福访谈"本身的复杂性的绝佳设计。叙事文本中角色与行动元的功能重合实质上就是一人分饰多角。让·鲁什颇为自得的"挑动者"设置正是该叙述策略的集中表现。

按照格雷马斯行动元理论，挑动者的角色属于六个行动元中的帮助者。但是，围绕着"幸福与否"命题展开的叙事文本的叙述逻辑与整个故事的行为逻辑的交织，使"挑动者"的功能逐渐复杂化，从而使影片呈现出不一样的叙述效果。格雷马斯的"行动元"的分析基于叙事文本归纳的行动逻辑。行动元被归纳为六种要素，即主体与客体，发送者与帮助者，接受者与反对者，这六个行动元围绕着客体，即主体欲望的对象而组织起来，客体处于发送者和接受者的中间，主体的欲望则投射成帮助者和反对者。[1]

"访问与被访问"的行为按照六种行动元模式就可以作出如下分析：

```
（生活）发送者 →    客体（受访者）→ 接受者（受访者）
                        ↑
帮助者          →   主体（访问者）←   反对者
（其他工作人员）                    （受访者的拒绝）
```

以玛瑟琳为例，她在不同的叙述场景中，多次担任过行动元中的帮助者，根据安排开展街头访问；作为受访者的客体，在鲁什和莫兰的访问中接受访问，将对生活的感受"承接"下来，又成为接受者。同时，在巴黎街头漫步的个人独白中自我追问，兼具受访者和帮助者的双重角色，也兼具发送者与接受者的双重角色。

一人分饰多角色行为方式在不同的叙述场景中被分割开来，成为在不同叙述场景里不同叙述目的的叙述要素。在街头访问的场景中，根据莫兰和鲁什的安排，玛瑟琳作为"帮助者"主要起到穿针引线的"挑动"作用。在之后对玛瑟琳前男友的访谈中，玛瑟琳对往事回忆所起到的补充作用可以视作是对帮助者角色的进一步强化。在从头到尾的叙述过程中，玛瑟琳的行动功能逐渐强化，而叙述功能则逐渐弱化。

---

[1] ［法］格雷马斯：《结构语义学》，吴泓缈译，生活·读书·新知三联书店1999年版，第256—257页。

受访者的拒绝是在让·鲁什实现言（叙述逻辑）与行（行为逻辑）相统一的能力内容表现的核心，挑动者的实质是简单叙述逻辑与复杂行为逻辑相统一的叙述关键。用简单的叙述逻辑来简化复杂的生活内容。混沌的幸福感知在简化的叙述逻辑中逐渐清晰，通过追问、再追问，直至心底深处。

（二）多重交流行为的叙述延展

让·鲁什并没有简单地界定单纯的访问行为，而是冠之以"挑动者"的称号。因此，在"访问与被访问"的过程中，访问者需要对被访问者的反馈信息作出适当的反应，延续访问的行为，将单纯的访问和被访问的行为扩展为双向的交流行为。

现实的双向交流行为在叙事文本的呈现中被压缩为线性叙述事件：访问行为被切分为一问一答的叙述段落，场景的更换标志着一个叙述事件的结束。实际可能存在的、访问行为的继续，或是受访者未经言表的思考就被隐没在叙述之外。这就是叙事文本一个完整的访问与被访问的闭合行为结构背后，位于叙述之外的行为事实。

未竟之言与拒绝回答的表态同等重要。就此，让·鲁什善于在叙事文本之上，或明或暗地引入开放性交流行为。"回访"就是让·鲁什所使用的技巧之一。让·鲁什通过角色置换、回访，让同一角色承担多个行动元的功能，实现叙述场景之间的关联，使后一个叙述场景成为前一叙述场景的"回访"，在情节上构成相互呼应的关系。

作为五个重点人物中第一个出场的玛瑟琳，在整个访问行为中以访问行为的主、客体身份分别担任访问者、受访者，同时又在访问行为中承担"挑动者"作用。在玛瑟琳进行街头访问之前，两位导演对玛瑟琳本人就幸福与否进行了追问。玛瑟琳回答了自己是否幸福之后，才走上街头面对自己的受访者。在第三次交流中，玛瑟琳在情人皮埃尔接受单独访问的时候，加入访谈，与皮埃尔进行了交流。玛瑟琳既是皮埃尔访问行为的帮助者，同时也帮助了我们了解她自己。玛瑟琳的三次出场使用了叙述场景的"人物再现法"，将不同的叙述场景联结起来，保持叙述逻辑和行为逻辑的一致性。这与法国巴尔扎克的《人间喜剧》中诸多文本叙述的行为构建模式有异曲同工之妙，都是为了追求"巴黎的真实"。

玛丽罗的出场与玛瑟琳相比略显简单，但冲突更为明显，造成了更为明显的戏剧性和故事性。对于在巴黎生活的意大利人，玛丽罗对自己身为巴黎外乡人而感到痛苦和愁闷，找不到出路。与法属非洲而来的朗德里相比，作为女性的玛丽罗对于归属感的渴望更为明显，充满着对自己工作和生活的归属感的期待。因此，访问者莫兰并非简单地就幸福发问。随着访谈的深入，访问者试图接近受访者内心的最隐秘处，以一种更具参与性的姿态"挑动"受访者，超越访问开始时的平淡问话。玛丽罗的喃喃自语将访问者莫兰排除在外，更多的是一种苦闷的表达。为了达到更好的交流目的，因此，莫兰建议玛丽罗改变现状。在第二次的访谈中，玛丽罗和同居人携手走出的开放式结果，完成了玛丽罗故事。从结构上来说，以玛丽罗为受访者的访问行动在影片中的叙事文本是由"前因"、"后果"——两个稍有间隔的叙述场景构成的。

在之后的三次座谈中，五个重点人物玛瑟琳、朗德里、安吉罗、玛丽罗、皮埃尔直接出场，"人物再现法"达到了高潮。四个重要的议题——巴黎人的实际生活状况、对待阿尔及利亚战争的态度、关于白人和黑人结婚问题的看法、生活是否有趣的讨论似乎成为整个访问的总结。

影片的结尾，两位导演讨论整部影片的拍摄，包括各位访问者和受访者的表现，当然，最为关键的是关于真实与否的讨论。作为导演之一的莫兰就略带懊恼地表示："他们不是批评我们影片中的人物对生活的反映不够真实，就是批评我们的影片太过真实。"

《夏日纪事》整个叙事文本的核心就是真实、幸福和访谈。影片文本叙述的基础场景是访谈，场景与场景之间联系的关键是幸福，在对幸福进行访谈的影片文本叙述表达中，人们关心真实是否已经得到呈现。从访谈行为而来的，参与交流的人物不断变化功能，叙述行为得到了延展。这就是《夏日纪事》整体的叙述模式。

（三）"双向认同"的学科追求

在《夏日纪事》的文本内部，众人交流个人关于幸福与真实的心得，直面自己的内心，力图改善现实的生活，追求真实与幸福。超越文本之上，作为观众，我们一方面要尝试性接受叙述者灌输给我们的幸福观和真实观；另一方面，又需要结合自我的经验，质疑他者的幸福与真实，确定或者强化自身的观念。

亚当斯从哲学人类学的角度审视经典民族志时，提出（经典的民族志）只不过是文化事件中另一个时刻的点滴记录而已。真正需要关注的唯一问题是：它们能够得到哪些当时提供信息之人（试图记录下他们的世界）的同意。① 也就是说"人类学作品"的价值就在于表达内容是否能为当时、当地的表达者所认可以及出自"他者"角度的作品是如何获得"本我"认可的。

让·鲁什在《夏日纪事》中所贯彻的"分享人类学"（a sharing anthropology）的主张，其叙事文本展现的行为内容在行为层面和叙述层面都得到了行为者和受述者的认可，同时为文本之上、现实中的受众观感留下了自我阐释的空间。这正是叙述者与受述者以及受众在文本和现实层面双向认同的体现。

影片中强烈的自我认同感来源于影片叙事文本中对访谈受访者自我表达和自我感受的重视。发问是让·鲁什的惯用手法，但让·鲁什无法控制回答的内容。受访者拥有自我表达的自由，让·鲁什的责任在于记录表达的自由与真实。除却自我表达者的表达叙述之外，包括他者阐发的空间来源于对自我表达者表达叙述内容来源的猜测。在街头访问中，受访者身份的不确认、生活环境的多样化等带来的是想象的空间，对于访问的拒绝和那些关于不幸福的回答带来更多的好奇。即使对于5个重点访谈对象，影片叙事文本中包括的信息也极为有限。在想象的空间中，他者获得了自由，对于表达内容的肯定也大为提升。

---

① ［美］威廉·亚当斯：《人类学的哲学之根》，黄剑波等译，广西师范大学出版社2006年版，第377页。

但为了实现文本和现实中的叙述者、受述者以及观众或读者保持阐述自由，让·鲁什还采用相应的叙述技巧，例如展现无压力叙述环境的营造，开放式的片段访谈的设计以及导演对影片自身的评价，真实来源对内容展示过程的揭示，等等。旁观者变为挑动者，公开介入影片，真实的非常事件由此而生。

为了揭示其两大主题"幸福"与"真实"，就需要将现实中人们有意回避或者深埋心底，对"幸福"与"真实"的理解主动地挑动出来。这是作为偶然发生的事件的历史所不能达到的效果。通过让·鲁什有意为之的挑动，依靠音画同步和人为叙述环境对事件的促成和刺激，采用独特的叙述手法，使艺术家关于幸福的访谈作为非常事件将人们心底存在的对"幸福"和"真实"的渴望以影像的方式呈现出来，所实现的是一种具有揭示意义的真实。

当下的真实既考虑到电影的影像叙述的同步性和当下表达，同时也兼顾当下事件的意义和价值。让·鲁什的《夏日纪事》寻求的是一种具有深远意义的、偶然的当下。他作为刺激者，在当下事件的发生中发挥作用，但是不干涉事件发生的内容。这就是让·鲁什的《夏日纪事》的真实叙述策略。访问者莫兰以坚持不懈的追问来突破以往拍摄对象面对镜头自我保护性的陈词滥调，进而激发他们谈论自己的生活。让·鲁什善于利用对访问行为的引导完成从访问行为到叙事文本的构建。这不仅是能让行为者卸掉"警惕性"进入叙事文本，成为镜头摄录和荧幕展示的对象，而且更为重要的是，能以"探问幸福"为核心内容，并进而追问"幸福与否"这样一个简单判定背后隐藏的"生活真实"。实质上，是尝试用作为价值判断对象的"幸福"与是非标准的"真实"关联起来，从而在作出价值判断的同时，提高主体的生活感知程度。

真实与否作为影像叙事文本本质讨论的话题之一，其价值就在于讨论本身的意义，对人类学纪录片真实性的讨论，本质上是对人类当下生活真实与否的终极追问，是在真实断面寻找历史真相的不懈努力。在世界人类学第九届大会上，与会人类学家通过了《关于影视人类学的决议》，其中写道："电影、录音带和录像带在今天已是一种不可缺少的科学资料的源泉。它们提供有关人类行为的可靠资料……它们能将正在变化着的生活方式的种种特征保存下来，流传给后世。所处的时代不只是一个变化的时代,而且是同一性增强而文化大量消失的时代。为了纠正这一过程可能导致的人类的短视行为,按现存的多样性和丰富性记录人类遗产就非常必要。"①

在实际的人类学纪录片拍摄中,"记录"与"研究"是人类学影视叙事文本进行叙述的两种目的指向。持有记录目的的人类学电影的拍摄者们会试图保存那些即将消失的各种不同的文化形态和生活方式,以期忠实地反映不同文化的原貌。从记录的角度来说,这样的人类学纪录片的叙述主要采用两种方式,一种是故事外的叙述者,另一种是故事内的叙述者。虽然这两种叙述者的叙述存在不同的叙述位置和叙述技巧,但殊途同归,所要实现的目的近似,就是"直观展示"。而怀有研究目的的人类学纪录片则是试图通过影像方式完成的人类学研究报告,根据内容所具有的人类学研究价值和意义进行"编辑"。这种真实不同于"真实感"。真实感是可以通过人为或者技术手法实现的感觉,而人类学纪录片对真实的追求体现着对规律性真实的把握,也是前文所述的具有揭示意义的真实。

作为人类学家的让·鲁什,他所拍摄的《夏日纪事》以一种激发他人、自我探讨的方式追寻真实与幸福等文化核心问题,他所持有的开放精神和力图用新技术展示人亘古不变的本质问题实际上就是一个"合法"的人类学家的态度。同时,人类学是人对自身及其群体认识的一门科学。作为学科的一个重要分支,人类学纪录片与生俱来地表达着对人自身的理解以及对"真实"的终极追求,是人对自我价值和真理追问的见证,是人之为人自我审视精神的验证。从另一个角度来看,威廉·亚当斯也指出"人类学也有其美学维度"②。也就是说,表述他者的方式可以发生变化。这也是所有文化现象所固有的,因此可以将之视为人类学的文化维度的另一个证据。人类学电影本身也就是彰显人类历史发展过程中人类文明的一个断面。现在,反观让·鲁什《夏日纪事》,正让我们感受到了一个技术文明来临的初期,人们对于幸福与

---

① 张江华:《影视人类学及其影片性质述论》,《民族研究》1994年第6期。
② [美]威廉·亚当斯:《人类学的哲学之根》,黄剑波等译,广西师范大学出版社2006年版,第385页。

否、真实与否等终极问题解答的尝试。它追问真实，同时也是力求真实的问答，从而展开对幸福的追问，最终指引我们寻找到关于幸福的价值确认。

第三章

从"独白"到"喧哗"：
多媒体时代的聚焦悖论

雅恩在《聚焦的机制：拓展叙事学工具》中进一步完善"窗口聚焦"的概念，并细化了叙述聚焦的范围。雅恩对"窗口"（window）一词的选用颇为满意。他认为窗口不仅具有一定的隐喻性，而且"窗口"还有一定的"外推用法"，如电影与计算机屏幕的窗口、真实与虚构的窗口、打开与关闭的窗口、连续的窗口以及融合与分裂的窗口等。[①] 该聚焦概念的使用凸显了多媒体时代的载体特征，展现了现实中电影与计算机屏幕的特质，形象表现了文学虚构与现实真实之间的转换，采用"打开"与"关闭"描述感知的生成与结束，并引入了网络时代浏览器视觉的特质。

该概念的提出针对的是多媒体时代叙事文本特殊的载体特征和相应的空间存在。赛博空间亦称"异次空间"、"多维信息空间"、"电脑空间"、"网络空间"等。它的本意是指以计算机技术、现代通信网络技术，甚至还包括虚拟现实技术等信息技术的综合运用为基础，以知识和信息为内容的新型空间。这是人类用知识创造的人工世界，一种用于知识的虚拟空间。可能世界将其称为逻辑空间。[②] 本书第一章最后一部分研究认为，与文字表达相比，口传文学时代的时间逻辑建构隐退在空间建构之下。但因为其载体的混合性，而呈现出多种载体的融合特征。到了多媒体时代，载体形式多样化的回归和融合性特征的凸显，使得载体

[①] 尚必武：《当代西方后经典叙事学研究》，人民文学出版社2013年版，第228页。
[②] 弓肇祥：《可能世界理论》，北京大学出版社2003年版，第298页。

研究再次成为该时代叙述研究的热点问题。

玛丽—罗瑞·瑞安在多媒介叙述研究一开始所提出的媒介五个层面的概念中，首要的大众传播层面意义上的媒介实质上已经包括其他四个层面媒介意义的综合。他所说的艺术媒介、语言媒介、写作媒介的各个表现方式在大众传播媒介中或多或少都有所涉及。[①] 艺术媒介中的音乐、文学可以通过电波以大众传播中的收音机作为载体实现叙述交流。绘画、电影也可以通过电视或者互联网进行传播。不论哪种大众传播媒介形式，书面文本和口语都是其中不可或缺的部分。而电脑写作则对互联网时代的叙述方式产生了直接影响。

大众传播时代的叙述研究以综合媒介研究为主要的特征。电影通过视听载体直接传达形成新的叙述感知方式。观者从外而内的文本内化过程使得聚焦从叙事文本的深处浮现出来，与个体感知结合起来，通过电影技巧的不断成熟构建着新时代的叙事文本模式。20世纪90年代开始普及的互联网，以更为迅猛的姿态，开始了新一轮的媒介革新。包括电影、电视20世纪新媒体在内的几乎所有的媒体形式都以各种各样的方式进入网络超文本的构建中。

网络超文本叙事的聚焦特征更为多样化，与影视文本聚焦特征的单一性不同，至少包括三种叙述风格及其相应的聚焦特征。互联网时代提供了一个个人私语的开放空间。强调内聚焦的个体私语因为网络的匿名性有了更为安全的存在空间，这类个人私语由私人博客为基础，以经典的网络小说为集中代表。在个体的窃窃私语之外，互联网的规则制定者们也拥有自己的权利。在内聚集的遮掩下，零聚焦无所不用其极地渗透到单一文本。从电脑游戏的场景设定到个体玩家的聚焦感知，所有的这些都只能在有限的选择中获得假象的"自由"。最能体现互联网精神的网络超文本因实践中创作主体的多次转换，所形成的同时空、多层次的叙述文本被看不见的手操控着，形成了众声喧哗的散点聚焦。

[①] Ryan, M., *Narration in Various Media*, the living handbook of narratology, in Hühn, P. ed. Hamburg, Hamburg University Press, 2009.

一 网络小说内聚焦的个人私语

网络小说内聚焦特征是网络时代个人私语表达的感知呈现。以网络超文本为载体的网络小说留恋书面文本的叙事方式，在与书面文本的纠葛中，它试图摆脱书面文本线上阅读的既有框套，以第一人称表达网络时代的个体感知。网络小说与书面文本存在着千丝万缕的联系，在各种网络超文本类型的实验阶段，网络小说以其来自书面文学的传统和电脑写作的匿名性创造出更为强调个体感知的聚焦特征。在网络匿名的遮掩下，拥有了生存于网络世界的第四重主体身份，并借之以体现独特的聚焦感知。

（一）载体转换与文本价值判定

网络小说最初以书面文本的线上创作、阅读和评价为主要的特征。传统书面文学文本的电子化、网络化引入网络小说的多种载体形式。最初，从传统文学而来的、数以百万计的书面文本通过二进制转换成为网络文本。在载体转换的过程中，文本本身并没有发生实质性的转换。电子图书等成为传统文学网络时代的新衣，而且随着物质载体或者电子格式的不同而有了不同的文本呈现方式：网页阅读、亚马逊电子书和盛大锦书等主流的电子阅读器阅读格式。并且通过阅读格式转换器，读者可以自行完成载体转换。互联网时代的媒介转换不再是类似于改编电影的技术垄断。数字化是叙事文本电子媒介中自由转换的基础。但载体转化的技术更新并不决定文本价值。

文本信息流失与增补是改编电影载体转换带来的后果之一。它对于聚焦的影响不言而喻。但对于网络时代的媒体转换而言，二进制位基础的载体转换之间并不存在过多的影响。在网络时代，以二进制位为基础的数字化使文本抽离了现实可见的物质载体而作为复制性更强的信号存在。因而，互联网作为文本传播、阐释、交流过程的存在环境，它对传统媒介载体的更替最终改变了新技术环境下叙事文本的存在方式。

作为网络小说研究者的代表,欧阳友权总结网络小说,认为作家身份的网民化、创作方式的交互化、文本载体的数字化、流通方式的网络化和欣赏方式的机读化等,是网络文学的外在特征;文学存在方式、创作模式和价值理念的变异,则是网络之于文学的内在变异。[1]

在网络新媒体的作用下,网络小说的内外特征是构成新叙事方式的两个基础要素。见诸各类研究文章的网络小说的二分法、三分法,也认可了这一分类标准。杨新敏从文学发端来区分印刷文学的网络化和网络原创文学两大类别;吴晓明在杨新敏的观点之外提出,采用传统的文学手法创作并首先在网络上发表的作品在数量上最多,也最能代表网络文学。[2] 一般而言,对一个概念的定义,往往遵循由大而小的内涵划定方法,逐步圈定外延。因此,上述两种定义都兼顾到了概念外延的直观性和实际判断的操作性,特别是吴晓明第三类网络文学的观点,认识到了中国网络文学的特殊性,及其与传统文学在文学创作上的关联,有着重要的现实意义。

比利时鲁汶大学教授简·巴顿斯(Jan Baetens)提出了"经典"网络小说论。他认为满足三个条件的网络小说,才是"经典"的网络小说。第一,主题方面不是简单的电子文学而是更为特殊的体裁,以创造新的故事简述方式的、依赖于电子技术叙事环境中的叙事文本。第二,在电子环境中包含一定的文学视觉,而这正是文学研究的兴趣所在。第三,一种自我写作,高雅和深刻的,没有文学藻饰,但能够提供直接和精彩的研究材料。[3] 按照巴斯顿的看法,网络小说是网络文学的组成部分,在故事叙述方式和叙述环境中具有独有特征,它包括内在的视觉要素,其经典性体现在自我写作的价值和高雅、深刻的文学价值取向。在巴斯顿看来,经典网络小说的研究价值,一方面是其视觉要素,另一方面则是经典文学价值取向。就此观点来看,网络小说在网络技术基础上形成的视觉要素、叙述环境和叙述方式都是区别于传统小说的形式特

---

[1] 欧阳友权:《网络文学:挑战传统与更新观念》,《湘潭大学学报》(哲学社会科学版)2001年第1期。

[2] 欧阳友权:《网络文学研究述评》,《文艺理论与批评》2003年第5期。

[3] "Reading Network Fiction", http://www.imageandnarrative.be/Timeandphotography/bae-tensciccoricco.html.

征。而将"自我写作、高雅、深刻"归纳为网络小说的价值取向,则有待商榷。

网络小说作为文学在网络上的狂欢盛宴,其弥补了现行出版体制下个人话语的缺失,是民间文学的又一次回归。① 高雅、深刻的精英文化论调并不是网络小说的表现主题。实际上网络文学定义的确立关乎三个问题:网络文学概念从大至小的外延与内涵的互证,网络文学的类型划分标准和网络文学与传统文学的关系问题。

从网络文学从大而小的外延来看,广义的网络小说②指所有一切登载在网络上的小说。狭义的网络小说以网络游戏小说为代表,以网络生活为表现内容的小说,例如,"发飙的蜗牛"所撰写的《网游之练级专家》就是此类网络游戏小说的代表。考虑到内容特征和技术特征两个方面的概念,折中意义上的网络小说则定义为网络写手发表于网络,依靠网络进行写作、阅读、评论的小说。

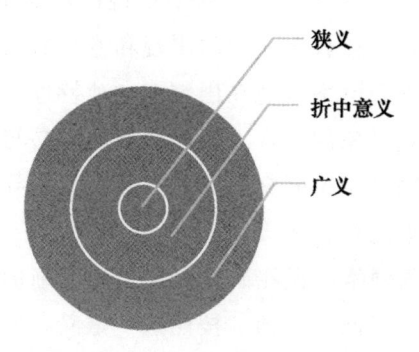

从网络信息技术基础之上发展起来的网络小说,其定义的基础仍然是信息的传播。对应网络小说的广义概念、折中概念和狭义概念,三种定义的核心分别是传播载体、传播主体和传播内容。

广义的网络小说将小说与网络这一传播载体嫁接起来,强调载体的变化。根据传播载体的变迁,文学共经历了四个发展阶段,分别是口传

---

① 欧阳友权:《网络文学:民间话语权的回归》,《淮阴师范学院学报》(哲学社会科学版)2003年第3期。
② 张登林:《"网络文学":命名的草率与内涵的无区别性》,《绵阳师范学院学报》2007年第1期。

文学、书写文学、印刷文学和电子文学。而网络小说就是文学在电子时代的典型代表。在文学四个发展阶段中，除第一个阶段以外，后三个阶段都包括了前一阶段或者前级阶段的文学载体形式。特别是在电子文学时代，口传文学、书面文学和印刷文学都有自己的存在空间、受众和存在价值。不过，电子文学取代了印刷文学成为文学的主要载体形式。传统印刷书写文学也开始了电子化的过程。香港某公司自1997年开始，将约470万页的《四库全书》经过电子化后，开发出包括183张电脑光盘在内的全文检索版。所以，以载体形式来定义网络文学或者是网络小说，就容易与文学或者是小说的整体概念相重合。一方面，将电子文学、网络文学或者电子小说、网络小说取代传统的文学、小说的概念，将所有的文学研究和小说研究都纳入网络文学和网络小说的研究范畴中，发展到极端就会导致网络文学和网络小说取代所有的文学研究和小说研究。那么，出现在书写文学和印刷文学时代的版本考究、文献研究就会受到直接的冲击。另一方面，网络小说的广义概念在一定程度上，忽略了网络作为一种传播载体，它的出现和盛行所引发的传播内容的变迁，忽视了网络文学和网络小说在内容上的独特性。因此，网络小说的广义概念不仅在研究对象的确定上不够明晰，容易与传统文学和传统小说相混，对于开展网络小说研究也缺乏方法上的指导。网络小说的广义概念在学理和操作上均存在较大缺陷。

　　为了克服广义的网络小说在研究对象上不明晰的缺点，狭义的网络小说将表现内容定义为网络生活。按照这一定义，网恋小说和游戏竞技网络小说成为狭义网络小说的代表。

　　网络小说的折中定义是当前比较适当的归纳。因此，从折中意义上的网络小说这一概念出发，当前的网络小说研究一般关注文体层面的语言特征，诸如众语喧哗与语体亲合——网络小说语言初探、网络文学语言的狂欢化特色、理性与感性——网络文学语言现象研究、论述网络文学的语言运用特点、网络文学语言对传统文学的突破等。[①] 这些具体研究把网络语言的特征扩展到网络小说语言特征的归纳。或者，侧重宏观

[①] 欧阳友权：《网络文学发展史：汉语网络文学调查纪实》，中国广播电视出版社2009年版，第260—274页。

叙述结构分析，从叙述人称、聚焦形式等关注网络小说的叙述情境。从网络小说现有研究成果来看，国内网络小说研究不仅包括上述的语言、结构等方面的技术批判，道德价值判断也是当前网络小说研究中的主要倾向。1998年中国台湾网络小说《第一次亲密接触》在大陆正式出版发行之后，随着而来的网络小说热潮获得了极大的关注。也正是在这一年，《粤海风》第5期发表了《后现代文学的斑马线——从一部网络小说谈起》的评论文章，反思了网络时代的社会本质，并对《第一次亲密接触》冠以"维护现代性理念"的赞誉。《长篇小说选刊》主编马季先生可说是传统文学阵营中最具开放心态的网络文学支持者。他不仅关注网络文学的发展，还亲身到网络世界中体验"遨游"的乐趣，近距离地接触网络文学作者，获得第一手的研究资料。他认为，我们不能撇开"传统文学"去孤立地审视"网络文学"。"传统文学"与"网络文学"是同一个事物在不同环境里的不同表现形态，或者说后者是前者在特殊环境里的自然延伸和发展，它们既有对抗的一面也有融合的一面，它们之间的包容和互补既是必需的也是必然的。[①] 应该说，中国大陆对网络小说的研究一开始就染上了浓重的道德批判色彩，罩上了意识形态的衣衫。

国外对于网络小说的研究已经从单纯的阅读评判转向了创作引导层面，成立于1999年的"电子文学组织"，集合了作家、艺术家、教师、研究者、学者等成员，其宗旨在于促进文学在电子媒介中的写作、出版和阅读。[②] 德国锡根大学文化研究中心"媒介剧变"于2008年11月以"银幕之外：文学结构、接触和类型"为主题举办了国际会议，在会议的讨论中关注到了作者、作品以及读者之间关系的再次变化，探寻关于网络文学的美学问题。可以说，国外网络文学研究的独立地位基本上已经得到确立，其作为社会热点的性质得到了肯定。与此同时，中国网络小说经过了近10年的发展正处于"正名"阶段。由中国作家协会指导的"网络文学10年盘点"自我标榜为：一次汉语文学最权威机构对网

[①] 舒晋瑜、汤俏：《十周年：当没有文学的网络拥抱没有市场的文学》，《中华读书报》2008年。

[②] "Electronic Literature Organization", http://eliterature.org/.

络文学的盘点活动，在这里你可以推荐你喜爱的网络小说，自荐你自己的作品，然后还可以通过投票的方式帮助这些作品或作者进入审读组的眼睛，最终获得互联网文学最高荣誉（成为中国作协会员并保送鲁迅文学院进修）。[①] 对于此次现实传统社会与虚拟网络世界的对接，传统文学观念对新兴媒体文学的妥协的质疑将有助于我们理解网络小说的文学性与商业性、文学传统与革新之间的博弈、"对抗"。就此次活动的开展和对各个参与方的认识来看，此次活动的开展首先就标明了传统文学对于网络文学存在现状的肯定和接受。不过，一次"文学评奖"活动是否就能确定一个历史及阶段的文学批评价值，还有待静观。

（二）第四重主体身份遮掩下的个人私语

网络小说由于媒介转换，由内而外，在文本构建和文本表达方面都区别于传统纸媒文本，体现出电子时代特质的区别性特征。在纸质文本的基础上，多媒体叙事载体的介入改变了文字叙事的平面模式，将虚拟的叙事时空以一种更为复杂的组织方式重构起来，在叙事层次、叙事角度和叙事模式方面形成了以互动和开放为核心的叙事特征。从更深层面上看，上述叙事特征的形成不仅仅是一个简单技术转换所带来的后果，以博客为代表的网络主体意识的萌发实质上改变了网络世界的书写模式，为网络小说的当下叙事提供了范本。

在以往的叙事作品研究中，研究者一般仅仅涉及叙事文本的三重主体身份，即创作书面文本的文字主体、实施叙事行为的叙述主体，以及体现作品意识形态、价值规范的表现主体。美国叙事学家查特曼（Seymour Chatman）用符号学的交际模式来说明叙述文本的交流过程，并以真实作者、叙述者、隐含作者分别来指称叙事文本的三个主体。[②] 除上述三者以外，再加上受述者、隐含读者和真实读者共同构成了叙述文本交流过程的六个要素。除真实作者与真实读者以外，其

[①] 网络文学 10 年盘点，http://pandian.17k.com/hdjs/index.shtml.

[②] Chatman, S., *Story and Discourse: Narrative Structure in Fiction and Film*, Cornell University Press, 1978, p. 151.

余四个要素均在叙事文本的范围之内。经典叙事学的研究局限于叙事文本的范围之内，主要关注叙事文本范围之内涉及的主体，即叙述者、受述者和隐含作者、隐含读者，尤其是其中的叙述者与隐含作者。随着叙事学的发展，封闭而自足的叙事文本分析已经不能满足人们对文学的理解需求。研究对象的扩展、对不同媒介叙事文本的重视，以及关注叙事文本中所存在的多重审美价值意义，都成为推动当代叙事学发展的动力。

网络小说的叙事文本在作者、叙述者和隐含作者方面与书面小说并不存在实质上的差别。作为不同载体的叙事文本，网络小说和书面小说都同样存在着作者、叙述者和隐含作者三重主体身份。因为三重主体身份对应的情境空间，即自然社会、叙述文本和构建出的叙述空间都是相同的。可以设想一部小说，不论是网络小说还是书面小说，都至少有一个作者。此外，在叙述的过程中，都有一个或者多个叙述者在不停地讲述事件。在一个叙事文本上，我们又可以推断并归纳出一个与作者和叙述者都有着千丝万缕联系的隐含作者，并通过隐含作者探究文本所需要传达的思想、信念、规范和感情。因为叙事文本天生的虚拟性，在区分"想说什么"和真正"说了什么"以后，我们可以归纳出体现在文本中的隐含作者。应该说，对作者、叙述者和隐含作者三个概念的区分，与事件、故事和叙事这一组概念一道共同构成了叙事学研究的基础。作为众多叙事文本中的一种，网络小说的叙事学分析也自然不能避免对三个主体的区分。

值得注意的是，当前叙事学研究的某些文本分析往往流于叙事学"公式"的套用和图解式的分析，无益于叙事理论的拓展和实践分析批评的提升。为实现当代叙事学研究范围的扩展，从情境特征出发，关注网络小说所包含的第四重主体身份，可能会成为关注对当下重要的文学现象，即网络小说的价值与审美意义的探寻，也许是理解网络小说独特叙事特征的关键所在。

网络小说具有独特的叙述情境——网络空间。加拿大科幻小说家威廉·吉布森在《神经流浪者》中提出了"电控空间"（cyberspace）的概念，指的是一种能够与人的神经系统相连接的计算机信息系统所产生的虚拟空间。[①] 美国电子边疆基金会的联合创始人约翰·佩里·巴娄提出"电脑化空间",并生动地解释为"当一个人拿起电话交谈时所进入的那个空间"。网络研究者胡泳认为电控空间的出现,使人类的时空概念发生了根本性的改变,非物质的、无固定场所的虚拟空间将替代或部分替代现有的物质实体空间,场所成为飘忽不定的东西。[②] 由此可以归纳如下:电控空间必须具备三种特征,首先是区别于地方空间(space of places)的虚拟性;其次是计算机技术的技术支撑;最后是虚拟空间的构建以主体的流动性行为为其根本,也就是说,在虚拟空间中,个体的交流行为和信息的流动构建出了整个虚拟空间的存在。这正是卡斯特所认为的"流动空间是信息社会的支配性空间形式"[③]。

网络小说作为存在于"电控空间"中的叙事文本,其叙事特征必然与"电控空间"的空间特征紧密相关。在网络"电控空间"内,网络小说产生了自己的网络主体,即具有网民身份、从事网络小说创作的网络写手,其主体活动就是在"电控空间"内,以网络小说为活动圆心,借以进行创作、阅读和批评等交流行为。

作为网络小说第四重主体身份的"网络写手",与网络小说其他三个主体身份之间存在着相互转换和相互影响的关系。而正是这种复杂的关系导致了网络小说叙事文本呈现互动性和开放性的特征。

网络小说的实体创作者在现实社会中是具有社会身份的作者,在网络情境中则是相对独立的网络写手。网络写手在创作网络小说的过程中,首先是一名网民,其次才是网络小说的创作者。在网络行为中,网络写手形成了自己的网络形象,不论是社区灌水还是热点跟帖,抑或是网络小说创作,网络行为是网络写手身份界定的关键所在。从另外一个角度而言,网络写手也是网络行为展开的主体。区别于现实生活中作者的创作动机,理解网络写手作为创作主体在网络行为,也就是相应的网络小说创作中的心态和动机,将对理解网络小说的形成有所裨益。

网络写手创作网络小说行为的初始动机一般是自我表达的需要。最

[①] 胡泳:《众声喧哗:网络时代的个人表达与公共讨论》,广西师范大学出版社2008年版,第72页。

[②] 同上书,第74页。

[③] 同上。

早参与网络小说创作的上海作家陈村畅快淋漓地表达了对网络小说的自发性的赞赏；最精彩的是，曾被新浪网新浪读书频道收录有《图雅的涂鸦》一书，被称作"网上王朔"的网络小说作家图雅，其真实身份如何至今无人得知，其著作出版后亦无人来领取稿费。这才是真正的网络文学的精神——匿名，愉快，不图名利。但随着网络小说近十年的快速发展，网络小说网站的蓬勃兴起和资本市场的注入，天涯变成了书商的掘金场，盛大由游戏而多元，借以创造网络写手"点石成金"的"文学"奇迹。功利性和商业性开始进入网络小说的创作场域中。但网络小说的载体和传播途径并没有发生实质性变化，表达内容也没有大的转向，这样的变化实际上是网络小说网络主体与现实主体——网络写手与作者身份的混同所导致的。表现在网络虚拟与社会现实的博弈上则呈现为网络写手的自由表达冲动与作者的经济价值体现之间的冲突，而这从根本上导致了网络小说自我定位的缺失。

在商业利益的冲击下，坚守自我表达，尊重网络的公共空间性质是网络小说的核心价值所在。为此，不论是商业炒作之下的排行榜，还是默默敲打的"每日更新"，要想成为网络小说中的一分子，至少在形式上要尊重"经典"网络小说的叙事模式。所以网络小说大多选择"第一人称叙述者"作为自我表达的主要方式。《轻舞飞扬》中的痞子蔡是"我"；《成都将我遗忘》中的"我"是陈重；用我们的"口"讲述的《明朝那些事》也多少抓住了历史的浮尘。

就作品的出版发行而言，当下的出版机制进一步提升了网络写手向现实作者转换的效率，提高了转换的成效。一旦网络小说通过一定渠道在现实社会中引起反响并得以出版、发行，那么创作网络小说的网络写手就成为事实上的作家，即使不能实现网络小说在图书市场的实体出版、发行，网络写手也拥有了作家的现实身份。

由此可见，一方面，网络空间中的网络写手与现实社会中的作者可以相互转换角色；另一方面，网络空间凸显的匿名性与符号性使网络小说的主体与客体之间的现实联系越发松散，特别是那些够不上知名作者的网络小说写手，每天数以几十万计的新"字"更足以淹没其挣扎。所以过上几个月、几年，留在网络上的印迹也许就只是一幅幅"百度快照"。正如路金波（李寻欢）所说，如果说再过3年，也许很多人知道

《明朝那些事》，却记不住当年明月，像知道《鬼吹灯》的也比知道天下霸唱的人多。① 网络小说写手肥丁也说："网络写手就像娱乐明星，红起来很快，红着的时候，出版商、网站编辑、读者等都会追捧你。但过气也很快，几乎每个星期都会有一个新的明星写手、新的人气作品出现。即便你是成名的'大神'，如果两三个月没写出新的好作品，读者很快就会忘掉你这个人。"②

网络小说的网络空间主体向现实社会作者的转换，从主体身份来看只是一个空间对接的问题，而就文学的传统和规范而言，要实现这样的转变还有很长的路要走。由网络小说文学价值所决定的文学生命力以及文学传统对当下网络小说勃兴现状的调适都起到了关键作用。

作为网络小说第四重主体身份的网络写手在创作网络小说时，往往会考虑到现实社会对网络小说出版的接受度，以借此实现网络世界向现实社会的转换，将虚拟世界的文字符号转换为现实的利益收入。而网络世界的虚拟性和资源免费特征与这一功利目的的冲突又导致了网络维权的盛行。盛大文学打造"全球最大的华语原创文学的版权中心"的实践让盛大文学尝到了甜头，其旗下的起点中文网目前注册用户超过2000万，日页面点击量接近2.2亿。现在，已经累计出版2000余万册简体图书，每年向港台等地区输出100余部作品。③

2007年腾讯网第二届"作家杯"原创大赛获奖网络小说《后宫——甄嬛传》的事件则是版权归属与网络信息免费之间对决的案例代表。《后宫——甄嬛传》的写手在创作初期得到了网民的追捧，赢得了一月500万次的点击率，但因为遵循与出版社的协议，停止了在其博客上更新作品。"免费午餐"收费化在改变网友消费习惯的同时，也最终导致了"不买书联盟"的形成，抵制购买的呼声日渐高涨，大有"水能载舟亦能覆舟"之势。

姑且不言网络小说现实转换的前景如何，在现实情况下，"名利双收"确实是网络写手自觉向作家转换的最大动力。起点中文网点击率中

---

① http://www.thefirst.cn/1235/2008－10－31/286539.htm。
② 翟丙军：《"网络大神"：把写作变成工业》，《半岛晨报》2008－12－28。
③ http://www.sd-wx.cn/pandect.htm。

获益的网络写手数以万计。网络上的写手、现实中的作家，匿名与镁光灯，两相对比，更显反差巨大。网络写手的"趋光性"自然成就了网络小说出版的潮流。但这样的形象反差不仅存在于公众认知和媒体曝光中，而且其影响也从现实生活蔓延到了网络世界。似乎走下网络成就的就是"神"，一个依靠网络成就的"成名、敛财"的神话在鼓舞着众多的网络写手。似乎经过了默默无闻的奋斗，网络写手人人均可手握耀眼的名片。[①]

作为网络空间内网络小说主体的网络写手与现实社会中网络小说作者之间的关系仅仅是网络小说四重主体关系其中的一对。叙述者、隐含作者与网络写手之间的关系更为复杂，加之网络写手在网络小说创作行为之外的一些网络行为的纠葛，主体关系之间的交错、影响更为隐秘。所以，以网络交流为核心，梳理其间存在的隐秘关系，成为继主体身份转换之后，对网络小说不同主体身份关系理解的核心。

传统叙事学研究在叙述交流上主要区分为两大层次：现实社会中真实作者与真实读者的交流处于叙事文本交流层面范围之外。叙述者与受述者、人物与人物之间的交流则处于叙事文本交流层面之内。对于网络小说而言，网络写手与网民的交流则插入到两个层面之间，类似于现实社会中作家与读者的交流。但由于所处空间的不同，也具有自己独特的交流特征。首先，这种交流在方式上，采用微信、QQ、邮件、回复跟帖等为主的网络交流手段，与传统读者和作者面对面访谈、信件往来、通信形成区别。这种交流往往更为广泛，更加及时，更具针对性。

从效果而言，网络空间的交流显然更为有利。利用便捷网络、崇尚网络匿名，实现思想自由的交流方式就成为网络小说写手与网民交流的第二个特征。网络交流特别是在鼓励网络写手坚持写作、参与网络小说创作中发挥了传统交流不能达到的作用。《第一次亲密接触》的作者蔡智恒就曾表示自己在写作过程中一直都有放弃的念头，在网友们发信交流的支持下才坚持了下来，他表示自己写作此文最大的收获是，看到简体中文信件或是海外华人寄来的英文信件时，总令他莫名感动。创作《拜火传说》的网络写手秦石，现实中是武科大化工学院大三学生，他有着自己的学生生

[①] 张贺：《网络文学不是"提款机"》，《人民日报》2007－06－19。

活。而在网络小说创作中，每次秦石创作出一个章节之后，马上就会有读者跟帖，催促其加快更新。这直接推动了《拜火传说》长篇网络小说的成书。① 网络小说《俺见识过的极品女人》的作者网络写手月黑砖飞高也表示自己写作网络文学一开始也很随意，自己之前也经常去天涯，看到别人写的一些故事，就也想写一些，写出来后一些热心的网友也经常给自己打气，于是慢慢就把这个作品弄出来了。②

　　网络交流是网络小说成形的一个关键。月黑砖飞高提到网友对其创作提供素材和信息。例如网友会告知发生在他们身边一些有趣的经历，询问能不能用到故事中。有些网友还会与之讨论故事情节的发展。③ 也就是说，网友和写手之间的交流在一定程度上影响甚至决定了网络小说的内容。

　　另一种直观的网络交流形式就是"点击率"。网络小说的盈利方式主要是不同的网站给予写手不同的报酬标准。网友按照阅读量付费，网站与写手按比例分成。此外，为了刺激创作，约定量以外的创作，或是点击率达到一定的标准，写手也能得到一定的奖励。为了维持一定的点击率和网络写作的网络关注度，"井喷"创作成为网络写手的创作常态。于是，在思考尚未成熟的情况下，创作出有头无尾的"太监小说"也就不可避免。起点中文网驻站作家的基本要求，是一口气喷80万字作品出来。写手们可以选择同时开写四五本书，哪怕最后有四本变成了"太监小说"，但只要有一本能赢得足够的读者，那么距离成功也并不遥远。这既可以说是网络给予了网络小说充分的创作空间，也可以说是纵容网络小说泛滥的弊端之根。高关注度、高点击率和高回报，优秀的网络小说得以在网络世界得到快速传播，网络写手得到经济回报，网络传播优势尽显于此。网络写手"桃子卖没了"就坦白自己基本收入保持在每月2.5万到3万元之间。④

　　便利的网络交流所指向的不一定都是好的结果。与个人因素导致的创作失败不同，网络小说的网络主体与书面主体从本质上都属于叙事文

---

① 赵飞：《变身网络写手的工科生》，《楚天金报》2008－12－24。
② http://blog.sina.com.cn/zhuange.
③ Ibid.
④ 胡晓：《入月3万收入高在线阅读催生高薪写手》，《华西都市报》2008－12－15。

本层面之外的主体。但主体身份自然对主体行为及其行为结果产生影响。最为直接的是作为网络小说叙述主体的叙述者往往被视作是网络小说网络主体的代言人。都市情感、青春言情是网络小说比较典型的两种小说类型。在这两类小说中，网络小说写手在现实社会中的个人经历往往成为作品中的叙述内容。《第一次亲密接触》的痞子蔡就常常被网友问及"轻舞飞扬"的存在，《缘分的天空》的宁财神也似乎就是宁大骗子的伪装。《八月未央》中那双白色丝带的麻编凉鞋也似乎套在了写手安妮宝贝的脚上。"我"历数《明朝那些事》，倾听历史风云变幻、捕捉人性丝丝细腻。写手当年明月以"我们"开篇，拉近距离，以共同的视角审视历史。透过正德皇帝在边境的辉煌战绩，在江南的荒诞举止，当年明月看到了一个想逃不能逃，渴望自由而不得的"不自由人"。

"我"叙述着个人体验的细腻、现代都市的孤独。网络上的匿名与现代疏离一同成就了网络小说的自我叙述。抛弃了传统的道德批判，网络小说的笔触柔软地触摸到了从现实延伸至网络的迷茫。下面的图表分别描述了 6 部网络小说中叙述者的类型及其与叙事层次、人物、隐含作者等之间的关系，从中大致可以看出网络小说所具有的一般状况与特征。

六部经典网络小说叙述者类型及其与其他相关叙述要素对比图

网络小说	主要叙述者	叙述者与叙事层次的关系		叙述者与人物的关系		被感知的程度		叙述者与隐含作者的关系	
		故事外叙述者	故事内叙述者	非人物叙述者	人物叙述者	外显的叙述者	内隐的叙述者	可靠的叙述者	不可靠的叙述者
《第一次亲密接触》	痞子蔡（我）		√	√	√		√	
《缘分的天空》	宁（我）		√		√	√		√	
《八月未央》	未央（我）		√		√	√			√
《成都今夜将我遗忘》	陈重（我）		√		√	√			√
《鬼吹灯》	胡八一（我）		√		√		√	√	
《明朝那些事》	我们	√	√		√		√	√	

我们可以找到未央与宁在《八月未央》与《缘分的天空》中说出的每一个字，但是隐含作者却一直是隐藏在文本之中人物之后。即使隐含作者对未央和宁的观点、行为、情感表示存疑，我们至多也只能看到一个皱起的眉头。可靠还是不可靠，我们在揣度。因此，在评判隐含作者所持有的意识形态之前，我们首先要接受一个网络小说虚拟的、自我的情感世界。网络小说隐含作者在个人化叙事和人物聚焦者的掩盖下变得如此模糊。现实的道德水准就在这样的侵蚀下一步步后撤。这也就是网络写手在与其他三个主体身份进行身份转换时不能不面对"真实"与"虚拟"的尴尬困境。

在网络空间中拥有独特的主体身份的网络小说在自我的网络行为中展开与现实社会作者的身份转换，获得现实生活中的价值体现，同时在网络小说文本交流和网络交流行为中构建起了网络小说独特的叙事视角，成为当下网络生活及其与现实社会碰撞的个人书写与真实记录。

（三）《八月未央》内聚焦特征分析

安妮宝贝作为中国大陆网络小说创作的最早试水者，其作品内容、语言风格引领了一大批网络小说。特别是基于语言特征所确立的文本叙事特征成为后来众多网络小说追随的典范之一。安妮宝贝的《八月未央》带着女性独特的敏感与细腻，运用当时可谓新颖的网络创作方式，以"真实与虚假的两种面相"[①]，描述了当代的现代都市爱情。在其第一部作品《告别薇安》中，安妮宝贝创作的早熟显而易见。《八月未央》继续了前一作品的风格，技巧更显成熟。从技术意义层面考虑，这部以正规出版途径出版的图书，已经不再是传统意义上的网络小说，但从语言风格、叙事特征而言，仍然带有网络环境的特征，也只有在网络环境中，这部小说的独特风格才得以形成。

作品的网络生存环境特征主要体现在公共空间与私人空间的相辅相成。一方面，网络的开放性，使网络空间成为一个新型的公共空间，众声喧哗充斥其中，每个人的声音都有了巨大的容纳空间。另一方面，现

[①] 沈琪芳：《安妮宝贝小说中的虚假与真实》，《名作欣赏旬刊》2009 年第 A02 期。

实身份隐匿在网络中，淹没在数以亿计的网民大潮中，本身已经缺失了识别与区分的必要性。公共空间的交流性和个人空间的隐匿性，也就此形成了特殊的网络话语和独特的叙述特征。

文本的叙事特征体现在叙述结构、叙述话语两个层面，不同的媒介载体影响着两个层面特征的显现方式。安妮宝贝的《八月未央》对话体叙述模式与自白式剖析相辅相成构成了整个文本独特的内聚焦，并在叙述交流层面、叙述角度选择和人物结构模式建构三个方面凸显出网络空间特征。

1. 渴望被理解的自白者

《八月未央》的叙述秉承了安妮宝贝一贯以来阴郁的笔调。爱情的游离不定、宿命的纠葛牵绊不休。内聚焦中，聚焦主体的感知、人物叙述者的叙述内容和主人公的言行高度一致。

> 我叫未央。我一直在南方城市长大，17岁以前，在南方沿海；17岁以后，来到上海。①

网络空间对个体现实身份的隐匿使得个人感知可以无须过多叙述代言人的遮掩而直接呈现。所以网络空间内的叙述最为常见的就是第一人称自述方式出现的内聚焦模式。但是在《八月未央》中，自白与场景的相伴相生贯穿全文正凸显了网络空间内的书写是以感知存在作为基础的场景构建。《八月未央》几乎文中每一段自白都伴随着一个场景的描绘。

> （上海）是一个阳光充沛，人潮涌动的城市，空气常年污浊，高楼之间寂静的天空却有清澈的颜色。一到晚上，外滩就散发出颓靡的气味，物质的颓靡的气味。时光和破碎的梦想，被埋葬在一起不停地发酵，无法停止。②

一段"我"的自白，一个场景中"我"的存在。"我"在17岁后来

---

① 安妮宝贝：《八月未央：十年纪念版》，作家出版社2009年版，第3页。
② 同上。

到了上海。25岁有梦去北方，却想着台风和在天桥上寂寞地仰望飘过天空的白云。"我"与乔相识在夜校的英语课上，看手相。放学后，认识了乔的男友，朝颜……然而，自白与场景的相伴相生却并非是为了完全隐匿自我，就好像是网络空间个体身份的隐匿性与公共空间的开放性令人惊异的结合一般。若是无公共空间众声喧哗所带来的包容性，个人内在世界的隐匿也就无从谈起。开放空间内，现实社会身份可以隐匿。隐匿中，个体内在世界得以开放。

一段人生被切割成了若干的片段，像一个个分镜头，组装你我聚散，人生悲欢。片段与片段间，自由实现交流转换，镜头流畅而切换自然，把"我"一个人的自白还原为不同人物之间的纠葛与错综复杂的感情。

> 第一部分我叫未央……
> 第二部分乔是一个女子……
> 第三部分那个夜晚我第一次看见朝颜……
> 第四部分母亲有很多双高跟鞋……

《八月未央》在第一节到第四节中，人物陆续出场，除了第一节"我的自白"之外，乔、朝颜和母亲三个人物都是在与我的对话中，为受述者所认识。我们知道，在人物相互之间的交流中，受述者作为叙述者的交流对象，构成为一个重要的、不可或缺的要素。"受述者与叙述者一样是叙述情境的组成部分，二者必然处于同一个故事层"[①]，并且与叙述者一样，受述者也可以作为人物出现。人物与受述者的相识，是叙述者刻意安排的结果。而在叙事文本层次的交流中，人物之间的交流是一个重要的层面。作为"纸上的生命"[②]，人物在文本层次是充满活力的。曼弗雷德·雅恩（Manfred Jahn）从叙事文本的交流过程出发，认为叙事文本的交流至少涉及三个层次，每个层次的交流都关系到其自

---

① ［法］热奈特：《叙事话语 新叙事话语》，王文融译，中国社会科学出版社1990年版，第184页。

② ［法］罗兰·巴特：《叙事作品结构分析导论》，张寅德译，张寅德主编《叙述学研究》，中国社会科学出版社1989年版，第29页。

身的信息发送者与信息接受者（或者"发送者"与"接受者"）的结构。第一个层次为非虚构（或"真实"）交流层（level of nonfictional communication），作者与读者处于这一层次。由于在作者与读者之间不存在文本范围之内的交流，因而，这一交流层次被称为"超文本"（extratextual）层。第二个层次为虚构调整层（level of fictional mediation）或"叙事话语"层，在这一层次上，虚构的叙述者向指明或未指明的受述者讲述故事。第三个层次则为行动层（level of mediotion），故事中的主要人物在这一层次上进行交流。第二与第三这两个层次合称为内文本（"intratextual"）层，因为这些交流均发生在文本这一层次范围之内。[1]

属于内文本层的第二、三两个交流层次借由叙述者的讲述，表现出人物与人物之间的交流。这种交流有两种不同的情况：一种是叙述者外在于故事，纯然以故事讲述人的身份，将其所讲述的故事呈现出来；另一种则是叙述者同时具有故事讲述者与故事参与者的双重身份，以故事中人物的身份来讲述故事。同时，作为作品中一个不可或缺的人物，以符合其特定人物的身份，实现与其他人物之间的相互交流。[2] 人物之间的交流与叙述者，尤其是作为人物的叙述者构成了一种有机的关系。透过隐含作者，它又实现了与作者的双重交流。而在跃出叙事文本的层次上，它也实现了与读者的双向交流。下面是叙事文本中，叙述者与人物之间的部分交流情况：

第二部分

（乔：）你的手心上没有任何多余的纹路。乔说，你是个可怕的人。

（我：）为什么？

（乔：）因为上面写着一些夭折和意外。

（我：）很可怕吗？

---

[1] Jahn, M., "Narratology: A Guide to the Theory of Narrative", http://www.uni-koeln.de/~ame02/ppp.htm, 2005-05-28.

[2] 谭君强：《叙事学导论：从经典叙事学到后经典叙事学》，高等教育出版社2008年版，第36—42页。

（乔：）也许。她的脸上有震慑。①

第三部分

（朝颜：）我一直在想我是否真的能够给她带来幸福。

（我：）很多事情不需要预测。预测会带来犹豫。因为心里会有恐惧。

（朝颜：）你看起来好像从来不会有恐惧。他在昏暗的光线下看我。

（我：）那是因为我知道有些事情在劫难逃。

（朝颜：）在劫难逃？

（我）是。打个比方，比如你遇到乔，乔遇到我，然后我又遇到你。②

自白者与人的交流有着自己独特的方式。《八月未央》中人物与人物之间的交流是以"我"为中心的单向度延展。"我"与乔的对话，简单、直接却有着宿命的铁断。这是一个局部性追述，与"我"的自白时空相区别，却在那不能回复的过去中如明灯一盏，照着当时的来路，现在的过往。夭折、意外，是"我"的宿命，是"我"和乔关系的宿命，也是"我"爱情的宿命。相识一见却已如同心口的那颗朱砂痣，每每回忆后心痛，却已然明了这是暗示随之而来的相聚离别。对话犹如自白，没有称谓，没有解说，像是"我"的自问自答，也描绘了"我"与"乔"默然无语却已心意相通。"我"知道"生命中会邂逅一段一段的10分钟，随时都会有遭受意外之前的预感。所以我相信，每一个有直觉的人，都放不掉他的惶恐"。惶恐不已，只由得心智随性。

《八月未央》的叙述者用"口"述我"心"，从头至尾，"我"一个人的讲述，却躲闪不了作为受述者的"对话者"的逼视。内聚焦主体受迫感知也在不断地影响着我们对整个文本的认知。在叙述者"我"往往

---

① 安妮宝贝：《八月未央：十年纪念版》，作家出版社 2009 年版，第 4—5 页。
② 同上书，第 6 页。

喜好用一些语言的技巧来回避这种逼视的同时，我们赋予这种回避以更大的认同。个人的私语在开放叙述空间中获得了合理存在的遮掩。

> 小时候我是个沉默的孩子。一个沉默无语的孩子会带来恐惧。如果她在该笑的时候没有快乐，该哭泣的时候没有眼泪，该相信的时候没有诺言。她有残疾的嫌疑。①

用具有可能性暗示的假设连词"如果"来描述真实的状况，却没有用"就"之类的词语来进行之后的衔接。叙述者"我"明显地感知着作为人物的"受述者"，或者是"对话者"的存在压力。"我"需要坦白自己来获得救赎，正如作品最后，"我"在临产前尝试向朝颜坦诚一切的努力一样，"我"渴望被原谅和害怕寂寞。"当一个女子在看天空的时候，她并不想寻找什么。她只是寂寞。"② 不想寻找什么就像是问一个不想知道答案的问题一般。只想把问题说出口，就像是只想表达寂寞一样。《八月未央》最后的结尾，未央自问："可是，朝颜，离你回来的两年还有多长时间。"③ 习惯了自白的未央并没有给作为人物的受述者留有回答的余地。可听到这句话的所有人都明白，所谓的两年也许就是一辈子。

"我"是一个渴望被理解的自白者。小时候，"我渴望她（母亲）的皮肤靠近我"④。上夜校，遇到乔后，"我喜欢她（乔）的头发轻轻拂在我的脸上"⑤。这些行为对于"我"而言，是抚平寂寞的良方。这种渴望"把我的心脏顶得破碎。我独自在黑暗中握着满手心的花瓣，用力把它揉干揉碎，满手汁液……"⑥

"我"以为读书、恋爱、工作、看大海能够让"我"获得平静。17岁，长大后的我把眼泪隐藏。

---

① 安妮宝贝：《八月未央：十年纪念版》，作家出版社2009年版，第5页。
② 同上书，第4、18页。
③ 同上书，第19页。
④ 同上书，第7页。
⑤ 同上书，第4页。
⑥ 同上书，第10页。

> 他（朝颜）深深叹息，然后他说，我知道你的孤独。①
>
> 朝颜说。你是一个破碎的女子，未央。你所有没有来得及付出的感情，会把你自己和别人淹没。因为太汹涌。②
>
> 她（乔）把我的脸压在她的肩头上，她说，不要恐惧，不要害怕，亲爱的，我在这里……③

而当面对"我"真正可以爱的对象时，"我"却怯懦了。"我"习惯了寂寞，或者是被无尽的寂寞恐吓得不知道如何去接受不寂寞了。

"我"又恢复了独自生活，对此，"我"自白道：

> 对生活我是无所畏惧的人，因为不知道有什么东西可以害怕失去，或者有什么东西极力欲得到。如果曾经有过的，我想是爱，但现在我感觉到安全。④

"我"是《八月未央》中渴望被理解的自白者，在"我"叙述的世界中，"我"不断地躲避被受述者逼视和审问的责难，同时，又不断地试探性的坦白内心，在交流与自白中，挣扎，最后服从于所谓的宿命。

2. 偶然一现的窥视者

交流与自白交替进行的叙述背后躲着一个偷窥者。这个偷窥者用"我"的口讲出"我"经历的故事。与此同时，这个偷窥者始终在凝视着其所讲述与经历的一切，凝视着、思索着与其形成交流关系的对象，并通过"我"之口将其表达出来。在这里，如同在雅克·拉康所谈到的婴儿的镜像阶段一样，"我"突然被抛入某种原始的形式，之后，又在对他者的认同的辩证法中被对象化，而后又通过语言而得以复活，使其

---

① 安妮宝贝：《八月未央：十年纪念版》，作家出版社 2009 年版，第 9 页。
② 同上书，第 12 页。
③ 同上书，第 11 页。
④ 同上书，第 16 页。

作为主体在世间发挥功能。① 这个偶然一现的窥视者比起不停言说的叙述者而言，更接近聚焦主体，她以眼，观察叙述者不可言、不便言、不可尽言之事。偷窥者透过其双眼来看待所有的一切，而这里的眼睛，如雅克·拉康所说："那眼睛仅仅是某个东西的隐喻。我更愿意将这东西称为看者的'瞄准'——它是某个先于他的眼睛的东西。我们不得不圈定的东西——借助于他指示给我们的道路——就是凝视的前存在：我只能从某一点去看，但在我的存在中，我被来自四面八方的目光所打量。"② 这里，"我"所讲述出来的故事，集中在透过聚焦主体偷窥者所表现出来的眼光中，也可以说就是通过偷窥者所体现的"来自四面八方的目光"所凝视，同时就在这样的凝视之下透过"我"的口讲述出来：

> 我喜欢花朵，喜欢把它们的花瓣一片片撕扯下来，留下指甲的掐痕，或把它们揉成汁水。我不明白它们为什么会没有血液。
> 母亲常常在一边独自抽烟，神情淡漠地看着我。③

在"我"与母亲的故事中，这个偷窥者看到了"我"的沉默，对花朵的喜欢，母亲的冷漠。不解花朵不流血的天真童心有着成年人的敏感，"神情淡漠"已然是成年人的心。读者心碎于早熟、脆弱的"我"。却不知偷窥者已经在分裂与纠葛中表明了她的存在。这时的偷窥者，高悬于母亲和"我"的空间之上，像黑天使淡漠地凝望着发生的一切，不予同情。但是，这只能说明这一偷窥者是以一个独特的主体方式存在着。"主体就是我在世界之中的在场模式……哲学沉思的过程把主体推向了变革历史的行动，并且围绕这一点，通过能动的自我意识在历史中的变形来规范这一自我意识的构型范式。"④ 显然，这一偷窥者是有着明确的"自我意识"的，只不过这种明确的自我意识不仅不轻易地表现

---

① ［法］雅克·拉康：《镜像阶段：精神分析经验中揭示的"我"的功能构型》，吴琼译，吴琼主编《视觉文化的奇观》，中国人民大学出版社 2005 年版，第 2—3 页。
② 同上书，第 15—16 页。
③ 安妮宝贝：《八月未央：十年纪念版》，作家出版社 2009 年版，第 5 页。
④ ［法］雅克·拉康：《镜像阶段：精神分析经验中揭示的"我"的功能构型》，吴琼译，吴琼主编《视觉文化的奇观》，中国人民大学出版社 2005 年版，第 24 页。

出来，反而有意与作为人物叙述者的"我"之间保持着某种距离，凝视而不干预。这无疑加强了人物的层次感与复杂程度，将生活在快节奏的都市中的各色人物的生活作了更有力度的展现，也将生活与爱情的宿命表现得更加委婉曲折。

通过偷窥者，聚焦主体与叙述主体进一步相分离。讲述故事的"我"是如此的挣扎，在自白与交流中痛苦不堪，在造恶与自我救赎间徘徊。以至于当作为聚焦主体的偷窥者偶然露出真面目的时候，读者会以为这样的冷漠视角是由于"我"的挣扎所导致的。面对如此痛苦的灵魂，嘶叫与怒吼都不及默然的直白陈述让人震撼。所以，在偷窥者的"看"与"我"的"说"之间，或者说在偷窥者的"凝视"与"我"的"叙述"之间，读者往往会丧失一种判断力。偶然一现的窥视者，以其对对象的凝视而形成的"自我意识"，反而让人觉察到了"我"对整个事件的掌控力是如此之强，而叙述的张力也进一步展现出来。

3. 永恒的人物结构

格雷马斯在《结构语义学》中将不同的行动元进行配置，结合到一个人物（行动元）结构模式中。换句话说，行动元与不同的人物、事件相结合，构成其内在的结构关系。在人物与事件的配置中产生既相互矛盾对立又统一为一体的结构关系。[①] 人物之间的动态关系存在于在不同事件中对应的结构模式中。在格雷马斯的模式中，行动元被归纳为六种，即主体与客体，发送者与帮助者，接受者与反对者，这六个行动元围绕着客体，即主体欲望的对象而组织起来，正如在下面的图示中客体处于发送者和接受者的中间，主体的欲望则投射成帮助者和反对者一样[②]：

$$
\begin{array}{c}
\text{发送者} \rightarrow \boxed{\text{客体}} \rightarrow \text{接受者} \\
\uparrow \\
\text{帮助者} \rightarrow \boxed{\text{主体}} \leftarrow \text{反对者}
\end{array}
$$

---

① ［法］格雷马斯：《结构语义学》，吴泓缈译，生活·读书·新知三联书店 1999 年版，第 257—266 页。

② 同上书，第 256—257 页。

格雷马斯一方面认为这一形式显得十分简单，仅对神话表征的分析而言具有操作价值；另一方面又认为行动元模式的野心很大，要解释所有的虚构表征。实际上，我们完全可以将它视为在涉及叙事作品的一个大范围内具有启发意义和操作价值的模式来看待。[①] 因而，参照行动元模式，可以看到《八月未央》中的人物关系表现出某种宿命论的色彩，在逃离与追寻、作恶与救赎中挣扎、徘徊。

人物结构	第一组	第二组	第三组	第四组
主体	朝颜	未央	乔	母亲
客体	未央	乔	朝颜	未央之父
发送者	爱情	爱情	爱情	爱情
接收者	未央	乔	朝颜	未央之父
反对者	未央、乔	乔、朝颜	未央	未央之父
帮助者	朝颜	未央之女	无	未央

在第一组至第三组关系中，看似一个简单三角恋关系的分解。正如萨特在《禁闭》中描述的相互追逐那样，追逐的目标不是重点，核心是相互追逐本身。追逐，是人物相互之间发生关系的关键。

在第一组人物结构和第三组人物结构发生冲突的时候，叙述者"我"用与基本行文习惯相背离的方法，用标明说话者的方法，指出朝颜在两组人物结构中的同期存在。

  朝颜说，我和她 10 年。
  我说，我知道。[②]

第一组和第二组人物结构是对第四组人物结构的重复。第三组人物结构是对第四组人物结构的重复，在这里，重复是命运的重复、爱情的

[①] 谭君强：《叙事学导论：从经典叙事学到后经典叙事学》，高等教育出版社 2008 年版，第 161—162 页。
[②] 安妮宝贝：《八月未央：十年纪念版》，作家出版社 2009 年版，第 6 页。

重复，归结到最后是宿命。

（我：）因为你像我的母亲。
（乔：）我知道她已经死了。
（我：）是的，她死了。她是因为孤独而死的。所以我要你和我在一起。我要带你走。你和她一模一样。我爱她，乔，你明白吗？她是我惟一的朋友，惟一的亲人。①

在"我"看来，乔与"我"的母亲一样，是对一个不可能得到男人的爱情让她们从孤独走向死亡。在四组人物结构中，帮助者的角色都是可有可无的，他们在这件事情上无能为力，注定了所有的追逐都将落空。未央在母亲对父亲的追逐中，也是一个沉默者，她的存在是无意义的。正如未央之母所说的那样：

我想抓住一些东西，她笑，所以我抓住你，但后来才发现我的后悔。因为对不爱我们的人，不能付出。一旦付出，就罪孽深重。②

未央之女也是未央追逐乔的一个筹码，未央把她视作自己和乔共同的孩子，是实现与乔共同生活的一个连接点。但在孩子未出世，甚至是不为乔所得知之时，乔就已经离开了未央。孩子的存在需要寻求另外一个意义。因此，文本结尾暗含着第五组人物结构。

第五组人物结构：
主体——未央
客体——朝颜
发送者——爱情
接收者——朝颜
反对者——未央同居女友、朝颜
帮助者——未央之女

---

① 安妮宝贝：《八月未央：十年纪念版》，作家出版社2009年版，第13—14页。
② 同上书，第8页。

第五组人物结构是对第一组人物结构的逆向构架。追逐者与被追逐者的角色对调，是戏剧性的，同时，也是宿命性的，又是对第四组人物结构的重复。未央及其女儿都是这场追逐中的无力者。从故事时间来看，第四组人物结构早于第一组、第二组和第三组人物结构关系的确立。第五组人物结构关系的确立是故事的结尾。因此，通过各个时间还原，得出的故事时间安排证明了未央最终还是落入了与母亲并无二致的命运中。

《八月未央》的语言张力在于对外与自白的纠缠中，自我剖析与外向交流之间的冲突构成了《八月未央》的叙述主题；偶然一见的窥视者躲在第一人称人物叙述者"我"的背后，看着发生的一切；未央、乔、朝颜、母亲、父亲、未央之女相互交错构成了五组人物结构，宿命交织，走向最后的重复。安妮宝贝运用第一人称叙述者掌控整个故事的进展，用复杂的人物架构表现宿命主题及其爱情观。《八月未央》的叙述者与其他的叙事文本一样，都是透过隐含作者，实现了与作者的双重交流。而在跃出叙事文本的层次上，它也实现了与读者的双向交流。不同的是，《八月未央》的叙述者通过与聚焦层面作为聚焦主体的偷窥者的感知重叠，增强了叙述者的叙述掌控力。通过凸显更多的个人色彩，杂糅个人经历，作者透过叙述者出入文本间，说着、哭着、讲述着，成就了中国网络都市爱情经典之作——《八月未央》。

二 网络游戏"零聚焦"的集体强势

作为网络超文本主要类型的电脑游戏，体现着互动性、游戏性等网络时代新的文本特征。与书面文本和影视文本不同的是，电脑游戏本身的叙事性更像是口头叙述时期的叙事文本，具有即时性、直接性等特征。当一个电脑游戏产生以后，它的叙事文本需要在每一次的游戏过程中确立，游戏所花费的时间，在游戏中的交流，根据游戏规则完成的任务等都有着稍许的差异。但是不论如何，电脑游戏以行动为终极目标的游戏模式，成为确立其自身叙事性的关键。

热奈特在《叙事话语》中认为，既然一切叙述，哪怕像小说《追忆似水年华》这样复杂的鸿篇巨制,都是承担叙述一个或多个事件的原因的生产,那么把它视为动词形式(语言意义上的动词)的铺展(原意铺展多大都可以),即一个动词的扩张,或许是合情合理的。① 行动是所有电脑游戏的核心,围绕着行动,人物选择,场景设置,游戏玩家通过文字语言、视频所展示的行为,在参与设定的游戏场景中,完成子目标。换言之,以语言媒介为载体的叙事文本强调通过动词的存在与扩张变现出叙事性,而这正类似于电脑游戏网络超文本,以其不可重复的电脑游戏叙事文本对重复性行为模式的高度依赖。

重复的行动为核心的电脑游戏叙事特征具有与其他叙事文本不同的研究价值。简·诺艾勒·托恩认为电脑游戏不同于文学叙事,也不同于电影叙事。在他看来,尽管视角的叙事学研究成果无疑是令人振奋的,但由文学文本或者是故事片类型性质发展而来的大多数模型并不能保证在大多数核心特征毫无缺失的情况下,直接适用于电脑游戏。② 对此,传统聚焦研究知觉、意识形态、空间、时间和语言这五个要素在电脑游戏聚焦分析中就会根据载体特征而发生增减。而传统的零聚焦、内聚焦、外聚焦的聚焦类型三分法也受到了挑战。电脑游戏中变化的聚焦特征实质上隐藏了聚焦在新媒介时代的转向,展现出规则制约之下个体聚焦的有限性。

(一) 个体感知掩盖下的行动感知

从书面叙事文本到影视叙事文本的发展,实际上也是单一媒介载体向多个媒介载体发展的过程。从影视叙事文本到网络超文本的发展更凸显了媒介载体在发展过程中对叙事文本特征产生的影响。德国叙事学家沃尔夫·施密德所归结的 5 个书面文本的聚焦要素,在对影视叙事文本的聚焦分析中,在其中的语言要素中分离出听觉和视觉两个要素构成。

---

① [法] 热奈特:《叙事话语 新叙事话语》,王文融译,中国社会科学出版社 1990 年版,第 10 页。

② Thon, J., "Perspective in Contemporary Computer Games", in *Point of View*, *Perspective and Focalization*: *Modeling Mediation in Narration*, Berlin, Walter de Gruyter & Co, 2009, p. 279.

其他的四个方面作为聚焦的具体层面还继续在叙事文本中发挥着作用。但是，在电脑游戏叙事文本的聚焦分析中，原有的书面文本聚焦五要素和电影文本知觉区分的分析方法需要更大范围的调整。

根据电脑游戏文本自身的载体特征，电脑游戏文本与书面文本、影视文本不同，作为研究对象的文本本身并非固定不变的。电脑游戏文本存在于电脑游戏的进行过程中，电脑游戏的参与过程就是电脑游戏文本的诞生和结束的过程。因此，电脑游戏文本不能以瞬时性动作作为文本确定的标准。由此生发出来的各种行动主体等都是一次性的。而根据行动的可能因素综合得出的只能是游戏玩家的化身。游戏主体必须经由具体的游戏过程才能真正存活于网络虚拟的游戏世界中。

除了行动主体的虚拟、不确定和综合之外，叙事文本构成核心要素行为的特殊性质也与行为主体密不可分。网络游戏中的行动也与书面文本与影视文本中不同。在叙事可能之逻辑中，一个行为都有两种选择的可能，是或者否。如果一个行为对应一个叙事文本片段。那么一个行为选择的否定回答就标志着对应叙事文本片段的终结。比如某故事中推门而入的场景，推门则表示接下去的行动将在室内展开，推门而入之后还有后续行为，反之将在对其他行动作为肯定选择之后继续故事的展开。否定选择也就意味着对该叙事文本片段而言，该行为本身不具有更多的叙事价值。因为它不能承担叙事文本的内容延续。而网络游戏文本行为的否定选择对于叙事文本本身而言并非毫无意义。它的价值和意义就在于对于自身的否定和提供其他选择可能性的判定上。在一个网络游戏回合中，游戏玩家往往需要失败的行动积累成功的经验。例如在射击游戏中，游戏玩家必须保持一定频率的射击速度和准度才能获得下一个行动的参与资格。俗称"通关"的游戏行为片段正是建立在无数的否定行为和某次肯定行为的完成基础上。否定行为除了有量的积累意义之后，在质的方面则表现为选择。路径选择或者是场景选择等，不同的选择所带来的游戏难度不一样，行为的结果有可能就是直接的失败，或者是无数次的失败积累的成功经验。否定行为的实验性质最终指向的是肯定行为对于整个网络游戏文本的延续价值和功能意义。

行为主体和行为本身的特殊性最终导致的是抽象主体视角的个体因素的丧失。沃尔夫·施密德的五个聚焦要素中，空间、意识形态、时间、语言和感知都与叙述场景中人物的视角直接联系起来。在以车祸的法庭目击证词阐述的例子中。空间视角取决于法庭目击证人在车祸当时的空间位置；持不同价值体系立场（evaluative positions）的目击者会对事故有不同的阐述。专业背景、知识等对事故认知的角度也不同；随着时间的变化，一些细节的理解也会发生变化。语言表述对于事件的信息传达产生不一样的作用。[1] 而简·诺艾勒·托恩就认为基于语言文字的书面文本本身包括的五个要素在电脑游戏的叙事文本中应该被压缩成三个方面，分别是空间、行动和意识形态。[2] 简·诺艾勒·托恩电脑游戏叙事文本聚焦分析的三个要素与施密德书面叙事文本聚焦分析的五个要素在空间、意识形态之间存在着重叠。电脑游戏叙事文本的特殊性强调了行动在整个文本中的核心位置。事件或者说行动在电脑游戏中并非单一的线性结构，它本身具有可重复、可逆转等特征。通过行动组合产生的事件在一定程度的差异可以忽略不计。而语言和感知等由个体感知而生发出来的视角要素也同样被淹没在"无微不至"的玩家规则中。

简·诺艾勒·托恩的聚焦要素的第一个方面是空间视角，这也是由视点所决定的。例如，由游戏空间的视听呈现所决定的空间位置（而这包括了产生游戏空间同一位置的声音呈现）。因为电脑游戏中的空间呈现以视听形式取代了言语表达，因此较之文学叙事文本与电影更为接近。第二个方面是行动视角，这是由行动点所决定的。内泽尔的行动点概念指的是行动发生的位置和行动可能发生的路径。[3] 简·诺艾勒·托恩的行动点能够既存在于话语内，又存在于话语外，所以一个人能够提及一个内故事层和一个行动的外故事层点（an intradiegetic and an extradiegetic point of action）。因为一个同故事行动点代表着玩家的行动支

---

[1] Schmid, W., *Narratology: an introduction*, Berlin, Walter de Gruyter, 2010, pp. 99–105.

[2] Thon, J. N, "Perspective in Contemporary Computer Games", in *Point of View, Perspective and Focalization: Modeling Mediation in Narration*, Hühn, P., Schmid, W. and Schönert, J. eds., Berlin, Walter de Gruyter & Co, 2009, p. 279.

[3] Neitzel, B., *Point of View and Point of Action. A Perspective on Perspective in Computer Games: The Challenge of Computer Games Conference*, http://repositorium.medienkulturforschung.de/rmkfwordpress/wp-content/uploads/2013/12/2013_12_09_RMKF_4_Neitzel.pdf, 2013–12–09.

配化身所作行动的标识。能够被描述给某角色或者目标在游戏世界中，每个使用化身的游戏自动使用一个故事内的行动点。一个故事外的行动点意味着玩家的行动所导致的行为不能够被描述给某人物或者某目标。在电脑游戏中，玩家正是通过行动点与整个电脑游戏叙事文本形成互动关系。第三个方面最为复杂，即意识形态视角结构，它需要根据不同的位置评估游戏中的事件。该方面同样也指涉游戏内的位置，即玩家和暗含的游戏设计者。空间视角是由（人物）视点决定的，行动视角是由行动点所决定的，而意识形态视角则由评估点所决定。①

电脑游戏叙事文本聚焦主体从影视文本、书面文本强调个体性的感官变成了一个抽象的点，包括空间点、行动点和意识形态点，这些"点"消解了人感知的个体差异。简·诺艾勒·托恩提出，电脑游戏的游戏空间呈现，明显相异于叙事电影和文学叙事文本。而网络游戏的游戏空间视听呈现的视点是由相对恒定的视点所决定的，因而，绝大多数的游戏至少在某种程度上，允许游戏玩家控制空间视点。事实上，网络游戏、叙事电影和文学叙事文本之间最为明显的区别，就在于与被呈现空间的互动可能性。正是这点使除了为视点所决定的空间视角之外，为行动点（the point of action）所决定的某一行动视角在网络游戏视点某一范式中的存在成为必需。②

通常意义上聚焦概念的关系论中所强调的交流与互动的意义和价值，在电脑游戏文本中也在一定程度上受到了限制。电脑游戏中交流与互动被两极化：敌对或者同盟。格雷马斯曾经列出如下的"行动元"内在关系模式：

发送者→客体→接受者
↑
帮助者→主体←反对者

---

① Thon J. N. , "Perspective in Contemporary Computer Games," in *Point of View*, *Perspective and Focalization：Modeling Mediation in Narration*，Berlin, Walter de Gruyter & Co, 2009, p. 280.

② Ibid. , pp. 297－298.

格雷马斯的"行动元"的分析基于叙事文本归纳的行动逻辑。行动元被归纳为六种，即主体与客体，发送者与帮助者，接受者与反对者，这六个行动元围绕着客体，即主体欲望的对象而组织起来，客体处于发送者和接受者的中间，主体的欲望则投射成帮助者和反对者。[①] 电脑游戏中客体与发送者、接受者集中体现在电脑游戏规则的设定上，主体玩家或者说化身在与之交流的过程就是获得客体的过程。以主体为核心的帮助者和反对者也就可以简单地理解为同盟或者敌对角色。较为经典的动作射击游戏《魂斗罗》、《合金弹头》、《装甲核心》都是以射击敌方为程序设定目标。帮助者就是单独一个化身或者是两人团队。以《古墓丽影》、《生化危机》、《寂静岭》、《大神》等为代表的动作冒险游戏在部分环节上与动作或者是动作设计游戏比较类似，但是有部分的解谜或动作解谜的环节。在根据这些网络游戏改编的影片中，这些环节就变成了充满悬念的关键部分。例如《古墓丽影》中钟表的发现和解谜在影片里就变成了开启整个故事的核心事件。从电脑游戏到电影的文本改编，实质上是从一个过程的展现到一个过程的结果，或者是悬念破解的展示。

电脑游戏文本的6个行动元比较单一，容易辨认。游戏规则设定各个游戏环节的反对者或者说反对因素是设计的关键。玩家就是在克服反对者的过程中推动游戏的进程。玩家或者是化身主体在与反对者的对弈过程同样也基本受制于游戏规则的制定，失败或者返回初始游戏关卡，或者重复失败关卡。不论是动作游戏（ACT）、冒险游戏（AVG）、体育游戏（SPG）、战略游戏（SLG），基本的游戏规则都是以此为行动设定的。

网络游戏聚焦的特殊性决定了需要从行动本身而非行动主体来考察聚焦的构成。简·诺艾勒·托恩的聚焦要素不再依附于感知个体的视角，而是更为抽象和精简。感知个体被压缩为"点"。点又是运动的点，在整个电脑游戏场景中，化身就是那个点，为玩家所掌控。原有书面文本中的聚焦五要素中与感知个体存在有关的空间、意识形态、时间、语言和感知，变成了行动的空间存在，时间被压缩，语言表达受到限制，

[①] ［法］热奈特：《叙事话语　新叙事话语》，王文融译，中国社会科学出版社1990年版，第256—257页。

意识形态也归结为游戏整体表现出的行动意图。所以，符文（Rune Klevjer）也认为当行动通过玩家和电脑展现的时候，赋予行为以意义和感知是电脑游戏中叙述元素的主要功能。①

在网络游戏中时间并不重要，网络游戏打发现实中不可重现的时光，时间在网络游戏中的消解得到的正是个体的娱乐和市场新消费点。简·诺艾勒·托恩在战略游戏中将意识形态的表达归结为同盟与敌对的两种意识形态的冲突。聚焦的意识形态三种表达就是个体的对抗意图、个体与同盟共有的对抗意图，以及更为复杂的在行动中逐渐强化的个体与同盟共有的对抗意图。当然对于具体的网络游戏案例来说，情况可能更为复杂。正如简·诺艾勒·托恩所说，一个游戏意识形态视角结构的分析必须考虑到玩家被允许作出的选择，以及关于他或者她的行为与通过游戏自身暗示的规则和价值。② 化身对于游戏世界的感知表现为电脑游戏规则所限定，而不能存在超程序的感知表现。因此聚焦更多的是一种程序设定。在既有的文本上，书面文本、影视文本的聚焦感知一方面抽象于文本本身，另一方面在还原的过程中为读者、观者的感知所验证。这些抽象和过程化的验证在电脑游戏文本中被压缩到了最低限度。只能在有范围的选择中选择或者是提供在允许的范围中感知并产生相应的感知反应。个体玩家的聚焦感知只能在有限的选择中获得虚假的"自由"。

（二）异于摄影机聚焦的屏幕聚焦

还原书面文本的聚焦，我们寻找人物与叙述内容之间的感知联系。在影视文本中，我们将人物物化，用摄像机镜头模拟寻找叙述内容与叙述载体之间的联系。摄像机对叙述场景中存在信息的捕捉正是聚焦选择

---

① Klevjer, R., "Computer Game Aesthetics and Media Studies", at *the 15th Nordic Conference on Media and Communication Research*, http：//folk.uib.no/smkrk/docs/klevjerpaper_2001.htm, 2003-05-29.

② Thon, J. N., "Perspective in Contemporary Computer Games," *Point of View, Perspective and Focalization: Modeling Mediation in Narration*, Berlin, Walter de Gruyter & Co, 2009, p. 294.

功能的显性化。而在电脑游戏叙事文本中，个体化、关系论、选择性的聚焦概念的内涵再次受到了颠覆。摄像机聚焦的概念被发现不适用于电脑游戏的聚焦分析。布朗克（Rumbke）认为在指涉电脑游戏视点的时候，更为广泛地使用的是属于摄像机位置。[①] 这种观点将影视文本聚焦分析中实体性的摄像机镜头与电脑游戏的聚焦概念联系在一起。该概念的误区在于影视文本的摄像机镜头与观者视点的模拟性在叙述场景中有重现的可能。而电脑游戏中的聚焦概念与现实更为遥远，是虚拟世界，或者说是可能世界中的存在视点。影视文本摄像机镜头与观者视点现实联系的可能性引导人们感知聚焦主体所感知的信息。电脑游戏的虚拟世界本身的虚构性质，决定了我们在无法联系个体真实世界感知的情况下，与电脑游戏文本聚焦的感知呼应能力较弱，只能根据电脑游戏文本聚焦提供的虚拟可能世界的构建信息，部分完善和建构对虚拟可能世界的认知。电影摄像机镜头的立体性与缺乏互动、交流的电脑游戏文本聚焦模式并不一致。二维的电脑屏幕也许更接近电脑游戏文本的聚焦特征。

　　屏幕是电脑游戏文本聚焦呈现的物质载体。触摸屏和显示器加鼠标的屏幕显示也是同样的构造原理。有限的虚拟世界中通过屏幕选择可以选择信息和行动，而后返归屏幕显示这些信息和行动所带来的后果。屏幕就是电脑游戏虚拟可能世界展示的窗口。我们所获得的信息局限在这个窗口内，通过这个窗口完成我们的行动，获知行动的后果。因此，屏幕聚焦强调的同样是有限范围的选择。

　　当然，影视文本与电脑游戏文本在表现上也有着很多的共同点，特别是 3D 电影和特技电影在很多叙述场景的搭建上与电脑游戏文本几乎一致。电影《波斯王子》的主人公达斯坦王子在巴比伦街市上的"跑酷"镜头与电脑游戏几乎完全一致，都是行云流水般的翻转和腾跃。马克·沃尔夫（Mark Wolf J. P.）认为在某种程度上，很多当代电脑游戏追随经典好莱坞电影的空间表现的先例。[②] 简·诺艾勒·托恩也表达过

---

① Rumbke, L., *Raumrepräsentation im klassischen Computerspiel*, http://www.rumbke.de/data/text/pixel3%20-%20leif%20rumbke%202005.pdf, 2005-07-20.

② Wolf, M. J. P., "Space in the video game," *The Medium of the Video Game*, Austin: University of Texas Press, 2001, p. 66.

类似的看法,电脑游戏中游戏空间的表现可能第一眼看上去和电影中的空间表现非常相似。侧重于行动画面展示的电脑游戏与侧重戏剧效果的经典电影,在表现手法上有类似和相互借鉴之处。《古墓丽影》、《罗拉快跑》、《波斯王子》等由游戏而电影,《哈利·波特》等从小说、电影到游戏的商业化开发都极大地鼓励了同一个故事在不同媒介间的相互转换。空间表现手法的类似可以帮助我们在影视文本与电脑游戏文本之间建立一定的联系。但是在聚焦感知的还原和获取方面,新媒介载体往往会提示我们在既有媒介载体中因为熟知而忽略的聚焦感知因素。在 3D 版《阿凡达》的开篇镜头中,使用 3D 效果描述的实验室场景很容易让第一次观看 3D 影片的观众产生眩晕感。原因就在于实验室场景本身是由几乎真实的人和机器所构成的写实性的场景。在这样的场景中我们已经熟悉了可以自行选择聚焦,或者说在有限的二维电影画面上选择我们所关注的信息。在 3D 的情况下,焦点被集中在某个主要人物的面部或者是某个物体。聚焦的有限选择带来的强迫感知在 3D 影片的视觉效果中,被凸显出来。我们所熟悉的二维画面感知钝化了我们被迫聚焦的认识。新的媒介载体在表现既有媒介载体惯常表现内容的时候就有可能泄露了它自身的媒介特性。聚焦感知的受限正是 3D 电影或者 3D 电脑游戏聚焦感知的最大特征。

简·诺艾勒·托恩在研究电脑游戏聚焦的时候偏重于分析 3D 游戏,不仅由于 3D 游戏在空间构建方面更容易突出聚焦的空间要素,而且在这个方面与电影的共性更为突出。但是,在聚焦感知受限方面,电脑游戏文本远远要超越影视文本。影视文本的摄像机聚焦为观者的聚焦还原保留了适当的空间。而电脑游戏压缩了聚焦还原的空间,并将感知结果通过屏幕直接呈现,打消了想象存在的可能。

在参考米特里(Jean Mitry)在《电影美学和心理学》[①] 一书中提出的主观、半主观、客观视角的区分后,简·诺艾勒·托恩归纳出 3 种电脑游戏聚焦类型。主观视点强调与玩家的化身位置相重合,常见于第一人称射击游戏。例如,欧美比较流行的 doom 和 Halo 游戏。但是在行动

[①] Mitry, J., *The Aesthetics and Psychology of the Cinema*, Bloomington, Indiana University Press, 2000.

效果展现方面又是一个按照玩家的感知视角完成的画面，如 SWAT4 中手榴弹的爆炸场面。这可以视为游戏空间的视听表现。根据内泽尔的理论，一个人能够谈论一个半主观视点，当视点被与化身的运动联系在一起，对观点（viewpoint）而言，这就不是作为主观观点（the subjective point）的替代品，而更像是与玩家化身相伴的某种检视。[①] 该类型的优势在于它可以与玩家保持一定的距离，在游戏空间中表现化身的位置更为精确。例如，1996 年的《古墓丽影》(Tomb Raider)，2005 年的《侠盗车手》、《圣安地列斯》，以及最近比较流行的更多的角色扮演游戏魔兽世界等。第二种类型较之第一种类型运用得更为普遍，摄像机追随玩家的化身，并同时显示化身与周围环境的关系。就这个方面而言，虽然化身与摄像机的位置并不一致，但是毕竟还是与化身紧密地联系在一起。第三种类型是客观视点。简·诺艾勒·托恩指出客观视点作为古老和最为多变的游戏方式，在战略游戏中更为常见。在这些战略游戏中，客观视点为了在不受玩家化身和类似实体限制空间视角限制的条件下，为观察一个大的游戏空间提供了可能性。客观视点是从不属于这个游戏空间或者是与游戏空间某一实体并无联系的位置上来显示游戏空间的。[②]

米特里和简·诺艾勒·托恩的空间、行动和意识形态三种聚焦要素仍然以行动为核心元素，根据行动和行动展示的方式划分视角类型。简·诺艾勒·托恩所区分的网络游戏三种视角类型并没有实质上的区别。因而，简·诺艾勒·托恩在阐述三种视角类型关系的时候，以 1996 年古墓丽影为例，认为玩家通过自行控制电脑的选择，按照 15 种程度可以选择从主观到客观视角的视角展示。最远的距离允许玩家能够看清他或者她化身周围的环境，最近的距离是摄像机的位置等同于化身的空间位置。而这正好说明了简·诺艾勒·托恩所进行的主观、半主观

---

① Neitzel，B.，*Point of View and Point of Action. A Perspective on Perspective in Computer Games*：*The Challenge of Computer Games Conference*，http：//repositorium. medienkulturforschung. de/rmkfwordpress/wp-content/uploads/2013/12/2013_12_09_RMKF_4_Neitzel. pdf，2013－12－09.

② Thon，J. N.，"Perspective in Contemporary Computer Games，" *Point of View*，*Perspective*，*and Focalization*：*Modeling Mediation in Narration*，Berlin，Walter de Gruyter & Co，2009，p. 284.

和客观视角的区分在分析电脑游戏视点方面操作性并不是很强。1996年古墓丽影的15种视点选择，哪几种属于主观视点，哪几种属于半主观视点，而哪一种又是客观视点，在过渡性的视点转换中截然的划分显得未免太过于绝对。

电脑游戏操作方式包括显示器与游戏柄、触屏和显示器与鼠标的结合三种类型。但是操作原理都是行动和行动呈现的结合。不论是玩家通过游戏柄控制、触屏点触还是鼠标移动，都会根据电脑游戏程序与化身的某种行为关联起来，而化身的行为所造成的后果就会在显示屏上呈现。不同类型的聚焦差异并不存在于现实玩家的操控及其相应的游戏显示，而在于游戏规则本身给予聚焦感知可能存在的感知范围。

电脑游戏的游戏规则决定了聚焦主体与游戏玩家的化身二者间必然存在的分离。游戏玩家的化身本身的感知必须在游戏场景中才能完成，而且所感知的信息都是有限制的。电脑游戏叙事文本聚焦主体的感知包括了个体玩家的化身的感知，但同时也将个体玩家作为感知的对象囊括其中。玩家只能是电脑游戏叙事文本中的个体元素。如果将玩家化身的个体感知及其相应的反应视为个体聚焦，整个电脑游戏叙事文本则是呈现在屏幕上的集体聚焦。在影视文本中，观者的个体感知被影视文本中的人物感知所取代。可还原的人物感知与整个影视文本的聚焦并不冲突，而是有机而重要的构成，甚至人物感知通过读者聚焦还原还会获得更多差异性的感知结果，这些都极大地扩展了影视文本聚焦的价值和意义。电脑游戏叙事文本玩家的感知并不能直接激发、调动玩家现实的感知行为。游戏玩家掌控化身，参与电脑游戏，貌似强调互动和参与的电脑游戏却在实质上限制了人们感知整个电脑游戏叙事文本的能力。电脑游戏规则设置为游戏玩家设置了一个看不见、突不破的天花板。3D技术的快速发展和视听因素的完美结合无比美妙地装饰着这个看不见的天花板。天花板之下是芸芸的众游戏玩家。我们在魔兽世界中组团、练级，却不想自己早已是这个虚构可能世界集体聚焦的对象。

多人参与的电脑游戏使网络超文本成为由多主体、多聚焦构成的文本。尽管我们仅仅能够概述电脑游戏视角范式的最后一个维度，为各种价值要点所决定的意识形态视角结构却能够逐渐清晰。原因在于通过叙述和娱乐元素（ludic elements）在当代电脑游戏事件和环境视角发挥的重要角色，意识形态视角结构得以传达。① 以 3D 电影为代表的视觉电影，对视觉感官的无限制追求所带来的无限制叙述聚焦实质上屏蔽了读者的叙述聚焦还原能力，使读者被动地成为视觉的惊叹者，而非叙述聚焦的主动还原者。《阿凡达》一类的 3D 电影叙事性的削弱和视觉性的无限扩张与原电脑游戏聚焦的集体强制的特征相符合，同样是游戏规则掌控下的零聚焦方式的体现。

---

① Thon, J. N., "Perspective in Contemporary Computer Games," *Point of View, Perspective and Focalization: Modeling Mediation in Narration*, Berlin, Walter de Gruyter & Co, 2009, pp. 297—298.

结　语

聚焦发展趋向

　　从作品到文本，从叙述到聚焦，随着叙事学理论的推进，叙事文本自身的话语、故事和聚焦三个层次最终指向了文本所营造的虚构世界或者说可能世界。而可能世界或者说虚构世界经由叙事文本的话语呈现为观者所感知。故事层面的叙述者、故事层面的人物以及聚焦层面的主体三者感知的交叉混合往往使我们迷失在不断更新的叙事技巧中。于是一个完整的叙事文本就被人为切分为一个个的叙事片段，再以其为单位分离出三个文本层面间不同的感知联系，并据此归纳出外聚焦、内聚焦、零聚焦不同的聚焦方式。作为基本的聚焦类型，这些聚焦方式存在于所有的叙事文本中。从要素构成来看，所有的聚焦都会涉及时间、空间、意识形态、语言和感知五个基本的要素。但是在不同的媒介载体中这些基本要素或被强调，或被压缩，由此导致的受众感知也不尽相同。

　　口传文学时代的聚焦特征被存留在以文字为记录的神圣叙事当中。框架结构背后的集体感知，从仪式到场景的空间感知方式都是口传时代文学共有的聚焦特征。而对应书面叙事文本的语言文字的表达方式在影视文本中的作用被视觉要素所取代。蒙太奇等电影叙事手法的运用进一步凸显了聚焦特征的视觉性。书面叙事文本与影视文本在表述同一个叙事的时候从自身媒介载体出发体现出了各自不同的特长。

　　例如，普鲁斯特的作品《追忆似水年华》以意识流见长，时空转换随意而不着痕迹。热奈特抓住文本中叙事时间的特点，以其为主要的分析对象，奠定了叙事学的理论基础。改编自《追忆似水年华》最后一章的电影《重现的时光》试图以影视文本的形式再现这部文学名著的风采。为此，影视文本《重现的时光》继续沿用了书面文本中将意识流作为文本主线的方式，将不同的叙述层次以聚焦感知的方式串联起来。同时，通过记忆主体的方式将叙述主体、聚焦主体结合起来完成叙事文本的整一性。不可否认的是，在影视改编过程中，最大的困难就是将原文本中的感知过程通过以视觉为主的方式展现出来。在新的载体方式聚焦呈现的探索中，《重现的时光》通过次叙述层与次次叙述层的融合，创造性地将不同时代的主人公并置在同一个画面中。而作为叙述者的老年主人公在两次叙述回合之后隐没在次次叙述层，使观者的感知与老年主人公的感知重合，从零聚焦过渡到了内聚焦，完成了人物内心聚焦感知的图像呈现。这样的探索和实践并非特例。随着电影技术的发展，人们越来越强调对观者感知的调动作用，通过外聚焦向内聚焦过渡的普遍手法，零聚焦中的全知叙述者被内聚焦背后的感知观者所取代，造成的观者如上帝的观影效果。在使用影像去表达人类的感知和想象的同时，人们也试图用影像去发现、陈述和思考对于"真实"的理解和阐释。让·鲁什的《夏日纪事》就是其中的代表。以"真实"的内容呈现为目标，对"自然"表现手法的选择，影像文本多重交流行为带来的叙述延展使得多层面、多角度的聚焦感知得以暴露，最终走向"双向认同"的学科追求。

　　从书面文本到影视文本，聚焦形态在载体转换中发生了变化。书面文本聚焦要素中单一的语言文字开始向影视文本中复合的视觉和听觉要素转换。并由此导致了观者感知的调动和内聚焦的强调。当互联网和电脑成为新的媒介载体的时候，聚焦形态再次发生变化。网络小说从书面文本的叙述方式中继承并放大了个人私语的内聚焦，而电脑游戏则压缩了聚焦的五个要素，强调个体感知构成的聚焦在此抽象成了行动点、意识形态点和空间点。而不论是主观视点、半主观视点还是客观视点都难以遮掩游戏规则和游戏场景等既有设定实质上掌控了整个电脑游戏的聚焦方式。凌驾于玩家和化身、凌驾于游戏过程的电脑游戏规则和场景正是电脑游戏零聚焦集体强势的直接表现。

　　但电脑时代媒介载体的本质并非是网络小说的个人私语和电脑游戏的集权控制。中国学者胡泳用"共有媒体中的个人表达"来总结个人在网络的自我建构以及由这种自我建构所引发的、新的隐私、个人身份和主体性等概念对社会的冲击。① 在诸如电脑这样的表征性及其中，界面问题尤为突出，因为人/机分野的这一边是牛顿式的物理空间，而那一边则是赛博空间。高品质的界面容许人们毫无痕迹地穿梭于两个世界，因此有助于促成这两个世界间差异的消失，同时也改变了这两个世界的联系类型。界面是人类及其之间进行协商的敏感边界区域，同时也是一套新兴的人/机新关系的枢纽。②

互联网时代的媒介载体和新的传播方式所给予我们的并非是简单的个人表达空间和强制规则下的个体服从，而是经过了二者博弈之后的开放式的散点聚焦。

散点聚焦消解了书面文本和影视文本中的个体聚焦感知特征和电脑游戏中的抽象聚焦点概念，是典型网络超文本独有的聚焦形态。

网络世界充斥着不可计数，开放式的叙事片段，这些片段漂浮网络空间中，他们可以经由有意识的组织而成为某一网络超文本的组织部分。在网络超文本中，新的文本能够显示在电脑和电子设备，通过鼠标操纵或者是连续按键，查阅超链接。我们能够及时获得的其他文本，也就是经由个人创作、漂浮在网络空间的叙事片段。这些叙事片段可能是以书面文本的形式出现，或者是影视文本，再或者仅仅是一句话、一个音频、视频，等等。

原有叙事片段所包括的聚焦形态以及经过分析可以还原的聚焦元素特征只是新叙事文本聚焦内涵的极小一部分。来自无数单一叙事片段的聚焦构成了网络超文本聚焦的特征。英国青年亚历克斯（Alex）在 2005 年 8 月 26 日创立了英国版百万主页的网站（www.milliondollarhomepage.com），他将主页上的空白网页分割为百万个 10×10 像素的网格，以每个网格一美元的价格出售。至今已经收到了八十多万美元。网络超文本就是一个无限大的百万主页，每个网格就是一个叙事片段，每个叙事片段都有自己的聚焦特征。经过整合得到的网络超文本的聚焦就应该囊括各个叙事片段的聚焦在内。该类型网络超文本的聚焦形态就是一种散点聚

---

① 胡泳：《众声喧哗：网络时代的个人表达与公共讨论》，广西师范大学出版社 2008 年版，第 123 页。

② ［美］马克·波斯特：《第二媒介时代》，范静哗译，南京大学出版社 2000 年版，第 25 页。

焦。在没有更为强大有力的聚焦操控下，散点聚焦正好体现了网络时代个体的平等性。

　　互联网时代的超文本不仅仅是将书面文本和影视文本放在互联网空间中进行电子化展示，而且是以电脑网络为生存环境，通过链接集合各种文本，是网络时代独有的文本。互联网时代网络超文本开放的文本环境，打破了书面文本和影视文本创作和观赏的局限性，将书面文本和影视文本变成新形式文本不可分割的构成基础，打破了创作和阅读的截然对立，将传播的过程变为创作的过程、改编的过程、接受的过程；打破了由聚焦到叙述的文本构成逻辑，混合了聚焦还原与叙述成文的界限，也打破了线性叙事中单一聚焦主体的存在方式。这也许才是多媒体时代聚焦发展的最终趋向。

附 录

质性研究与叙事学分析的有效对接
——以《维廉·麦斯特的学习时代》的分析为例

后经典叙事学的跨学科发展与社会科学领域出现的质性研究相互呼应，成为人文科学与社会科学研究跨界互通的盛景之一。所谓质性研究，就是"以研究者本人为研究工具，在自然情境下采用多种资料收集方法对社会现象进行整体性探究，并使用归纳法分析资料和形成理论，通过与研究对象互动、对其行为和意义建构获得解释性理解的一种活动"[1]。随着20世纪八九十年代质性研究在各个社会科学研究领域的进一步推广，已经不再限于依赖自然情境下直接的资料收集为唯一材料，而出现了借助文学作品进行研究的情况。比如，在教育学领域的质性研究中，既有冠以"生活故事"之名的研究，也有以20世纪30年代的教育小说、叶圣陶的《倪焕之》作为研究对象的分析。[2] 而叙事社会学的"过程事件分析"也进一步明确了可将研究的对象转换为某种故事

---

[1] 陈向明：《质的研究方法与社会科学研究》，教育科学出版社2000年版，第12页。
[2] 许美德：《现代中国精神：知名教育家的生活故事》，《中国教育：研究与评论》第一辑，2001年。

文本。①

从文学文本纳入社会科学的研究对象到社会科学研究对象的文本化，体现出人文学科与社会科学的研究共性，即它们都是以人的存在及其呈现作为研究对象的。而20世纪以来对人类经验的理解性特征的关注，以及研究内容和研究方法的复合性特征，不仅使具有虚构性质的小说类叙事文本可以堂而皇之地进入社会科学的研究范畴，而且其叙述行为也可以作为社会科学的研究方法而存在。这一研究对象的扩展为叙事学研究进入质性研究领域提供了前提条件。具有文本分析和解读传统的文学叙事学将在哪些范围、哪些层面为正在发展的质性研究提供可能的支撑，这正是本文将要探讨的主要问题。

一　基于诠释性研究方式的理论对接

质性研究主要受到实证主义和诠释性研究两大研究范式的影响。而作为建构观察和理解模式的范式，必然会对社会科学和人文科学产生同样的影响。苛费尔等人在追溯质性研究所受实证主义哲学影响之时，就曾将福楼拜的小说《包法利夫人》中对女主角生活的写实主义描述也同样纳入实证主义影响的行列。② 格拉斯和斯特劳斯1967年提出的"扎根理论"强调从经验材料中提取和建立理论，其广泛应用被认为是质性研究中实证主义研究方式回归的主要表征。但是，即使是扎根理论也强调自我解读和他者理解的结合。实际上，诠释性研究已经成为质性研究的基础范式。

而叙事学分析同样强调主体诠释。热奈特区分"谁说"与"谁看"，将叙述主体与感知主体分离开来，就是要把感知主体的诠释意义从文本存在中凸显出来。叙事文本中的感知主体依附于感知行为而存在。感知行为也可以看作是感知主体自我诠释的呈现方式。若读者能够感知文本

---

① 孙立平：《"过程—事件分析"与当代中国国家—农民关系的实践形态》，《清华社会学评论特辑》，鹭江出版社2000年版。

② [美]斯丹纳·苛费尔、斯文·布林克曼：《质性研究访谈》，范丽恒译，世界图书出版公司2013年版，第61页。

所要表达的感知内容，必然要借助文本中所存在的感知主体，也就是聚焦者的特定感知方式。换句话说，叙事文本中感知主体的主体诠释在很大程度上也决定了读者对文本所传达的感知内容的理解。这也是在叙事学的发展过程中，聚焦作为最为重要的概念被广泛运用于意识形态研究、女性主义研究、文化研究等多个研究领域，在后经典叙事学研究、质性研究等多学科、跨学科的发展中发挥重要作用的原因。

强调主体诠释的叙事学分析基于文本概念的基础之上，而质性研究同样也采用叙事分析进行文本诠释①，二者在研究对象和研究方法上都存在交叉。例如，质性研究中狭义的叙事分析是以传记研究作为研究对象，而非虚构叙事的传记类文学也同样是叙事学研究的内容；质性研究的会话分析和话语分析所强调的日常对话、谈话的形式分析和内容分析与叙事学的叙事话语分析多有交叉；质性研究的客观注释学（Objexktive Hermeneutik）分析将所有形式的文本和图像纳入研究范畴，而后经典叙事学研究中叙事学分析的媒介载体经由米克·巴尔等人的扩展，已经涵盖了语言、形象、声音、建筑艺术等多个领域。人类思维在语言文字以及其他载体上的表达的共性，最终促使了叙事文本概念的更新，也因此奠定了叙事学分析和质性研究共有研究方法的内容基础。

将作为文学文本的《维廉·麦斯特的学习时代》转换为作为质性研究对象的《维廉·麦斯特的学习时代》，就是要将叙事学研究的行动层面和叙述层面与质性研究的行动和阐释相互对应。叙事学研究的基础问题之一就是要区分谁看与谁说，而研究对象则是可供分析的文学文本。而当文学文本进入到质性研究的对象范畴内，则要忽略过程研究中文本外在实体生成的过程，也就是尽量舍弃文本外的作品写作过程。所以，《维廉·麦斯特的学习时代》的20年创作历程，以及在这个过程中对于歌德与席勒就作品创作的讨论等均不纳入研究范围。

而存在于文本对象层面的《维廉·麦斯特的学习时代》，其形式特征的叙述行为和内容呈现的叙事文本的叙事学研究两大重点，与质性研究两大理论渊源，即范梅南通过文本形式解释生活世界本质的现象学研

---

① ［德］伍威·弗里克：《质性研究导引》，孙进译，重庆大学出版社2011年版，第302页。

究和康纳利连续性经验及其理解和解释的叙述探究[①]——对应。在质性研究中，写作既是研究的方法，也是研究的成果。写作过程也就是质性研究的研究过程和分析过程，在小说中，则是以特定的文本结构方式呈现相应的思考和分析。

在以往的研究中，通常只将维廉·麦斯特的戏剧实践简单地当作歌德艺术审美教育实践的文学表达。但是从文本结构来看，歌德一贯喜爱在戏剧表演中引入真实的人物设定，《浮士德》的开篇就采用了其大为赞赏的《沙恭达罗》开篇的形式特征，使剧场经理、剧作家、丑角三个现实人物作为元叙述层叙述者而存在，从而打破了文本局限，得以与现场的观众进行交流。《维廉·麦斯特的学习时代》整体上弥漫着戏剧的幻影。主人公维廉对母亲说："不论我们还要等候多少时候，我们总是早已知道，这幕布将高高升起，我们将要观赏各式各样的景象，它们将给我们带来欢乐，它们将启发我们，引我们向上。"[②] 在当下的讨论中，过去的观剧经验，或许成为未来对于即将过去的现在的评述。维廉讲述的是过去有傀儡戏时坐在台下的期待，对戏剧开场之后的艺术体验，将带来从过去而来的成长经验。对于读者而言，这样的审美教育经验，正在从过去走入当下。《维廉·麦斯特的学习时代》作为经典成长小说，并非得益于作者歌德教育理念的刻印，而是读者接受了该小说所传达的内容。启蒙时期的德国情况复杂，艺术审美教育的实践面临多种挑战，只能通过"叙事"（尤其是让社会上的各色人等自己演说）来接近、表达社会生活的真相[③]，所实践与体现的正是质性研究的基本立场。

质性研究视野下的写作同样是一种戏中戏，第一个戏是正在进行的"叙"的表达。写作本身是一个研究的过程，通过写作，研究人员首先必然会思考需要选择哪些信息呈现出来，这实际上对应于叙事学聚焦感知对于信息的筛选，并在选择中进一步加以补充；其次，思考信息呈现

[①] 朱光明、陈向明：《教育叙述探究与现象学研究之比较——以康纳利的叙述探究与范梅南的现象学研究为例》，《北京大学教育评论》2008年第1期。

[②] [德]歌德：《维廉·麦斯特的学习时代》，冯至等译，人民文学出版社1999年版，第4页。

[③] 丁钢：《教育研究的叙事转向》，《现代大学教育》2008年第1期。

的具体方式，即如何讲述"故事"。表现在小说中，也就是《维廉·麦斯特的学习时代》中戏中戏的戏剧呈现。质性研究的第二个戏是已经完成的"叙"的呈现，也就是叙事学研究的对象"叙事文本"的存在，其主体阐释的内容必然依存于外在展现。因此，质性写作的自反性决定了研究人员可以作为"戏中戏"的人物来反思自己的选择，也就是呈现自己的思考和分析时所受到的自我局限。不过，在小说中，维廉的自我反思更具有戏剧效果。维廉参加剧团表演，进行各种品鉴，同时被贵族、戏剧同行和之后的塔楼观察者所评论，这就让读者产生了错觉，似乎维廉参演了一部由他的生平所改编的戏剧。戏剧的幻影在这里进入到故事的当下，产生了亦真亦假的效果。莎士比亚的一句戏剧名言"人生如舞台"，在《维廉·麦斯特的学习时代》成为雅诺对维廉的笑骂："您并不是把剧院，而是把整个的人世描述了一番，针对你这冷酷的描画，我从各阶级中都可以充分地给你找出相应的任务和行为。你以为这些美的品质只有在舞台才能栩栩如生地再现，我就是笑你这一点，请你原谅我。"①

《维廉·麦斯特的学习时代》的戏中戏的文本结构，不仅是维廉·麦斯特的个人成长经由维廉·麦斯特所述，与质性研究的诠释和反思精神相比，它同样是人类主体认知发展的必然选择。《维廉·麦斯特的学习时代》可以说为启蒙时期的德国带来了具有传承性意义的审美教育思想，以主人公个人成长的反思，超越时空，也成为映射当前质性研究思维方式的经典作品。

二 基于整合价值的行动与事件分析

成长小说之所以是关于成长就在于小说主人公"通过种种的迷误而走上正途，认识并且实现人生和自我的价值"②。在《维廉·麦斯特的学

---

① [德]歌德：《维廉·麦斯特的学习时代》，冯至等译，人民文学出版社1999年版，第409页。
② 杨武能：《〈威廉·迈斯特的学习时代〉：逃避庸俗》，《外国文学研究》1999年第2期。

习时代》中,主人公维廉·麦斯特就经历了参加赛罗剧团的迷误时期。当维廉在前往罗塔里欧庄园的路上,遇到当年船上的牧师,被追问当年在剧团之时,维廉感慨道:"每逢我回想起我和他们一起所度过的岁月,便觉得是望见一片无垠的空虚;从中我毫无所得。"牧师则劝告维廉说:"你错了;我们所遇到的一切都会留下痕迹,一切都不知不觉地有助于我们的修养。"[①] 人生的迷误并不在于事件经历本身,而在于经历事件中自己的愿望和志向修养成就的意义。认识就是实现人生和自我价值的前提。因此《维廉·麦斯特的学习时代》当中,无论是行动还是事件,都是以维廉个人成长的整合意义作为叙事动力。《维廉·麦斯特的学习时代》并不侧重表现行动本身的传奇性。虽然其中不乏抢劫、拐骗、决斗、乔装,以及血族通奸等猎奇情节,但是并不占主导地位,事件重要性的判断标准决定于维廉·麦斯特的个人解读中。

正如质性研究更关注事件和行动背后的主体诠释一样,维廉·麦斯特的主体诠释也超越了个人经验的范畴,作为经典的虚构文学作品,其表现内容的典型性具备质性研究广泛采用的民族志研究、行动研究、访谈等研究方法的特征。维廉·麦斯特作为叙述者,多次详尽描写当时德国社会戏剧生活的种种,呈现出与美国人类学家格尔兹所提出的民族志研究"深描"(thick description)相类似的内容承载和表述方法。这可以从如下几方面来理解。

第一,格尔兹认为,人类学写作本身就是阐释,此外还有第二层和第三层的阐释(根据定义,只有"本土人"才能作第一层次的阐释:这是他的文化)。[②] 也就是说,人类学写作的阐释基础是基于叙述者讲述其作为行动者所经验的内容本身。维廉·麦斯特正是通过从细节上再造儿时傀儡戏演出的场景,借以向自己的母亲和情人解释成年后自己醉心于观看戏剧表演的原因,并拉近彼此的情感联系。青年维廉对儿时的回忆,就如质性研究中作为叙述者的青年维廉通过厚描手法沉浸在研究对象少年维廉的文化中那样,经由回忆,观察和理解少年维廉

[①] [德]歌德:《维廉·麦斯特的学习时代》,冯至等译,人民文学出版社1999年版,第397页。

[②] [美]克利福德·格尔兹:《文化的解释》,纳日碧力戈等译,上海人民出版社1999年版,第17—18页。

的戏剧行为。此外,在《维廉·麦斯特的学习时代》中,维廉在参加赛罗剧团时期,却置身于类似质性研究的参与式行动研究的社区成员中,作为合作者,积极参与德国民族戏剧建设和莎士比亚戏剧本土化演出的过程,致力于德国戏剧的审美教育的实践。故事甚至含有隐射歌德作为德国启蒙思想家所从事的戏剧实践和教育实践具有的价值意义。

第二,叙述内容本身的虚构性质并不影响主体阐释存在的意义和价值。格尔兹坚持"人类学著述是小说;说它们是小说,意思是说它们是'虚构的事情'、'制造出来的东西'——即'小说'的原义——并非说它们是假的、不真实的或仅仅是个想象的思想实验"[1]。因此,青年维廉回忆所包含的各种戏剧知识能够成为了解德国戏剧发展的重要资料,就是因为它是基于对现实生活沉浸式理解和观察的虚构产物。作为作者的歌德和作为叙述者的维廉·麦斯特,在创作作品和叙述个人经历的时候未必有着明确地记录德国戏剧发展过程的自觉意识,但是文本本身却包含了基于主体阐释基础之上,对所处社区或文化所包含的共同信仰、习俗、人为现象和民间知识的有意展现。

质性研究直接吸收了从民族志研究发展而来的"深描"手法,同时,叙事学家也认同将拓展"深描"概念的人类学家克利福德·格尔兹的研究视为阐明文化实践与叙述形式之间的内在关系的探索,以及叙述的人文科学转向的表现。[2]

第三,超越民族志"深描"手法,《维廉·麦斯特的学习时代》还包含质性研究其他的研究方法。在事件和行为的呈现中最重要的方式还是对话。在质性研究中,以访谈形式进行的对话是十分关键的,对话可以看作是质性研究中访谈的文学呈现方式。在小说《维廉·麦斯特的学习时代》中,它的对话多是以深入访谈的形式进行的,然而这一访谈也如质性研究中那样,主要是以深入访谈而展开,它并非是一种双向交流:受访者是访谈的主体,采访者的作用只是敦促受访者讲述自己的

---

[1] [美]克利福德·格尔兹:《文化的解释》,纳日碧力戈等译,上海人民出版社1999年版,第17—18页。

[2] 谭君强:《叙事学研究一个有意义的拓展——兼答胡俊飞〈审美、文化与叙事——与谭君强教授"审美文化叙事学"构想的商榷〉》,《社会科学论坛》2010年第22期。

故事。

《维廉·麦斯特的学习时代》的诠释主体是维廉·麦斯特,不论对话以何种形式出现,维廉都是访谈的主导者和内容的主要呈现者。以小说第一部为例,第二章维廉与母亲的谈话,维廉所说的幼时对傀儡戏的迷恋正是现在的维廉戏剧狂热的开端。第四、五、六、七章维廉向玛利亚娜反复介绍自己幼时参与傀儡戏表演的细节,第十四章维廉和梅里纳讨论爱情与戏剧职业,都是作为叙述者的维廉讲述作为聚焦者的维廉所感知到的一切。

较为特殊的是事例发生在第十六章,维廉写信向玛丽亚纳求婚和第十七章维廉偶遇外乡人讨论各自有关命运的看法。首先,信件是在有明确叙述对象的情况下,一种叙述内容受限的叙述者独白式表达,但本质上与前述对话形式中叙述者叙述内容与聚焦者感知内容的重合并无二致。维廉偶遇外乡人则是用类似的形式特征,呈现出不一样的表达内容。在之前维廉与他人的对话中,只有在不转换叙述者的情况下,才在文本中省略叙述者叙述行为的标识。也就是维廉在不停地说,才不需要出现"维廉说"一类的标志词。但是在维廉偶遇外乡人的谈话中,却出现不同的境况,这就是根据内容判断说话人已经发生变化,但在文本的形式层面并没有叙述者转换的标志。因此,抛开叙述者和受述者在文本的现实存在,这一段偶遇外乡人的谈话,也可看作是维廉成长过程中的自我对话、自我剖析的变形呈现。

从同样的角度来看,小说第一部除了对话以外,独白、信件等都具有通过深入访谈实现主体诠释的研究价值,其功能指向保持了维廉·麦斯特个人成长整合价值的一贯性。同时,作为叙事虚构作品,小说的叙事特征呼应了质性研究诸多研究方法,为质性研究开拓新的文本资料来源提供了可能性。

三 基于主体诠释的叙述者显现

质性研究的诠释性途径侧重的是"研究人员从研究对象的角度来发

现问题，了解他们赋予行为、事物的意义以及他们的诠释"[1]。质性研究记录材料，总是要明确标明叙述者的存在，但是对照记录该材料的记录者，也就是更高一级的叙述者而言，质性研究主体诠释功能的发挥过程还有待进一步的探讨。对于读者而言，当文本中的"他"在说他的感受时，是谁在告诉我们他所说的内容呢？对于质性研究来说，研究对象的自我解读是作为研究者的他者理解的前提。质性研究与叙事学分析的有效对接，还需要结合具体文本，重新审视文本中的主体诠释功能。

《维廉·麦斯特的学习时代》作为"修养小说或发展小说……表达了一个人在内心的发展与外界的遭遇中间所演化出来的历史"[2]。小说在内容表达上就具有自我诠释的优势。但叙述内容具有自我诠释的特征，并不代表能够实现自我诠释的感知效果。在《维廉·麦斯特的学习时代》中，谁在诠释自身？每一个叙述者都力图诠释自己所思所想。但是诠释他人所思，就一定与真相隔了两层：他人所思和思之本相。一方面，《维廉·麦斯特的学习时代》人物众多，各自频发感言；另一方面，维廉·麦斯特是主人公，其成长经历及其思想成熟过程是作品要表现的重点，如何让读者认可维廉·麦斯特的所思所想，也就是认可他对于自身的诠释就成为《维廉·麦斯特的学习时代》成功之所在，也是质性研究实现研究对象的自我解读显性化和研究者的他者理解隐性化的关键所在。

《维廉·麦斯特的学习时代》以人物叙述者为主，但同时众多观点各异的人物叙述者在叙说的同时又通过零聚焦表达倾向，引导读者做出选择。在小说第一部的开篇中，可以看出从第三人称人物叙述者过渡到故事外非人物叙述者。一开始，第三人称人物叙述者"老女仆"进行叙述，只说出"老女仆"自己知道的情况。但在章节末尾出现了第一人称复数"我们"，表明"老女仆"巴尔巴拉作为第三人称叙述者的叙述主体内在于自称为"我们"的故事外非人物叙述者，即元叙述层叙述者。虽然米克·巴尔认为"第一人称叙述"与"第三人称叙述"之间没有根

---

[1] [美]莫妮卡·亨宁克等：《质性研究方法》（引进版），王丽娟等译，浙江大学出版社2015年版，第5页。

[2] 冯至：《〈维廉·麦斯特的学习时代〉译本序》，《冯至全集》，河北教育出版社1999年版，第4页。

本区别，当外在式聚焦者将聚焦"让与"内在式聚焦者时，实际发生的是，内在式聚焦者的视觉在外在式聚焦者无所不包的范围内被提供。事实上，外在式聚焦者总是保持着内在式聚焦者的聚焦可以作为对象插入其中的那种聚焦。① 这也就是热奈特所说的零聚焦。但是同样的聚焦方式会因为内容差异而产生不同的感知效果。小说开篇第一章结尾"老女仆喃喃抱怨着躲到一边去，我们也随她走开，让这两个幸福的人儿单独留在那里"②。当故事外非人物叙述者，即元叙述层叙述者的第一人称复数"我们"与老女仆一同出现的时候，可以清晰地分离出"我们"与老女仆的主体存在和对应的行为。之前老女仆作为人物叙述者所叙述的内容被强调是由她个人的主体感知所生成的，因此，读者具有了更为主动的认同选择权利，加之，小说中老女仆对维廉和玛利亚娜之间感情的态度与二人间的巨大差异，使读者可以轻易地对老女仆巴尔巴拉的感知做出相应的判断。在之后的章节中，第一人称复数的故事外非人物叙述者与故事内第三人称人物叙述者交替反复出现。扩展到整本小说，我们就能基于"我们"的感知，在了解了第三人称人物叙述者维廉、维廉的母亲、情人玛利亚娜、好友威纳、私奔者梅里纳以及外乡人有感而为的言行基础上，区分维廉·麦斯特与其他叙述者的差异，从而产生相应的是非判断，逐步加深对维廉·麦斯特的自我诠释的认可。

　　回到质性研究，不论如何力图强调客观性的他者理解，实际上都会受到自我解读，或者说自我诠释的影响，与其生硬地划分他者理解和自我解读的界限，不如直接将当时当地的他者与自我区分开来，搁置其观点的杂糅，采用叙事学聚焦类型的形式区分，使用类似于《维廉·麦斯特的学习时代》的"我们"，表明对他者理解和自我解读二者之间差异的尊重。质性研究中所强调的叙述的态度就是他者理解的零聚焦模式所力图达到的感知效果，即质性研究家们所谓的"开放的心态，兼具好奇

---

① ［荷］米克·巴尔：《叙述学：叙事理论导论》，谭君强译，中国社会科学出版社2003年版，第186页。
② ［德］歌德：《维廉·麦斯特的学习时代》，冯至等译，人民文学出版社1999年版，第3页。

心和同情心，倾听人们讲述自己的故事"①，这是一种虽不能轻易实现却是需要有意为之的努力。而质性研究所谓主位视角或者内部视角，不过就是在零聚焦的基础之上，对以人物主体诠释实践的肯定。因此，在零聚焦与人物视角的平衡中，实际上可以超越故事内外、人物与非人物的局限，在主体间性基础之上，寻求生活环境中行动意义的社会群体意义和主观意义的个人体验。从质性研究的方法论层面上看，《维廉·麦斯特的学习时代》也就是以此超越了时代和个人经验的局限，成为自我认知的典范作品。

通过理论对接到行动层面、叙述层面的分析可以看出，叙事学分析可以为质性研究提供某些更为细致的方法论参考。而类似于《维廉·麦斯特的学习时代》这样的经典文学文本的叙事学分析，还可以为质性研究提供相应的研究训练，它不仅可以展开对经典文本的不同视角的分析，进一步揭示其内在的意义，也有助于行动阐释、叙述角度分析和结构识别等质性研究相应的研究能力的提升。

---

① ［美］莫妮卡·亨宁克等：《质性研究方法》（引进版），王丽娟等译，浙江大学出版社2015年版，第5页。

参考文献

外文类

Abrams, M. H., *A Glossary of Literary Terms*, New York: Harcourt Brace, 1999.

Bal, M., *Narratologie. Les Instances du Récit: Essais sur la signification narrative dans quatre romans modernes*, Paris: Klincksieck, 1977.

Bal, M., *Narratology: Introduction to the Theory of Narrative*, Toronto: University of Toronto Press, 1985.

Bal, M., "Narrating Art? Some Discontinuous Reflections," in *10000 Francs Reward: The Contemporary Art Museum, Dead Or Alive*, Manuel Borja-Villel, Yolanda Romero and Francisco Baena, eds., Barcelona: Actar D (BNV Producciones), 2009.

Bal, M., *Narratology: Introduction to the Theory of Narrative* (3rd Edition), Toronto: University of Toronto Press, 2009.

Bal, M., *On Story-Telling: Essays in Narratology*, CA: Polebridge Press, 1991.

Bal, M., "The Point of Narratology," *Poetics Today*, Vol. 11, No. 4, 1990, (11): 4.

Chatman, S., *Story and Discourse: Narrative Structure in Fiction and Film*, Ithaca: Cornell University Press, 1978.

Chatman, S., *Coming to Terms: The Rhetoric of Narrative in Fiction and*

Film, Ithaca: Cornell University Press, 1990.

Covell, R. R., *The Liberating Gospel in China: the Christian Faith among China's Minority Peoples*, Ada: Baker Pub Group, 1995.

Edmiston, W. F., *Hindsight and Insight: Focalization in Four Eighteenth-Century French Novels*, University Park: Penn State Press, 1991.

Evans, J., Hall, S. eds., *Visual Culture: The Reader*, London: Sage Publications Ltd., 1999.

Fell, G. E., "The Binocular Microscope and Stereoscopic Vision," *Proceedings of the American Society of Microscopists*, Vol. 3.

Genette, G., "Frontières du récit." in *Figures II*, Paris: Seuil, 1969.

Genette, G., Narrative *Discourse: An Essay on Method*, Trans. Jane E. Lewin, Ithaca: Cornell University Press, 1972.

Genette, G., *Narrative Discourse: An Essay in Method*, Ithaca: Cornell University Press, 1983.

Giannett, Louis D., *Understanding movies*, NJ: Prentice Hall, 1987.

Hayles, N. K., Burdick, A., *Writing Machine*, MA: MIT Press, 2002.

Hayles, N. K., *How We Became Posthuman: Virtual Bodies in Cybernetics, Literature, and Informatics*, Chicago: University of Chicago Press, 1999.

Hayles, N. K., *Electronic Literature: New Horizons for the Literary*, Notre Dame: University of Notre, 2008.

Herman, D., "Hypothetical Focalization", in *Narrative*, Columbus, Vol. 2, No. 3, 1994, 2 (3).

Herman, D., Jahn, M. and Ryan, M. L. eds., *Routledge Encyclopedia of Narrative Theory*, London and New York: Routledge, 2005.

Hühn, P., Schmid, W. and Schönert, J. eds., *Point of View, Perspective and Focalization: Modeling Mediation in Narrative*, Berlin: Walter de Gruyter, Inc., 2009.

Jahn, M., "Windows of Focalization: Deconstructing and Reconstructing a Narratological Concept," *Style*, Vol. 30, No. Summer (1996).

James, WM., "Brute and Human Intellect," *The Journal of Speculative*

Philosophy, Vol. 12, No. 3.

Klevjer, R. , "Computer Game Aesthetics and Media Studies," *The 15th Nordic Conference on Media and Communication Research*, Reykjavik: Aug. 2001.

Kuhn, M. , "Film Narratology: Who Tells? Who Shows? Who Focalizes? Narrative Mediation in Self-Reflexive Fiction Films," in *Point of View, Perspective, and Focalization: Modeling Mediation in Narration*, Hühn, P. , Schmid, W. and Schönert, J. eds. , Berlin: Walter de Gruyter, Inc. , 2009.

Miller, J. H. , "Henry James and 'focalization,' or Why James Loves Gyp," in *A Companion to Narrative Theory*, James Phelan and Peter J. Rabinowitz, eds. , Oxford, Blackwell Publishing Ltd. , 2005.

Mitry, J. , *The Aesthetics and Psychology of the Cinema*, Bloomington: Indiana University Press, 1997.

Modlesli, T. , *Old Wives' Tales: And Other Women's Stories*, New York: New York University Press, 1998.

Monika, F. , "Natural Narratology and Cognitive Parameters", in *Narrative Theory and the Cognitive Sciences*, Herman, D. ed. , Stanford: CSLI Publications, 2003.

Murray, J. H. , *Hamlet on The Holodeck: The Future of Narrative in Cyberspace*, MA: MIT Press, 1998.

Patricia, P. , *The Matrix of Visual Culture: Working with Deleuze in Film Theory*, Stanford: Stanford University Press, 2003.

Pouillon, J. , *Temps et roman*. Paris: Gallimard, 1946.

Ryan, M. L. , "Narration in Various Media," in *The Living Handbook of Narratology*, Hamburg: Hamburg University Press, 2009.

Ryan, M. L. , *Narrative as Virtual Reality: Immersion and Interactivity in Literature and Electronic Media*, Baltimore: Johns Hopkins University Press, 2001.

Ryan, M. L. , *Narrative across Media: The Languages of Storytelling*, Lincoln and London: University of Nebraska Press, 2004.

Schlickers, S., "Focalization, Ocularization and Auricularization in Film and Literature," in *Point of View, Perspective, and Focalization: Modeling Mediation in Narration*, Hühn, P., Schmid, W. and Schönert, J. eds., Berlin: Walter de Gruyter, Inc., 2009.

Schmid, W., *Narratology: An Introduction*, Berlin: Walter de Gruyter, Inc., 2010.

Stam, R., Burgoyne, R. and Lewis, S. F., *New Vocabularies in Film Semiotics: Structuralism, Post-Structuralism and Beyond*, New York: Routledge, 1992.

Stevens, W. C., "Diagrammatic Representation of Stereoscopic Phenomena," *Science*, Vol. 2, No. 78.

Sundén, J., *Material Virtualities: Approaching Online Textual Embodiment*, New York: Peter Lang Publishing, 2003.

Thomas, J. Watson Library, The Metropolitan Museum of Art, "The Two Pre-Raphaelitisms. Third Article. The Modern Pre-Raphaelites," *The Crayon*, Vol. 3, No. 11.

Thon, J., "Perspective in Contemporary Computer Games," in *Point of View, Perspective, and Focalization: Modeling Mediation in Narration*, Hühn, P., Schmid, W. and Schönert, J. eds., Berlin: Walter de Gruyter, Inc., 2009.

Todorov, T., "Les catégories du récit littéraire," *Communications*, Vol. 8, 1966.

Vitoux, P., "Le Jeu de la focalization," *Poetique*, Vol. 51, 1982.

Werth, P., *Text Worlds: Representing Conceptual Space in Discourse*, London: Longman, 1999.

Wolf, M. J. P., "Space in the Video Game," in *The Medium of the Video Game*, Austin: University of Texas Press, 2001.

中文类

安妮宝贝：《八月未央：十年纪念版》，作家出版社2009年版。

陈向明：《质的研究方法与社会科学研究》，教育科学出版社 2000 年版。
丁钢：《教育研究的叙事转向》，《现代大学教育》2008 年第 1 期。
冯至：《〈维廉·麦斯特的学习时代〉译本序》，《冯至全集》，河北教育出版社 1999 年版。
耿占春：《叙事美学——探索一种百科全书式的小说》，郑州大学出版社 2002 年版。
弓肇祥：《可能世界理论》，北京大学出版社 2003 年版。
胡泳：《众声喧哗：网络时代的个人表达与公共讨论》，广西师范大学出版社 2008 年版。
黄宝生：《〈摩诃婆罗多〉前言》，《摩诃婆罗多》（一），中国社会科学出版社 2005 年版。
季羡林：《印度两大史诗评论汇编》，中国社会科学出版社 1984 年版。
焦雄屏：《法国电影新浪潮》，江苏教育出版社 2007 年版。
李恒基、杨远婴：《外国电影理论文选》，生活·读书·新知三联书店 2006 年版。
李显杰：《当代叙事学与电影叙事理论》，《华中师范大学学报》（人文社会科学版）1999 年第 6 期。
李艺：《插话的动因及其对交流影响的跨文化研究》，《天津外国语学院学报》2007 年第 2 期。
李扎倮等：《牡帕密帕》（未刊稿），2009 年。
李子贤：《活形态神话刍议》，《西北师范大学学报》（社会科学版）1987 年第 4 期。
梁工：《圣经叙事研究》，商务印书馆 2006 年版。
毛凌滢：《互文与创造：从文字叙事到图像叙事》，《江西社会科学》2007 年第 4 期。
糜文开：《印度两大史诗》，台湾商务印书馆 2004 年版。
欧阳友权：《网络文学：民间话语权的回归》，《淮阴师范学院学报》（哲学社会科学版）2003 年第 3 期。
欧阳友权：《网络文学：挑战传统与更新观念》，《湘潭大学学报》（哲学社会科学版）2001 年第 1 期。
欧阳友权：《网络文学研究述评》，《文艺理论与批评》2003 年第 5 期。

尚必武：《当代西方后经典叙事学研究》，人民文学出版社 2013 年版。

尚必武：《叙述聚焦研究的嬗变与态势》，《天津外国语大学学报》2007 年第 6 期。

申丹：《叙事结构与认知过程——认知叙事学评析》，《外语与外语教学》2004 年第 9 期。

沈琪芳：《安妮宝贝小说中的虚假与真实》，《名作欣赏旬刊》2009 年第 A02 期。

舒晋瑜、汤俏：《十周年：当没有文学的网络拥抱没有市场的文学》，《中华读书报》2008 年 12 月 24 日。

孙立平：《"过程－事件分析"与当代中国国家－农民关系的实践形态》，《清华社会学评论特辑》，鹭江出版社 2000 年版。

谭君强：《叙事理论与审美文化》，中国社会科学出版社 2002 年版。

谭君强：《叙事学导论：从经典叙事学到后经典叙事学》，高等教育出版社 2008 年版。

谭君强：《叙事学研究一个有意义的拓展——兼答胡俊飞〈审美、文化与叙事——与谭君强教授"审美文化叙事学"构想的商榷〉》，《社会科学论坛》2010 年第 22 期。

唐伟胜：《叙事层次：概念及其延伸》，《外国语文》2015 年第 1 期。

王文融：《译者前言》，《叙述话语　新叙述话语》，中国社会科学出版社 1990 年版。

王阳：《虚拟世界的空间与意义》，宁夏人民出版社 2007 年版。

许美德：《现代中国精神：知名教育家的生活故事》，《中国教育：研究与评论》（第一辑），教育科学出版社 2001 年版。

许慎：《说文解字》，中华书局 1985 年版。

杨武能：《〈威廉·迈斯特的学习时代〉：逃避庸俗》，《外国文学研究》1999 年第 2 期。

尹虎彬：《口头文学研究中的程式概念》，《民间文化论坛》1996 年第 3 期。

云南省编辑组：《云南民族情况汇集》（上），民族出版社 2009 年版。

张登林：《"网络文学"：命名的草率与内涵的无区别性》，《绵阳师范学院学报》2007 年第 1 期。

张江华：《影视人类学及其影片性质述论》，《民族研究》1994年第6期。

朱光明、陈向明：《教育叙述探究与现象学研究之比较——以康纳利的叙述探究与范梅南的现象学研究为例》，《北京大学教育评论》2008年第1期。

译著及译作

［古希腊］亚里斯多德：《诗学》，罗念生译，人民文学出版社1962年版。

［古罗马］圣·奥古斯丁：《忏悔录》，应枫译，时代文艺出版社2000年版。

［德］歌德：《维廉·麦斯特的学习时代》，冯至等译，人民文学出版社1999年版。

［德］伍威·弗里克：《质性研究导引》，孙进译，重庆大学出版社2011年版。

［德］莱辛：《拉奥孔》，朱光潜译，人民文学出版社1979年版。

［德］鲁道夫·爱因汉姆：《电影作为艺术》，杨岳译，中国电影出版社1981年版。

［德］洛伦兹·恩格尔：《不可见之见——从观念时代到全球时代的德国视觉哲学》，孟建主编《图像时代：视觉文化传播的理论诠释》，复旦大学出版社2005年版。

［德］齐格弗里德·克拉考尔：《电影的本性》，邵牧君译，江苏教育出版社2006年版。

［德］沃尔夫·施密德：《认知叙事学的前景与局限：以心灵呈现为例》，陈芳译，《曲靖师范学院学报》2017年第2期。

［俄］普罗普：《神奇故事的历史根源》，贾放译，中华书局2006年版。

［法］福楼拜：《包法利夫人》，许渊冲译，译林出版社1992年版。

［法］格雷马斯：《结构语义学》，吴泓缈译，生活·读书·新知三联书店1999年版。

［法］普鲁斯特：《追忆似水年华Ⅶ：重现的时光》，徐和瑾等译，译林出

版社 1991 年版。

[法] 热奈特：《叙事话语　新叙事话语》，王文融译，中国社会科学出版社 1990 年版。

[法] 安德烈·巴赞：《电影是什么》，崔君衍译，中国电影出版社 1987 年版。

[法] 弗朗索瓦·若斯特：《电影话语与叙事：两种考察陈述问题的方式》，远婴译，《当代电影》1990 年第 5 期。

[法] 格雷马斯：《叙述语法的组成部分》，张寅德主编《叙述学研究》，中国社会科学出版社 1989 年版。

[法] 吉尔·德勒兹：《电影 2：时间—影像》，谢强、蔡若明、马月译，湖南美术出版社 2004 年版。

[法] 克-埃·马格尼：《电影美学和小说美学的比较》，陈梅译，《世界电影》1983 年第 3 期。

[法] 克里斯蒂安·麦茨：《想象的能指》，王志敏译，中国广播电视出版社 2006 年版。

[法] 罗伯-格里耶：《快照集·为了一种新小说》，余中先译，湖南美术出版社 2001 年版。

[法] 罗兰·巴特：《叙事作品结构分析导论》，张寅德译，张寅德主编《叙述学研究》，中国社会科学出版社 1989 年版。

[法] 马塞尔·马尔丹：《电影作为语言》，吴岳添、赵家鹤译，中国社会科学出版社 1988 年版。

[法] 热拉尔·热奈特：《热奈特论文集》，史忠义译，百花文艺出版社 2001 年版。

[法] 雅克·拉康：《论凝视作为小对形》，吴琼译，吴琼编《视觉文化的奇观》，中国人民大学出版社 2005 年版。

[法] 雅克·拉康：《镜像阶段：精神分析经验中揭示的"我"的功能构型》，吴琼译，吴琼主编《视觉文化的奇观》，中国人民大学出版社 2005 年版。

[荷] 米克·巴尔：《叙述学：叙事理论导论》（第二版），谭君强译，中国社会科学出版社 2003 年版。

[荷] 米克·巴尔：《叙述学：叙事理论导论》（第三版），谭君强译，北

京师范大学出版社 2015 年版。

［加］安德烈·戈德罗、［法］弗朗索瓦·若斯特：《什么是电影叙事学》，刘云舟译，商务印书馆 2005 年版。

［加］戈登·菲、［美］道格拉斯：《圣经导读（上）》（第三版），魏启源等译，北京大学出版社 2005 年版。

［美］阿瑟·伯格：《通俗文化、媒介和日常生活中的叙事》，姚媛译，南京大学出版社 2000 年版。

［美］艾布拉姆斯：《文学术语辞典》（第七版），吴松江等译，北京大学出版社 2009 年版。

［美］戴卫·赫尔曼：《新叙事学》，马海良译，北京大学出版社 2002 年版。

［美］杰罗姆·布鲁纳：《故事的形成：法律、文学、生活》，孙玫璐译，教育科学出版社 2006 年版。

［美］克利福德·格尔兹：《文化的解释》，纳日碧力戈等译，上海人民出版社 1999 年版。

［美］库恩：《结构之后的路》，邱慧译，北京大学出版社 2012 年版。

［美］勒内·韦勒克、奥斯汀·沃伦：《文学理论》，刘象愚译，江苏教育出版社 2005 年版。

［美］里兰得·来肯：《认识〈圣经〉文学》，李一为译，江西人民出版社 2007 年版。

［美］马克·波斯特：《第二媒介时代》，范静哗译，南京大学出版社 2000 年版。

［美］莫妮卡·亨宁克等：《质性研究方法》（引进版），王丽娟等译，浙江大学出版社 2015 年版。

［美］斯丹纳·苛费尔、斯文·布林克曼：《质性研究访谈》，范丽恒译，世界图书出版公司 2013 年版。

［美］苏珊·桑塔格：《论摄影》，黄灿然译，上海译文出版社 2014 年版。

［美］威廉·亚当斯：《人类学的哲学之根》，黄剑波等译，广西师范大学出版社 2006 年版。

［美］温斯顿：《作为文学的电影剧本》，周传基等译，中国电影出版社 1983 年版。

[美]詹尼弗·范茜秋:《电影化叙事》,王旭峰译,广西师范大学出版社2009年版。

[美]W. J. T. 米歇尔:《图像理论》,陈永国、胡文征译,北京大学出版社2006年版。

[美]阿恩海姆:《艺术与视知觉》,滕守尧、朱疆源译,四川人民出版社1998年版。

[美]爱·布拉尼根:《视点问题》,叶周译,《世界电影》1991年第2期。

[美]爱德华·茂莱:《电影化的想象——作家和电影》,邵牧君译,中国电影出版社1989年版。

[美]大卫·波德维尔、克莉丝汀·汤普森:《电影艺术:形式与风格:插图第8版》,曾伟祯译,世纪图书出版公司2008年版。

[美]布·摩里塞特:《"视点"论》,闻谷译,《世界电影》1991年第2、3、4期。

[美]海明威:《短篇小说全集上》(上),陈良廷译,上海译文出版社2004年版。

[美]亨利·詹姆斯:《小说的艺术》,朱雯、乔峎、朱乃长等译,上海译文出版社2001年版。

[美]华莱士·马丁:《当代叙事学》,伍晓明译,北京大学出版社1990年版。

[美]克林斯·布鲁克斯、罗伯特·潘·华伦:《小说鉴赏》,主万等译,中国青年出版社1986年版。

[美]罗·伯戈因:《电影的叙事者:非人称叙事的逻辑学和语用学》,王义国译,《世界电影》1991年第3期。

[美]乔治·布鲁斯东:《从小说到电影》,高峻千译,中国电影出版社1981年版。

[美]苏珊·桑格塔:《论摄影》,艾红华等译,湖南美术出版社1999年版。

[美]詹姆斯·费伦、彼得·J. 拉比诺维茨主编《当代叙事理论指南》,申丹等译,北京大学出版社2007年版。

[秘]巴·略萨:《中国套盒》,赵德明译,百花文艺出版社2000年版。

〔以〕西蒙·巴埃弗拉特：《圣经的叙事艺术》，李锋译，华东师范大学出版社 2011 年版。

〔以〕雷蒙·凯南：《叙事虚构作品：当代诗学》，姚锦清等译，生活·读书·新知三联书店 1989 年版。

〔印〕毗耶娑：《摩诃婆罗多》（一），金克木、赵国华、席必庄译，中国社会科学出版社 2005 年版。

〔英〕W. C. 布斯：《小说修辞学》，华明、胡晓苏、周宪译，北京大学出版社 1987 年版。

〔英〕珀西·卢伯克：《小说技巧》，方土人、罗婉华译，上海文艺出版社 1990 年版。

〔英〕利平科特等：《时间的故事》，刘研等译，中央编译出版社 2012 年版。

《吉尔伽美什》，赵乐甡译，译林出版社 1999 年版。

《那罗和达摩衍蒂》，赵国华译，中国社会科学出版社 1982 年版。

《圣经——和合本修订版》，中国基督教两会出版部 2012 年版。

《小癞子》，杨绛译，人民文学出版社 1986 年版。

《一千零一夜》（一），纳训译，人民文学出版社 1983 年版。

网络及报刊

"Electronic Literature Organization", http：//eliterature. org/.

"Film Adaptation", https：//en. wikipedia. org/wiki/Film_adaptation, 2017—02—19.

"Focalization", http://hup. sub. uni-hamburg. de/lhn/index. php/Focalization♯History_of_the_Concept_and_its_Study.

"Proust Screenplay", http：//mindfulpleasures. blogspot. com/2010/04/proust-screenplay-by-harold-pinter, 2010—04—07.

"Reading Network Fiction", http：//www. imageandnarrative. be/Timeandphotography/baetensciccoricco. html,

Baetens, Jan, "Reading Network Fiction", http：//www. imageandnarrative. be/Timeandphotography/baetensciccoricco. html.

Niederhoff, B. , "Focalization", http: //hup. sub. uni-hamburg. de/lhn/index. php/Focalization♯History_of_the_Concept_and_its_Study, 2010—11—27.

http: //blog. sina. com. cn/s/blog_4b3a93a0010005hm. html [EB/01], 2011—2—25.

http: //eliterature. org/ [EB/01], 2010—12—21.

http: //en. wikipedia. org/wiki/Film_adaptation [EB/01], 2010—12—21.

http: //mindfulpleasures. blogspot. com/2010/04/proust-screenplay-by-harold-pinter. html [EB/01], 2010—4—7.

http: //uib. no/people/smkrk/docs/klevjerpaper_2001. htm. 2011—2—24.

http: //www. sd-wx. cn/pandect. htm.

http: //www. thefirst. cn/1235/2008—10—31/286539. htm.

L. R. , "Raumrepräsentation im klassischen Computerspiel", http: //www. rumbke. de/data/text/pixel3％20—％20leif％20rumbke％202005. pdf, 2005—07—20.

Neitzel B. , "Point of View and Point of Action", In A Perspective on Perspective in Computer Games: The Challenge of Computer Games Conference. http: //repositorium. medienkulturforschung. de/rmkfwordpress/wp-content/uploads/2013/12/2013_12_09_RMKF_4_Neitzel. pdf, 2013—12—09.

Rumbke, L. , "Pixel^3: Raumrepräsentation im klassischen Computerspiel" (Hausarbeit Kunsthochschule für Medien, Cologne), http: //www. rumbke. de/data/text/ pixel3％20—％20leif％20rumbke％202005. pdf, 2007—3—31.

盛大文学总览: http: //www. sd-wx. cn/pandect. html [EB/01], 2008—10—31。

"十年盘点"活动介绍: http: //pandian. 17k. com/hdjs/index. shtml [EB/01], 2010—12—21。

网络文学10年盘点: http: //pandian. 17k. com/hdjs/index. shtml, 2008—

10—31。

竞报：《网络文学十岁盘点》，http：//www.thefirst.cn/1235/2008—10—31/286539.htm，2008—10—31。

"月黑砖飞高"新浪博客.http：//blog.sina.com.cn/zhuange.2007—8—14。

胡晓：《人月3万收入高　在线阅读催生高薪写手》，《华西都市报》2008年12月15日。

翟丙军：《"网络大神"：把写作变成工业》，《半岛晨报》2008年12月28日。

张贺：《网络文学不是"提款机"》，《人民日报》2007年6月19日。

赵飞：《变身网络写手的工科生》，《楚天金报》2008年12月24日。

后 记

从 2011 年博士毕业到 2017 年书稿出版,六年时光并没有打磨出一本令自己满意,可以向导师汇报的作品。但是为了见证自己成长的经历,仍然鼓足勇气将其出版,为的是再次轻装上阵,继续下一阶段的学术探索。

本书的内容不仅涵盖了博士阶段所学之成果,还包括了之前求学阶段的一些思考。作为土生土长的云南人,早已听多了边地传说。本科毕业论文就此尝试用叙事学理论分析云南少数民族民间文学与阿拉伯《一千零一夜》中《阿拉丁神灯》的异同;硕士阶段以印度史诗《摩诃婆罗多》为对象,继续关注叙事学研究中的框架结构;直到博士阶段才得以求学于谭君强教授门下。幸得导师谭君强教授指点,虽兴趣驳杂,但关注的中心始终未离叙事学学科研究的范围,且在导师言传身教之下,学术的专注度日渐提升,得尝"叙事"的魅力。博士毕业留校任教之后,讲授文学院中国少数民族文学和民俗学专业硕士研究生课程"民间叙事学"和比较文学与世界文学专业硕士研究生课程"东方文学研究",并在全校范围内开设了素质选修课程"叙事与生活"。与博士毕业论文相比,本书增加的民间文学和圣经研究的部分以及附录部分的《质性研究与叙事学分析的有效对接》均得益于对所授课程内容的思考。本书的部分内容已经陆续发表在《思想战线》、《英语研究》等多个期刊,收入本书时有适当的删改和编辑。

本书的完成要感谢导师谭君强教授对我一直以来的培养。此外,博士就读期间获资助分别赴荷兰乌特勒支大学和德国汉堡大学访学,特此向安·瑞格蕾教授(Prof. Ann Rigney)和沃尔夫·施密德教授

(Prof. Wolf Schmid)的帮助和指导表示感谢,并向我的本科导师段炳昌教授,研究生导师李炎教授致谢。

  求学之路漫长,回乡时间不多。一路走来,感谢父亲、母亲的质朴教导和家人们的支持。幸而未来的研究将围绕西南民族民间文学的叙事学研究展开,我将在未来的归家之期,以新的理论视野再次投入我所爱的那片土地,同时怀着期待,在新材料的支撑下审视叙事学理论拓展的可能。

  丁酉端午以此为记。

陈芳

2017 年 5 月 29 日　昆明